Inka Loreen Minden

PENNY & LOGAN

Dich nicht zu lieben 2

erotischer Liebesroman

Bibliografische Information der Deutschen Nationalbibliothek
Die Deutsche Nationalbibliothek verzeichnet diese Publikation in der
Deutschen Nationalbibliografie; detaillierte bibliografische Daten sind im
Internet über
http://dnb.d-nb.de abrufbar.

Penny & Logan

- erotischer Roman -

Deutsche Erstausgabe März 2016

Coverart: © Andrea Gunschera
Lektorat: A. Balzer

Herstellung und Verlag: BoD – Books on Demand, Norderstedt
ISBN-13: 978-3837000696

Ja, ich war ein Bad Boy, ein arrogantes, selbstgefälliges Arschloch. Doch als ich letztes Jahr den Brief meiner Mutter in den Händen hielt, die gestorben ist, als ich sechs war, wollte ich etwas aus meinem Leben machen. Für mich und für sie. Ich wollte nie wieder so ein Rebell sein wie früher.

***

Als ich vor einem halben Jahr den Lesungssaal der Greenwich University zum ersten Mal betrat, drehten sich mir wie so oft die Köpfe aller jungen Frauen zu, auch der vom süßesten Blondschopf in ganz London. Dabei schwang ihr blondes, leicht gelocktes Haar um ihr herzförmiges Gesicht, und ihre himmelblauen Augen hielten meinen Blick eine kleine Unendlichkeit gefangen.

Okay, wahrscheinlich waren es nur drei Sekunden, doch ich kam mir vor wie in einem schnulzigen Liebesfilm, der in Zeitlupe abläuft. Ich konnte bloß wie ein Idiot zurückstarren und sie angrinsen. Ich kannte sie nicht und hatte sie nie zuvor gesehen, trotzdem flirrte die Luft und mein Herz raste. Sie hingegen runzelte die Stirn, schenkte mir einen düsteren Blick und wandte abrupt den Kopf ab, als wäre ich Satan persönlich.

Ja, ich war Satan, zumindest für einige, trotzdem traf mich ihre Reaktion wie ein Faustschlag ins Gesicht und ich kam wieder halbwegs zu mir.

Ich bin daran gewöhnt, dass das weibliche Geschlecht auf mich abfährt. Wenn ich auf der Bühne stehe und singe, fliegen mir unentwegt Luftküsse zu, was nicht immer von Vorteil ist, besonders, wenn man sich nur für ein einziges

Mädchen interessiert. Meine letzte Freundin kam nicht damit klar und hat deswegen kurz vor Studienbeginn mit mir Schluss gemacht – was vielleicht auch besser war. Wir hätten uns wahrscheinlich ohnehin kaum noch gesehen.

Tja, so schnell es zwischen mir und Fran aus war, so schnell verguckte ich mich in diese kühle Blondine, die ihre natürliche Schönheit unter elegantem Make-up versteckte. Ich ließ sie nicht aus den Augen, bis ich mich in die erste Reihe gesetzt hatte. Anschließend marschierte auch schon unser Prof an, ein großer, schwarzhaariger und noch relativ junger Typ. Er legte seine Aktentasche auf das Pult und grinste, als hinter mir einige Mädchen kicherten.

»Hallo, liebe Erstsemester. Mein Name ist Jason Warrington, und ich bin in den nächsten Wochen oder vielleicht auch Monaten euer Dozent, bis Professor Perkins wieder unterrichten kann.«

Ich drehte mich herum, als sich jemand hinter mir räusperte. Es war sie, die kühle Blonde. Sie hatte ihre Hand gehoben und fragte: »Ist er krank?«

Als unser Dozent nicht mit der Sprache herausrückte, spielte sie an einer blonden Locke und ihr Gesicht rötete sich. »Tut mir leid, ich wollte nicht indiskret sein.«

Von da an hatte sie mich endgültig. Diese Stimme! Melodiös und engelhaft.

Ich hörte kaum, was Jason erwiderte, und musste sie erneut anstarren.

»Penelope«, sagte sie schnell zu unserem Dozenten und beugte sich vor, sodass ich die Ansätze ihrer Brüste im Ausschnitt ihrer Bluse erkennen konnte, »aber alle nennen mich Penny.«

Penny … der Name passt perfekt zu ihr.

Als sie Jason angrinste, gefiel mir das nicht. Warum

schenkte sie ihm ein Lächeln und mir bloß finstere Blicke?

Unentwegt dachte ich darüber nach. Wollte sie den dämlichen Hühnern aus der letzten Reihe nacheifern und erhoffte sich gute Noten, wenn sie mit Jason flirtete? Oder hatte sie lediglich eine Abneigung gegen mich? Weil ich der rebellenhaft aussehende Typ in der schwarzen Lederjacke und dem Piercing in der Nase bin und kein geschniegelter Schönling wie unser Dozent? Wenn sie meine Vergangenheit kennen würde, könnte ich ihre Reaktion verstehen, aber sie konnte damals nichts über mich wissen, schließlich waren wir uns niemals zuvor begegnet und schienen aus völlig verschiedenen Welten zu stammen.

Mittlerweile weiß ich, dass ich mit meiner Vermutung richtig lag: Sie soll von einem alten Adelsgeschlecht abstammen. Trägt sie aus diesem Grund meist diese schicken Kostüme, die ihre weiblichen Kurven betonen? Und bin ich ihr deshalb nicht gut genug?

Ich wusste nicht, warum ich mir ihretwegen den Kopf zerbrach oder warum ich gerade sie will. Vielleicht, weil sie nicht so ein Hungerhaken ist wie die anderen Mädchen? Oder weil ich nach Frans Verschwinden dringend wieder Geborgenheit fühlen und eine Art Familienersatz haben will?

Pennys anfängliche Abneigung legte sich zum Glück nach ein paar Tagen, sie behandelte mich nicht mehr wie Luft und das Schicksal tat mir einen Gefallen: Wir landeten im selben »Club«. Diese Vereine bieten eine gute Gelegenheit, Kontakte zu knüpfen und eröffnen Karrieremöglichkeiten. Dass ich mich für Gesang entschieden habe, lag nahe, denn ich liebe es, zu singen. Penny hat sicher gedacht, ich habe mich ihretwegen dafür eingeschrieben, zumindest habe ich das aus ihrer düsteren Miene gedeutet.

Es gab ein Vorsingen – und die Gruppe hat einstimmig beschlossen, dass wir beide die Hauptrolle im Musical Grease bekommen sollen, das im März auf dem Frühlingsfest aufgeführt wird. Ich wollte möglichst bald mit ihr anfangen zu üben, doch sie hat sich oft entschuldigt.

In den Weihnachtsferien ist sie dann plötzlich aus dem Studentenwohnheim gezogen. Was für ein Mist, wir lebten schließlich fast Tür an Tür. Sie hat Amys altes Zimmer übernommen, nachdem die sich bei Jason einquartiert hat – ja, Amy hat sich unseren Prof geangelt. Jetzt wohnt Penny mit Susan zusammen. Zum Glück liegen nur wenige Stationen mit den öffentlichen Verkehrsmitteln zwischen uns.

Nach den Ferien habe ich mir Penny gepackt und keine Ausreden mehr gelten lassen. Wochenlang haben wir für unseren Auftritt geübt – leider immer im Beisein von anderen – und für mich war es Himmel und Hölle zugleich. Da wir ein Liebespaar spielen, müssen wir uns oft umarmen oder anfassen. Sie hat eine Wahnsinnsstimme, nur teuflisches Lampenfieber. Überhaupt ist sie eher zurückhaltend in der Öffentlichkeit – was vielleicht bloß an mir liegt, ich weiß es einfach nicht. Tatsächlich sagen mir die scheuen Blicke aus ihren himmelblauen Augen jeden Tag: »Ich will dich. Doch ich kann nicht.«

Penny, was hast du für ein Geheimnis? Ich kann nicht ewig auf dich warten. Nach der Musical-Aufführung werde ich einen letzten Versuch wagen und aufs Ganze gehen. Willst du mich danach immer noch nicht, lasse ich dich ziehen …

Kapitel 1 – Penny: Gefühlschaos

Der Applaus gehört allein uns. Wir treten an den Rand der Bühne, und Logan greift nach meiner Hand. Wir lachen uns an und in meinem Magen flattern viele verrückte Falter hin und her, bevor mein Blick über das Publikum schweift. Hunderte Menschen sitzen, nein, stehen jetzt im großen Saal der Universität, und ich hatte solche Angst vor ihnen. Logan hat sie mir genommen.

Er sagte: »Konzentriere dich immer auf mich.«

Ich hatte Bedenken, mich vor so vielen Leuten in engen Leggins und mit dieser knappen Korsage, aus der meine halbe Brust quillt, zu präsentieren. Ich stehe zu meiner Figur und habe kein Problem mit Kleidergröße 40 – höchstens Probleme, Blusen zu finden, die bei meiner üppigen Oberweite passen. Doch wenn mich alle anschauen, habe ich immer das Gefühl, sie starren auf meinen Körper. Für Marc gab es auch nur meine Brüste. Dabei war ich vor einem Jahr noch leichter. Seit ich den ganzen Mist mit meinem Ex, den Ärger mit meinen Eltern und mehrere Monate Therapie hinter mir habe, habe ich ein paar Kilos zugenommen.

Offenbar hat Logans Tipp geklappt. Unsere Musicalaufführung von »Grease« war ein voller Erfolg. Er war Danny und ich seine Freundin Sandy. Zuletzt haben wir »You are the One that I want« gesungen, und dabei fielen mir erneut die Parallelen zwischen Danny und Logan und Sandy und mir auf. Fast wie im Fernseh-Musical sind wir gekleidet: Ich trage schwarze Leggins und eine Korsage; Logan trägt eine Lederjacke und Jeans in derselben Farbe, wobei er sonst auch nichts anderes anhat. Die Rolle des Bad Boys ist ihm auf den Leib geschnitten. Dazu besitzt er noch diese grandiose Stimme … Ich glaube, ich habe mich gerade unwiderruflich in ihn verliebt.

»Du warst großartig, Penny«, ruft er mir zu, obwohl er direkt neben mir steht, aber die Leute hören nicht auf zu klatschen. »Ich habe nichts von deinem Lampenfieber bemerkt.«

Weil ich nur Augen für dich hatte und die unzähligen Studenten und Dozenten nicht wahrgenommen habe, denke ich und drücke seine Finger. Doch jetzt nehme ich sie alle wahr, und das Gefühl ist berauschend. Wir verbeugen uns mehrmals, und nie lässt er mich los. Seine Hand gibt mir Sicherheit, aber sie macht mich auch nervös. Seit dem ersten Tag an der Uni will er etwas von mir. Seine Blicke und sein Lächeln sprechen Bände. Nach mehreren Wochen hat er es tatsächlich geschafft, dass mein Herz wie wild zu rasen beginnt, wenn ich ihn sehe. Unentwegt muss ich an ihn denken, vor allem, wenn ich allein bin. Dann wünschte ich, er wäre bei mir und würde mich im Arm halten, um die bösen Bilder aus meinem Kopf zu verdrängen, die mich jede Nacht heimsuchen.

Doch ich kann nicht mit ihm zusammen sein. Ich werde den Fehler, der beinahe mein Leben zerstört hat, nicht noch einmal machen. Ich werde mich nie mehr von so einem Typen wie ihm blenden lassen. Logan ist meinem Ex viel zu ähnlich. Sein Aussehen, die selbstsichere Art und dann hat er auch noch ein Piercing in der Nase. Außerdem ist er Leadsänger der *Crazy Stallions*. Viel zu viele Parallelen zu Marc, bloß war der Gitarrist einer Heavy Metal Band.

Andererseits will ich Logan küssen – am liebsten auf der Stelle! – und herausfinden, wo er noch überall gepierct und womöglich sogar tätowiert ist. Ich weiß, dass er eine schwarze Rosenblüte am Oberarm hat.

Ich mag Männer mit Tattoos. Vielleicht sollte ich Amys Ratschlag befolgen und es mit ihm versuchen. Mit ihm ins Bett gehen. Meine Finger in seinen braunen Haaren vergraben oder am besten gleich in diesen knackigen Pobacken, über die sich seine engen Jeans spannen. Es könnte wirklich das Beste sein, einfach wieder zu leben und Nähe zuzulassen.

Verdammt, Logan verwirrt mich! Ich will ihn so sehr, dass es schmerzt.

Die Leute klatschen noch immer, als der Vorhang fällt. Sofort zieht mich Logan in die Arme, grinst mich an und schüttelt ständig den Kopf. »Du warst unglaublich, Penny! Du musst unbedingt mal mit mir und meiner Band auftreten. Bitte!«

In Marcs Band war ich Background-Sängerin. Er hatte mich auf der Schulabschlussfeier singen gehört, zu der er notgedrungen mitgegangen war, weil sein kleiner Bruder auch den Abschluss gemacht hatte. Dort kamen wir ins Gespräch – und ich verliebte mich an Ort und Stelle in ihn. Er versprach mir eine große Karriere und viele andere Dinge. Ich war so blind.

Keiner außer meinem Therapeuten weiß, was mir wirklich passiert ist. Bis heute kann ich nicht mit anderen darüber sprechen, was Marc mir angetan hat. Doch Logan muss nicht so sein wie er. Er ist *sicher* nicht so wie Marc. Aber die Angst sitzt zu tief.

»Logan ...« Ich kann kaum klar denken, während er mich fest an sich drückt. Alles was ich kann ist in seine faszinierenden Augen zu sehen, deren Iriden eine Mischung aus Smaragdgrün und Tiefbraun sind. Ich rieche sein unaufdringliches Männerparfüm, spüre die Wärme seines Körpers, und mein Herzrasen nimmt zu. Seine intensiven

Blicke bringen jede meiner Zellen zum Glühen. Ich nehme nichts mehr um uns herum wahr, nur noch ihn. Diesen perfekt geschwungenen Mund mit der feinen Narbe in der Unterlippe, seinen Bartschatten, denn er hat sich heute Morgen für die Rolle extra nicht rasiert, und den kleinen Silberring in seinem linken Nasenflügel.

Du bist ein Bad Boy, Logan, sind meine letzten Gedanken, als sein Atem meine Lippen streift. Er schließt die Augen, ich tue es ihm gleich – und dann trifft sein Mund auf meinen.

Eine endlose Sekunde lang bin ich wie gelähmt und mein Herz donnert so laut in den Ohren, dass ich Angst habe, mein Kopf zerspringt, bevor ich mich leicht gegen ihn sinken lasse, meine Finger in seine Lederjacke kralle und ihn ebenfalls küsse. Ich will vorsichtig und zurückhaltend sein, aber ich kann nicht, kann meinen Körper nicht mehr kontrollieren. Ich will Logan auf der Stelle vernaschen, ich will alles von ihm. Jetzt! Und während ich wie eine Drogensüchtige an seinen Lippen hänge, steckt sein Kuss so voller Zärtlichkeit, dass ich ruhiger werde und dahinschmelze.

»Penny«, wispert er und sieht mich verträumt an, »ich …«

In diesem Moment stürmen die anderen Sänger auf die Bühne, auch meine Freundin Amy, die eine Kellnerin gespielt hat. Sie bekommt große Augen und grinst uns an.

Abrupt weiche ich zurück, mein Kopf wird halbwegs klar. Oh Gott, zum Glück ist der Vorhang geschlossen, sonst hätten auch alle anderen an der Uni unseren wilden Kuss gesehen! Nein, meinen wilden Kuss, Logan hat sich wie ein Gentleman verhalten.

Er ist nicht wie Marc. Der hätte es niemals geschafft, derart viel Beherrschung aufzubringen.

Logans Blick wirkt immer noch entrückt und er grinst mich selig an, während sich der Vorhang erneut öffnet und sich diesmal alle Darsteller verbeugen. Der Applaus schwillt noch einmal an, und Amy fährt auf ihren Rollschuhen neben mich. Sie dreht sich, wobei sich ihr Pettycoat anhebt, und winkt dem großen schwarzhaarigen Mann in der dritten Reihe. Es ist Jason, ihr Freund und unser ehemaliger Prof. Er haucht ihr einen Luftkuss zu. Mittlerweile haben wir einen anderen Lehrer, weil Jason eine Zweigstelle der Medienfirma seines Vaters übernommen hat, was sehr schade ist. Er war viel cooler und lockerer als Professor Perkins.

Mein Herz donnert immer noch wild und mir ist schwindelig, aber nicht wegen der Zuschauer. Nun ist das passiert, wovor ich so lange Angst und gleichzeitig gehofft hatte, dass es endlich geschieht. Logan hat mich geküsst!

Erst als er meine Hand drückt, bemerke ich, dass er sie wieder hält. Zum Glück, denn nun treffen mich nicht nur die Blicke der Zuschauer, sondern auch von allen auf der Bühne. Schon während der Proben war die Luft zwischen Logan und mir ununterbrochen aufgeheizt, sodass wir ständig gefragt wurden, ob wir ein Paar seien. Ich habe jedes Mal vehement verneint und Logan damit sicher einen schweren Schlag versetzt, so geknickt wie er dann gewirkt hat. Doch jetzt strahlt er. Verdammt, glaubt er, wir sind nun zusammen? Sind wir? Will ich das?

Ich weiß bloß, dass ich bald zerbersten werde, wenn nicht endlich mehr zwischen uns passiert. Meine Sehnsucht nach ihm wird trotz meiner Vorbehalte immer größer.

Erneut nehme ich kaum etwas um uns herum wahr. Ich weiß nicht, wann und wie wir von der Bühne gekommen und im Raum mit den Kulissen gelandet sind. Es ist düster und still hier drin, die anderen sind in den Umkleiden und wollen danach ins Café Petite. Ich wollte eigentlich mitkommen und Logan sicher auch, aber das ist jetzt alles unwichtig. So richtig abrocken, um den Erfolg zu feiern, wollen wir Sänger ohnehin heute Abend in einem Club.

Ich drücke ihn zwischen zwei Pappsäulen gegen das kleine Stück freie Wand, fahre mit den Händen unter seine Lederjacke und schmiege mich an ihn.

Er keucht in meinen Mund, bevor seine Zunge ungestüm in mich dringt. Während wir uns leidenschaftlich küssen und er meinen Rücken streichelt, kann ich nur daran denken, wie gut er schmeckt, riecht und sich anfühlt. Ich will mehr von ihm, daher schlüpfe ich mit einer Hand unter sein T-Shirt und lege sie auf seinen Bauch. Er ist warm, glatt und fest. Kurz lasse ich meine Finger tiefer wandern, streife die ausgeprägte Beule an seiner Jeans.

»Penny …« Erneut keucht er in meinen Mund. »Hör auf damit, oder ich vernasche dich gleich hier.«

Ich ignoriere diese ewig nörgelnde Stimme der Vernunft in meinem Kopf und ziehe Logan die Lederjacke aus. Geräuschvoll landet sie auf dem Boden.

Beinahe hilflos steht er an die Wand gelehnt da und starrt mich an. Mit meiner Initiative hat er wohl niemals gerechnet. Ich auch nicht, und ich weiß nicht, was über mich gekommen ist. Meine Hände machen das von selbst. Wahrscheinlich bin ich noch von unserem Auftritt high, und das Adrenalin, das durch meine Adern rauscht, macht mich mutig.

Sein Blick wirkt entrückt; er atmet schwer. Doch noch immer beherrscht er sich.

Er schließt die Augen, als ich abermals unter sein Shirt

fahre, um an seinen Brustwarzen zu spielen. Sie haben sich zusammengezogen, und in einer von ihnen steckt ein kleiner Stift mit zwei Kügelchen. Logan ist also auch dort gepierct.

Ich kann nicht widerstehen und zerre den Stoff so weit hoch, dass ich an seiner Brust züngeln kann. Langsam male ich feuchte Bahnen um diesen süßen, kleinen Nippel, der sich daraufhin noch fester zusammenzieht.

»Fuck!« Logan krallt die Finger in mein Haar und holt meinen Kopf nach oben. Hart trifft mich sein Mund – seine Zurückhaltung ist verflogen. Er dreht sich mit mir herum, und jetzt presst er mich mit dem Rücken gegen die Wand. »Wenn ich gewusst hätte, dass du es hart willst, hätte ich dich längst gefickt, Penny.«

Seine direkten Worte klingen rau und beinahe wie ein Knurren. Feuchtigkeit benetzt meinen Slip und ich stelle mir vor, wie er mir gleich hier und jetzt meine Hose herunterreißt. Ich habe mir während meiner wilden Auszeit genommen, was ich wollte, hatte Spaß und Lust am Sex … bis es zu diesem einen Vorfall kam, der mich auf ewig verfolgen wird.

Mir gefällt Logans Dominanz, aber ich habe auch Angst davor. Was, wenn er zu viel will? Genau wie Marc?

Verflucht, warum kann dieser Mistkerl nicht endlich aus meinem Kopf verschwinden?

Atemlos starre ich in Logans männliches Gesicht und fahre mit dem Daumen die Linie seines Kinns nach. Seine Lippen sind leicht geöffnet und glänzen von unseren Küssen; er atmet schwer, ist erregt wie ich, und in seinem Blick liegen so viele Emotionen – Verlangen, Lust, Leidenschaft und Zuneigung –, dass sich mein Magen verkrampft. Was mache ich da? Was tue ich ihm an? Was tue ich *uns* an?

Ich will ihm nah sein, doch seine Gefühle verletzen möchte ich nicht. Das hat Logan nicht verdient. Ich glaube, er ist ein guter Kerl. Aber auch der liebste Mann wird sich vor mir ekeln und von mir abwenden, wenn er erfährt, was mir zugestoßen ist.

Verdammt, ich hätte es nie so weit kommen lassen dürfen! Ich habe mich hinreißen lassen, weil ich mich nach ihm verzehre. Doch er wird mich nicht mehr wollen, wenn er alles von mir weiß. Ich muss es beenden, bevor meine Vergangenheit uns beide zerstört.

Als er mein Zögern bemerkt, sagt er: »Es geht dir zu schnell.« Dann küsst er mich zärtlich und krault meinen Nacken. »Ich würde dich nie hier nehmen, Penny.« Mit den Lippen fährt er an meiner Wange entlang bis zu meinem Ohr, sodass eine angenehme Gänsehaut meinen Körper überzieht und sich meine Brustspitzen aufrichten. »Unser erstes Mal wird etwas Besonderes«, raunt er und nähert sich mit einer Hand meinen Brüsten. »Ich werde dich lange und ausgiebig verwöhnen, bis du mich anfle…«

Stopp, ich muss das beenden!

Mein Herz rast plötzlich so stark, dass mir schlecht wird. Ich sehe mich auf dem Boden liegen, ich bin nackt und friere, und Marc steht grinsend über mir.

»Logan … Vergessen wir, was gerade passiert ist.« Ich will mich von ihm losmachen, bevor noch mehr geschieht, doch er weicht nicht zur Seite.

»Was?« Seine Brauen schieben sich zusammen, sodass sich zwei tiefe Falten dazwischen bilden. Die Lust ist schlagartig aus seinen Augen gewichen. Dafür stehen dort zwei dicke Fragezeichen.

Ich werde ihm alles erklären. Irgendwann, nur nicht jetzt. Ich muss hier raus!

Ich dränge mich an ihm vorbei, sodass eine der Pappsäulen umfällt, und gehe rasch zur Tür. Ohne mich zu ihm umzublicken, sage ich: »Tut mir leid, ich kann das nicht«, und laufe davon.

***

Ich trage immer noch die Leggins und die Korsage, als ich zu Hause ankomme. Nachdem ich vor Logan weggelaufen bin, habe ich nur meine Sachen aus der Umkleidekabine geholt, meinen Mantel übergezogen und bin mit dem Bus nach Hause gefahren. Nun bin ich völlig durchgefroren und gönne mir in dem winzigen Badezimmer eine heiße Dusche. Zum Glück funktioniert der Boiler wieder.

Susan ist nicht hier – wahrscheinlich befindet sie sich noch mit den anderen im Café. Sie ist zwar nicht im Gesangsclub, aber sie ist unsere Freundin und wir machen viel zusammen.

Nachdem ich endlich warm geworden bin, schlinge ich mir ein großes Handtuch um den Körper, schlüpfe in meine Plüschpantoffeln und wandere durch den düsteren Flur in mein Zimmer.

Mein Smartphone, das ich vorher aufs Bett geworfen habe, versuche ich zu ignorieren. Ständig gehen Nachrichten ein. Als Amys Name aufleuchtet, nehme ich es trotzdem in die Hand und streiche über das Display, damit sich das Chatfenster öffnet. Bestimmt macht sie sich schon Sorgen, weil ich mich nicht melde.

»Bist du zu Hause oder bei Logan?«, will sie wissen. »Alles okay?«

Ich scrolle kurz nach oben, um zu lesen, was sie mir in der letzten Stunde noch alles geschrieben hat. Es ist im

Grunde immer dasselbe:

Und ständig schickt sie grinsende Smileys.

Ich antworte: »Bin bei mir. Allein.« Dann werfe ich das Handy zurück aufs Bett und krame bequeme Unterwäsche, Jogginghosen und einen dicken Pullover aus dem Schrank. Ich will Amy jetzt nicht Rede und Antwort stehen. Sie will sicher alle Details wissen, schließlich hat sie mitbekommen, wie Logan mich geküsst hat, und geht nun davon aus, dass mehr gelaufen ist, weil ich mich während der Heimfahrt nicht bei ihr gemeldet habe. Ich will jedoch meine Ruhe, nicht nachdenken, alles vergessen. Aber Logans enttäuschter Blick hat sich in meine Netzhaut gebrannt.

Mein Magen ballt sich zusammen. Ich hätte gleich nach dem Kuss von der Bühne gehen sollen. Wir hatten solch einen grandiosen Auftritt, der Tag war perfekt! Bis dieser eine Kuss alles ruiniert hat.

Nein, ich habe alles ruiniert. Ich hätte es bei diesem einen Kuss belassen sollen; es hätte ein Kuss unter Freunden bleiben können.

Nachdem ich angezogen bin, stelle ich mich an den Schreibtisch, der sich vor dem Fenster befindet. Der Ausblick auf den düsteren Hinterhof zwei Stockwerke tiefer erschreckt mich jedes Mal, denn er ist furchtbar trist. Überhaupt passt das Wetter zu meiner Stimmung. Es ist neblig und kalt. Aber die Wohnung liegt genial, nur zwei Stationen mit den öffentlichen Verkehrsmitteln von der Uni entfernt. Und sie kostet fast nichts – für Londoner Verhältnisse – trotzdem noch zu viel für ihren Zustand. Dieses Apartment ist eine Absteige, ein dunkles, kaltes Loch. Die Tapeten lösen sich ab, der Wasserhahn in der Küche tropft und die Fenster sind undicht, sodass es ständig zieht. Das habe ich alles in Kauf genommen, um Logans Nähe zu entfliehen und weil Sue dringend eine Nachmieterin für das Zimmer gebraucht hat; schließlich wollte Amy mit Jason zusammenwohnen. Also haben wir zwei Fliegen mit einer Klappe geschlagen. Außerdem wird es langsam Frühling und wärmer, denn die alte Heizung hat auch nicht immer funktioniert. Was soll ich sagen – ich bin eben ein verwöhntes Mädchen aus reichem Hause.

Meine Eltern hatten nichts dagegen, dass ich zu Sue ziehe. Ich hab ihnen gesagt, dass es hier ruhiger wäre und ich besser lernen könnte, was im Grunde stimmt. Doch wenn sie mich besuchen würden, wären sie entsetzt. Zum Glück verlassen sie ihr Grundstück nur noch selten und kommen sicher nicht in Versuchung, vorbeizusehen. Sie hassen den Trubel in der Stadt.

Ich hätte auch bei ihnen wohnen und Tony hätte mich zur Uni fahren und abholen können. Aber erstens ist unser Chauffeur mit seinen fünfundsechzig Jahren fast genauso alt wie meine Eltern und ich möchte ihm die Strecke nicht täglich zumuten. Außerdem wollte ich endlich Unabhängigkeit. Ich bin schließlich neunzehn und kein Baby mehr.

Als das Handy erneut einen Ton von sich gibt und Logans Name aufleuchtet, greife ich sofort danach. Er hat mir eine Nachricht geschrieben!

Meine Magenschmerzen nehmen zu und mein Puls rast. Er will sicher wissen, was mit mir los war. Ob er uns noch eine Chance gibt? Verdammt, warum hoffe ich das überhaupt?

So wie ich Logan kenne, wird er nicht aufgeben. Schließlich hat er mir heute einen Kuss stehlen können, und er ist hartnäckig, das haben die letzten Monate gezeigt.

Meine Knie sind butterweich, daher setze ich mich aufs Bett, öffne angespannt das Chatprogramm und … erstarre.

Tut mir leid, dass ich dich geküsst habe. Es wird nie wieder vorkommen. Ich weiß nicht, welche Dämonen dich quälen, aber von jetzt an werde ich keiner von deinen finsteren Gesellen mehr sein. Ich habe verstanden, dass es in deinem Herzen keinen Platz für mich gibt und ich akzeptiere das. Daher werde ich auch aus dem Gesangsclub treten. Das ist für uns beide wohl das Beste.

Seine Nachricht nimmt mir sämtliche Luft. Er hat einen Schlussstrich gezogen. Es ist aus, definitiv, und das, bevor es begonnen hatte.

Ich rolle mich auf dem Bett zusammen und schließe die Augen. Am liebsten würde ich weinen, aber nur eine einzige Träne perlt über meine Wange. Weil ich weiß, dass es für uns beide besser ist?

Meine Vergangenheit holt mich ständig ein, und ich werde immer an sie erinnert, wenn ich Logan sehe.

Wieso trifft mich seine Nachricht dann so schlimm?

Weil ich mich in Logan verliebt habe, deshalb. Ich habe mich in ihn verliebt und er sich in mich. Und nun habe ich seine Gefühle zutiefst verletzt.

»Verdammt, Marc, ich hasse dich!«, brülle ich und kann mich gerade noch beherrschen, mein Smartphone durch den Raum zu schleudern. Ich muss Logans Nachricht lesen, immer wieder, damit ich begreifen kann, dass ich ihn endgültig vertrieben habe.

Okay, ich muss Ruhe bewahren. Bin ich mir sicher, dass ich in Logan verliebt bin? Schließlich weiß ich kaum etwas von ihm, weil ich ihn ständig auf Abstand gehalten habe. Ich weiß lediglich, dass er Logan Walsh heißt, genauso alt ist wie ich, ein begnadeter Sänger ist und an manchen Wochenenden mit seiner Band auftritt. Und ein paar Kleinigkeiten habe ich noch von Malte erfahren, der mit uns im Filmkurs ist.

Plötzlich will ich alles über Logan wissen. Warum er ausgerechnet mit mir zusammen sein möchte? Wer er ist, woher er kommt, was er am liebsten isst. Welche Lieblingsfarbe er hat – okay, wahrscheinlich schwarz. Und welche Fernsehserie er gerne guckt. Ich schaue für mein Leben gern Serien und kaufe mir alle Staffeln auf DVD, sobald eine Serie abgeschlossen ist, damit ich mir die Folgen möglichst hintereinander ansehen kann. Mein Geschmack ist breit gefächert, von Krimi über Sci-Fi bis Fantasy ist alles dabei. Da finden wir bestimmt Filme, die uns beiden gefallen. Es wäre schön, die Füße zusammen unter eine Decke zu stecken und … Mehr Tränen laufen über meine Wangen und ein kleiner, zittriger Schluchzer bahnt sich einen Weg aus meiner Kehle. Ich bin so verwirrt, dass meine Gedanken wild herumwirbeln und mir davon schwindelig wird. Logans Nachricht verschwimmt vor meinen Augen.

Ich komme erst wieder zu mir, als ich Stimmen im Flur höre. Sue ist zurück, und sie hat jemanden mitgebracht.

Ach ja, es ist Freitagnachmittag, das Wochenende steht an, da ist Besuch gestattet. Susan hat strenge Regeln aufgestellt, die mir ebenfalls recht sind: kein Besuch unter der Woche – Familie ausgenommen –, Partys nur nach Absprache. Damit wir uns ganz aufs Lernen konzentrieren können. Ob sie einen Mann dabei hat? Sie schwärmt schon seit Ewigkeiten für Tyler, einen älteren Studenten. Doch ich höre bloß Frauenstimmen. Könnte auch Clara sein. Sie ist Sues beste Freundin.

Als es an meiner Zimmertür klopft, wische ich mir hektisch über die feuchten Wangen. »Ja?«

»Ich bin es. Amy.« Sie klingt verdammt gut gelaunt.

»Komm rein«, sage ich matt.

Als sie den Kopf in den Raum steckt, verschwindet ihr Lächeln abrupt. »Du bist ja noch gar nicht umgezogen!«

Verdammt, ich habe völlig vergessen, dass wir heute ins *Blues* gehen wollten!

Amy sieht flott aus. Sie trägt eine dunkelgrüne Schlaghose aus Feincord und einen Rollkragenpullover in derselben Farbe, was wunderbar zu ihrer wilden braunen Mähne passt. Wir haben abgemacht, wegen des Musicals heute alle im Seventies-Look zu erscheinen.

Nachdem ihr Blick von meinen Jogginghosen über meinen Pullover zu meinem Gesicht gewandert ist, eilt sie sofort zu mir. »Hast du geweint?«

Nun kann ich mich nicht mehr zurückhalten. Plötzlich schnürt sich mein Hals zu und die Tränen schießen regelrecht hervor. »E-es ist …« Ich kann kaum sprechen.

Amy setzt sich neben mich und greift nach meiner Hand. »Ist es wegen Logan? Hat er dir weh getan?«

»N-nein, ich habe ihm weh getan.«

»Was ist denn passiert? Ihr wart nicht im Café und du bist nicht an dein Handy gegangen, daher habe ich gedacht, Logan und du …« Sie räuspert sich. »Als ihr euch geküsst habt, habe ich wirklich geglaubt: Jetzt wird alles gut.«

»Nichts ist gut«, murmele ich und erzähle ihr die Kurzfassung, dass wir uns zwischen den Kulissen noch einmal geküsst haben und es beinahe zu mehr gekommen wäre. »Und dann habe ich ihn einfach stehen gelassen und bin weggelaufen, weil …« Seufzend senke ich den Kopf.

»Weil er dich an Marc erinnert.«

Ich bringe bloß ein schwaches Nicken zustande.

»Der arme Kerl. Du solltest ihm sagen, dass es nicht an ihm liegt.« Sie steht auf und geht zu meinem Kleiderschrank. »Du machst dich jetzt hübsch und kommst mit uns ins Blues. Ich hab mich schon die ganze Woche auf den Abend gefreut und Jason auch.«

Wir haben heute so eine Art Klassentreffen mit unserem ehemaligen Dozenten. Ich habe Jason völlig vergessen! Er hat Amy schließlich hergebracht. »Logan könnte da sein.«

»Hoffentlich. Jason würde ihn und alle anderen aus dem Kurs gerne sehen.«

»Wartet er unten im Auto?«

»Nein, er hat mich abgesetzt und sucht sich gleich einen Parkplatz in der Nähe des Clubs. Später bekommt er sicher keinen mehr. Ich hab ihm gesagt, dass wir die zwei Stationen mit der Tube fahren und uns dort treffen. Sind bestimmt schon ein paar Leute da.« Sie öffnet den Schrank und schiebt meine Kleidung auf der Stange hin und her. »Du könntest dich dort endlich mal mit Logan aussprechen.«

»Zu spät, er hat Schluss gemacht, noch bevor es angefangen hat. Es ist besser so, wirklich.«

Mit erhobenen Brauen dreht sie sich um, und ich lese ihr seine Nachricht vor. »Aus, vorbei. Wenn er sogar aus dem Gesangsclub treten will, meint er es ernst.« Erneut klingt meine Stimme erstickt. »Ich weiß gar nicht, warum er nicht eher aufgegeben hat. Vielleicht wollte er nur an das Geld meiner Eltern?« Wenn ich mir einrede, dass er böse Absichten hatte, fällt es mir womöglich leichter, ihn zu vergessen. »Malte hat mir erzählt, Logan hat ein Jahr verloren, genau wie ich. Nur war er nicht mit einem Psycho zusammen und in Therapie, sondern ist vor dem Studium mehrere Monate durch England getourt. Mit den Auftritten hat er gerade so viel verdient, dass er sich über Wasser halten konnte. Jetzt singt er mit der Band nur noch ab und zu an den Wochenenden. Die gelegentlichen Gigs bringen sicher nicht so viel ein, dass es zum Leben reicht.«

Amy holt ein dunkelbraunes Minikleid mit langen Ärmeln und eine schwarze Leggins aus dem Schrank und legt die Sachen neben mir aufs Bett. »Seltsam ist es schon, wie er sich die Uni leisten kann, wo er doch im Heim aufgewachsen ist.«

»Er ist was?« Meine Finger krallen sich ins Laken und mein Herz macht einen kräftigen Satz gegen die Rippen. Davon habe ich nie etwas gehört!

Amy grinst schief. »Shit. Habt ihr euch denn niemals über Privates unterhalten? Ich dachte, das wüsstest du, schließlich habt ihr ewig zusammen geprobt.«

»Ich hatte keine Ahnung!« Logan war im Heim? Plötzlich krampft sich mein Magen erneut zusammen. Er hatte bestimmt kein einfaches Leben, und ich mache es ihm noch schwerer. »Von wem weißt du das?«

Sie setzt sich neben mich und sieht mich zerknirscht an. »Von Jason. Ich hatte ihm mal auf den Zahn gefühlt, weil sich die beiden ja ziemlich gut verstanden haben. Aber erzähl es bloß nicht weiter; ich habe wirklich gedacht, du wüsstest es.«

Logan … ein Heimkind. »Meinst du, dass er mit Drogen dealt?«

»Hat dir das Susan eingeflüstert?«, fragt sie leise und schielt auf die geschlossene Tür. »Unsere Drama Queen sieht doch in jedem gleich einen Dealer.«

»Sie hat diese Option zumindest in Erwägung gezogen.« Musik dringt gedämpft durch die dünnen Wände. Vermutlich macht sich Sue gerade hübsch, denn sie wollte mit uns kommen. Normalerweise sind die Freitagabende für ihre beste Freundin reserviert, aber seit Clara einen festen Freund hat, sehen sich die beiden seltener.

Ich schlüpfe aus meiner Jogginghose und ziehe die Leggins an, die ich unter dem Kleid tragen werde. »Also, wie finanziert er sein Studium?«

»Vielleicht fragst du ihn einfach mal?«, sagt Amy, die nun meine Schuhsammlung inspiziert. Neben dem Schrank türmen sich zahlreiche Kartons auf. Ich habe leider einen Schuhtick, und hier ist kaum Platz für all meine Schätze, weshalb ich ohnehin nur meine absoluten Lieblinge mitgenommen habe. Die anderen befinden sich in meinem Zimmer im Haus meiner Eltern.

»Ich werde Logan garantiert nicht fragen. Nicht heute.« Sondern mich schön von ihm fernhalten.

Amy wirft mir einen kurzen Blick über die Schulter zu und rollt mit den Augen.

»Woher weiß ich denn, dass er mir eine ehrliche Antwort geben würde?«, möchte ich von ihr wissen.

»Du musst wirklich aufhören, jedem zu misstrauen. Das frisst dich sonst noch auf«, sagt sie und kommt mit dunkelbraunen Overknee-Stiefeln auf mich zu. »Und jetzt wirf dich in Schale und lass uns dich ein bisschen aufmuntern.«

Den ganzen Nachmittag habe ich überlegt, ob ich mich mit den anderen im *Blues* treffen soll. Ich liebe diesen gemütlichen Laden mit dem abgenutzten Holzboden, den leicht wackligen Tischen und der schummrigen Beleuchtung. Dort ist die Musik nie so laut, dass man sich nicht mehr unterhalten kann. Natürlich habe ich nichts gegen laute Mucke, aber ab und zu möchte ich einen chilligen Abend verbringen, entspannen, abschalten.

Der Club ist nicht weit weg von der Uni, sodass die meisten Studenten keinen weiten Weg vom Wohnheim aus haben. Und heute ist Karaoke-Nacht, die macht immer eine Menge Spaß. Bloß ist mir nicht nach Spaß, nachdem Penny mich wie den letzten Idioten hat aussehen lassen. Was war das für eine Aktion von ihr? Erst lässt sie sich küssen, danach macht sie mich so heiß, dass ich beinahe wie ein wildes Tier über sie hergefallen wäre, und dann läuft sie einfach davon?

Ich dachte, dieses Hin und Her wäre endlich vorbei?

Bisher habe ich mich nicht zu fragen getraut, was sie gegen mich hat, obwohl ich nicht der schüchterne Typ bin. Ob es doch an meiner Herkunft liegt?

Ich bin in einfachen Verhältnissen aufgewachsen, das gebe ich zu, aber ich komme über die Runden. Außerdem habe ich große Ziele: Ich bin in demselben Medienkurs wie Penny, weil ich später Musikvideos produzieren und fett Kohle verdienen möchte. Penny will Moderatorin werden oder anderweitig fürs Fernsehen arbeiten. Ansonsten weiß ich von ihr relativ wenig; sie gibt selten etwas Persönliches preis.

Ich stehe neben Malte und Jason an einem Bartisch und

nippe an meinem Ale, während sich die beiden rege unterhalten. Ich nicke und lächle an den hoffentlich richtigen Stellen, denn ich höre ihnen kaum zu. Meine Gedanken kreisen ständig um Penny. Wie soll ich mich ihr gegenüber verhalten, wenn sie hier auftaucht? Von Jason weiß ich, dass Amy und Penny ein wenig später kommen, also hätte ich auch noch Zeit zu verschwinden. Andererseits sehe ich nicht ein, dass ich ihretwegen auf einen Abend verzichten soll, der vielleicht noch ganz schön werden kann.

Malte hat leider schon bemerkt, dass ich keine gute Laune habe. Obwohl er nicht im Gesangsclub ist, hat er mitbekommen, dass ich Penny geküsst habe; das hat sich wie ein Lauffeuer verbreitet.

Malte, Jason und ich sind drei relativ große Männer und allein wegen Maltes hellblondem Haar im Club nicht zu übersehen. Außerdem scheinen wir wie einem Film aus den Siebzigern entsprungen. Wir tragen Schlaghosen und bunte Hemden mit großen Kragen. Auf meine Lederjacke habe ich dennoch nicht verzichtet. Heute schirmt sie mich wie ein Kokon von allen ab.

Malte ist mittlerweile ein sehr guter Freund für mich geworden und wir hängen viel zusammen ab. Egal wo wir hingehen – ständig werden wir von Frauen angehimmelt. Er vielleicht sogar ein bisschen mehr als ich, denn seine hellblauen Iriden strahlen wie Diamanten.

Penny hat fast dieselbe Augenfarbe. Fuck, selbst mein Kumpel erinnert mich an sie!

Er lebt im selben Wohnheim wie ich und ist gerade neunzehn geworden. Er wurde in London geboren; seine Eltern kommen allerdings aus Schweden. Sein Geheimnis kennen bloß wenige, eigentlich nur Jason, Amy und ich. Relativ schnell habe ich herausgefunden, dass Malte Gunnarsson auf Männer steht, denn er hat mich zu Beginn des ersten Semesters oft genauso dämlich angegrinst wie ich Penny. Als Malte und ich ein paar Bier zu viel hatten, habe ich ihm mein Herz ausgeschüttet und er mir seines. Er sehnt sich ebenfalls nach einem Partner, weiß aber nicht, wie er ihn finden soll.

Seine Eltern haben keine Ahnung, dass er schwul ist. Er ist ihr einziger Sohn und sie sind Bankmanager oder so ähnlich. Auf jeden Fall sind sie stock-konservativ. Malte möchte jedoch Dokumentarfilmer werden, sich auf Tierfilme spezialisieren und später einmal viel in der Welt herumreisen. Dann wäre er weg von seinen Eltern und müsste seine Neigung nicht verbergen. Sie waren zwar von seinem Berufswunsch nicht begeistert und halten ihn nun für einen Ökofreak, aber wenigstens wird er sein Geld mit ehrlicher Arbeit verdienen, was sie besänftigt hat.

Tja, ich hatte nie Probleme mit meinen Eltern, denke ich sarkastisch. Zumindest nicht mit meinen richtigen. Dafür habe ich meinen Pflegefamilien das Leben zur Hölle gemacht. Ich war wirklich ein Arsch.

Weil ich nicht mehr an mein früheres Leben erinnert werden wollte, habe ich sämtliche Kontakte zu den Bewohnern in meinen ehemaligen Heimen abgebrochen, außer zu den Mitgliedern unserer Band, die alle aus dem *Eastwick Child Care Center* stammen, in dem ich zuerst war. Zu Puppy, unserem Schlagzeuger, habe ich den engsten Bezug. Bei ihm habe ich eine Weile gewohnt und mit ihm in seinem Van geschlafen, während wir durch England getourt sind.

Als ich mit dem Studium angefangen habe, wollte ich zum Lernen jedoch eine ruhige Bleibe ohne Ablenkung. Ich liebe die vier Jungs, aber die machen ständig Party und nehmen teilweise immer noch Drogen. Puppy – sein richtiger Name ist Burt – ist der vernünftigste von ihnen. Er arbeitet am Bau und weiß von Penny.

»… sagst du dazu, Logan?« Jason grinst mich an und fährt sich durch sein schwarzes Haar. »Du hast mir gar nicht zugehört, oder?«

»Tschuldige«, murmle ich. »Ist irgendwie nicht mein Tag heute.«

»Amy hat mir ausführlich berichtet, was passiert ist.« Jasons Grinsen wird breiter. »Penny.«

»Ja, es ist wegen ihr«, gebe ich zu, habe aber keine Lust, ihm alles zu erzählen. Selbst Malte weiß noch nicht, was nach dem Kuss passiert ist. Weil ich so miese Laune habe, hat er es aufgegeben, mich auszuquetschen.

»Nein«, sagt Jason und nickt Richtung Tür. »Ich meinte: Penny ist gerade angekommen.« Er winkt, und ich drehe mich langsam um.

Shit, da ist sie. Penny steht neben Sue und Amy, die zurückwinkt, und sieht zum Niederknien aus. Sie trägt ein figurbetontes braunes Kleid, schwarze Leggins, Overknee-Stiefel und eine kleine schwarze Handtasche, in die sie ihre Finger krallt. Ihre langen blonden Haare fallen offen über ihre Schultern und werden von einem Haarband im Zaum gehalten. Sie gleicht einem Engel.

Sofort wende ich mich ab und starre finster in mein Ale. Von wegen Engel – sie ist eine verführerische, durchtriebene und undurchschaubare Dämonin. Wahrscheinlich hat sie der Teufel persönlich geschickt, um mich zu bestrafen, weil ich kein guter Mensch gewesen bin.

***

Bereits über eine Stunde lang habe ich es erfolgreich geschafft, ihr aus dem Weg zu gehen. Dafür lässt Malte nicht locker. Seiner Hartnäckigkeit hat er es zu verdanken, dass ich kapituliert und ihm alles erzählt habe.

»Ihr seht beide verdammt unglücklich aus«, sagt er.

Wir lehnen nebeneinander an der Wand, je eine Flasche Bier in der Hand, und tun so, als würden wir unseren Kommilitonen beim Singen zusehen. Gerade gibt sich das Mädels-Trio Bridget, Irina und Barbara die Blöße. Keine von ihnen trifft auch nur einen Ton, während sie inbrünstig mit der »Yellow Submarine« untergehen.

Tatsächlich muss ich ständig zu Penny schielen, die bei Amy, Jason und Sue am Tisch sitzt. Ich fühle ihre brennenden Blicke auf mir, sobald ich den Kopf abwende; ansonsten zieht sie sich einen Cocktail nach dem anderen rein. Sie redet kaum mit ihren Freundinnen und starrt vor sich hin.

Die Musik verstummt, und es ist bloß noch das Stimmengewirr der Clubbesucher zu vernehmen. Der Laden hat sich gefüllt, aber hauptsächlich sind Studenten anwesend.

»Das war ja gruselig!«, ruft Roy schmunzelnd dem Mädchen-Trio zu, das die Bühne kichernd verlässt. Irina streckt ihm die Zunge raus.

Roy, der rothaarige, stämmige Ire ist auch in unserem Medienkurs und spielt oft den Clown. Er hat ständig gute Laune und ist entweder in einer Kneipe oder im Fitnessstudio anzutreffen. Gewichte stemmen ist neben Biertrinken seine große Leidenschaft. Er kann einiges vertragen, ohne richtig betrunken zu werden.

Als er mich angrinst, ahne ich nichts Gutes. »Ich will lieber Logan und Penny noch einmal singen hören. Ihr wart großartig!« Er prostet mir zu, und ich hebe schief lächelnd meine Flasche und denke: *Halt bloß deine Klappe.*

Zu spät, alle anderen fangen plötzlich an »Penny, Logan, Penny!« zu rufen.

Abermals schiele ich zu ihrem Tisch, doch sie ist verschwunden. Ich blicke mich um und sehe gerade noch, wie sie tiefer in den Club in Richtung Toiletten läuft.

Ihre offensichtliche Abneigung trifft mich erneut hart, als hätte sie mir eine glühende Klinge direkt ins Herz gerammt. Aber ich habe geschworen, mir den Abend nicht von ihr ruinieren zu lassen. Ich drücke Malte meine Flasche in die Hand, werfe meine Jacke über die Lehne eines Stuhles und gehe auf die Bühne, um mir am Computer einen Song auszusuchen.

»Wo ist Penny?«, ruft Irina. Sie steht knapp zwei Meter vor mir und reckt den Hals, um über die Köpfe der anderen zu sehen.

»Ich glaube, sie hatte einen Cocktail zu viel«, antwortet Amy und macht sich ebenfalls auf den Weg zu den Toiletten.

»Dann musst du allein die Bühne rocken!« Roy schenkt mir ein breites Lächeln. Er war auch schon öfter bei einem unserer Band-Abende anzutreffen und hat immer am lautesten geklatscht und gepfiffen. Na, da will ich ihn als Fan mal nicht verlieren.

Ich kann mich kaum auf die Auswahl vor mir konzentrieren und drücke wahllos auf einen Song. Danach nehme ich das Mikro und blicke zum Bildschirm. Schon erklingen die ersten Pop-Reggae-Töne; ich erkenne das Lied sofort und stöhne innerlich. *Mysterious Girl?* Warum habe ich mir ausgerechnet diesen Text aussuchen müssen? Der ist Penny und mir wie auf den Leib geschneidert.

Nachdem ich tief durchgeatmet habe und die ersten Wörter auf dem Monitor erscheinen, funktioniere ich einfach und singe über das Mädchen, nach dem mein Herz und meine Seele verlangen. Dabei erwische ich mich, wie mein Blick ständig in die hinterste Ecke des Clubs schweift, wo die Toiletten liegen. Ist da nicht eben Pennys blonder Schopf aufgetaucht?

Nein, ich halluziniere offenbar, so groß ist meine Sehnsucht nach ihr. Immer noch.

Ich bin ein Idiot. Seit ich Penny zum ersten Mal im Kursraum gesehen habe, singe ich jedes Lied, das sich um Liebe dreht, nur noch für sie. Dabei himmeln mich unzählige Frauen aus dem Publikum an, genau wie jetzt. Ich könnte jede haben, und vielleicht sollte ich mein Verlangen nach Nähe wirklich langsam bei anderen holen, bevor ich durchdrehe. Oder noch besser: Ich nehme mir heute die eine und morgen eine andere. Treue zahlt sich ohnehin nicht aus. Als ich nur an wenigen Tagen im Monat in London war, während ich mit meinen Jungs durch England getourt bin, war ich Fran auch immer treu. Und was war der Dank dafür? Sie hat Schluss gemacht, weil sie glaubte, ich könne ihr bei dem Überangebot an weiblichem Sexappeal niemals treu sein. Ich wäre sogar mit ihr nach New York gegangen, so verliebt war ich in sie!

Ich will nicht jammern, ich bin darüber hinweg. Fran tanzt nun in New York; sie hat die Aufnahmeprüfung für die Dance-Academy geschafft, und ich bin immer noch stolz auf sie. Wenn einer diese Chance verdient hat, dann Fran.

Nein, lieber keine Beziehung. Das würde alles komplizierter machen; besser ich bleibe allein und konzentriere mich aufs Studium. Nur wird das schwer mit Penny in meinem Kurs.

Ob ich Skyler anrufen soll? Sie fragt ab und zu nach mir, ob ich Lust auf einen kleinen Job mit »Zugabe« hätte, und ich beantworte jede ihrer Mails mit einem »Nein danke«. Bevor ich mit Fran zusammengekommen bin, habe ich mich bei ihr immer fallen lassen können und mich geborgen gefühlt, auch wenn wir nie ein Paar waren. Außerdem haben mir ihre Aufträge gutes Geld eingebracht.

Ja, Skyler wäre eine vorübergehende Alternative. Sie hat mich damals aufgefangen, wenn wieder alles schief lief. Doch in Wahrheit will ich nicht zurück zu ihr. Ich will Penny.

Während ich den Text wie in Trance singe, spüre ich ihre Lippen auf meinem Mund. Ihr Kuss und die intensiven Berührungen gehen mir nicht aus dem Kopf. Trotzdem schaffe ich es irgendwie, das Lied fehlerfrei hinzubekommen, und als die Musik verstummt, wird wild applaudiert.

Ich verbeuge mich grinsend, lege das Mikro ab und springe von der Bühne. Dann schnappe ich beim Vorbeigehen meine Lederjacke vom Stuhl und verabschiede mich von Malte, Jason und ein paar anderen. Alle sehen mich an, als wäre ich ein Alien, und bevor jemand fragen kann, was mit mir los ist, eile ich zum Ausgang. Ich hab die Schnauze voll.

»Logan, warte!«, ruft jemand hinter mir. Im ersten Moment denke ich, das ist Pennys Stimme, und drehe mich mit wild pochendem Herzen um. Aber es ist Amy.

»Was ist?«, fahre ich sie eine Spur zu heftig an.

»Geh nicht, rede mit ihr. Es liegt nicht an dir, dass sie heute davongelaufen ist.«

»Bist du dir sicher?«, frage ich kühl und blicke sie scharf an. Falls sie Pennys fieses Spiel unterstützt, ist Amy die längste Zeit meine Freundin gewesen.

»Ich … weiß, was der Grund für ihr Verhalten ist.« Sie nagt mit den Schneidezähnen an ihrer Unterlippe und spricht nicht weiter, während ich vor Neugier beinahe platze.

»Und?«

»Ich habe versprochen, niemandem etwas zu sagen.«

Ich wette, Jason weiß es trotzdem. Kurz schaue ich zu ihm und Malte, und beide starren zu uns her. Na toll, offenbar verfolgt jeder mein verkorkstes Liebesleben.

»Hat ihr mal jemand sehr wehgetan?« Das wäre der einzige Grund, der mir für ihr Verhalten einfällt.

»Das musst du sie selbst fragen, Logan.«

So schuldig wie Amy in diesem Moment aussieht, liege ich wohl mit meiner Vermutung richtig. Das würde auch erklären, warum Penny davongelaufen ist, als ich die Initiative ergriffen habe. Bin ich zu forsch rangegangen und hat sie sich bedroht gefühlt?

Ich hatte überlegt, ihr hinterherzulaufen, um mich zu entschuldigen, aber ich hatte einen Megaständer und konnte den Raum nicht verlassen.

Plötzlich fällt eine kleine Last von mir ab. Ich habe nicht Schuld. Doch mein Magen ballt sich zusammen. Wer ist dieses Schwein, das für ihre Ängste verantwortlich ist?

»Komm«, sagt Amy. »Penny ist noch auf dem Klo. Besser, ihr bringt es gleich hinter euch. Ich kann euch beide nicht länger leiden sehen.«

Mein Gesicht erhitzt sich. Ist es tatsächlich so offensichtlich? »Und sie will mir wirklich alles erklären?«

Sie nickt. »Ich habe mit ihr geredet und sie ist nun bereit dazu.«

***

Offenbar ist sie das nicht. Wie ein Idiot warte ich vor der Damentoilette in dem düsteren Gang und starre die mit Filzmarkern beschmierten Holzpaneele an. Weil im Moment keiner singt, läuft leisere Musik im Hintergrund, weshalb ich mitbekomme, wie Penny und Amy im Waschraum diskutieren. Mit einer Schulter lehne ich mich an den Türrahmen, um sie besser hören zu können.

»Du hast ihm doch nichts gesagt?«, vernehme ich Pennys leicht lallende und viel zu hohe Stimme. Anscheinend hat sie bereits zu viele Drinks intus.

»Natürlich habe ich ihm nichts gesagt. Aber Logan tut mir so leid. Daher habe ich ihm erklärt, dass ich sicher weiß, dass es nicht an ihm liegt.«

Ich tue ihr leid … Mann, ich gehe, das wird mir wirklich zu blöd!

Gerade als ich mich vom Rahmen abdrücke, geht die Tür auf und Penny läuft in mich hinein.

Ich halte sie an den Schultern fest, und ihr nach Alkohol duftender Atem streift mein Gesicht. »Hi.«

»Hi«, antworte ich. Mehr bringe ich nicht heraus, denn ich kann nur in ihre aufgerissenen Augen starren. Furcht spiegelt sich in ihren großen Pupillen. Hat sie Angst vor mir oder vor dem Gespräch?

Amy zwängt sich an uns vorbei und räuspert sich. »Ich bin bei Jason, falls was sein sollte.«

Penny möchte ihr hinterhergehen, aber ich halte sie weiterhin fest. »Du brauchst vor mir keine Angst zu haben«, sage ich leise und lasse sie schnell los. »Ich würde dir niemals weh tun.«

Ihr bleiches Gesicht wird noch weißer. »Was hat Amy dir erzählt?«

»Sie hat mir wirklich nichts gesagt.« Ich fahre durch mein

Haar und senke den Blick. Es fällt mir schwer, Penny nach dem Grund ihrer Ablehnung zu fragen, weil ich immer noch Angst habe, dass sie mich verabscheut. Weil sie herausgefunden hat, wer ich früher war. Was ich getan habe. »Bitte rede mit mir. Dieses ewige Hin und Her macht mich fertig, Penny.«

Sie nickt langsam. »Ich erzähle dir alles, ich brauche nur noch einen Drink.«

»Ich glaube, du hattest schon genug.« Sie steht weiterhin dicht vor mir und schwankt leicht, deshalb lege ich beide Hände an ihre Wangen und zwinge sie, mich anzusehen. »Du kannst mir alles erzählen. Ich werde auch nichts weitergeben, das verspreche ich dir.«

Seufzend schlägt sie die Augen nieder. »Bitte, Logan, ich brauche noch einen Drink, sonst hab ich nicht genug Mut.«

Oh Gott, was ist ihr nur geschehen? Ich habe eine Ahnung, hoffe jedoch, dass ich falsch liege.

»Na gut, noch *einen*«, sage ich. »Aber danach gibt es keine Ausreden mehr.«

***

Der *eine* Drink ist ein »Bullentöter« mit viel Tequila, Wodka und Rum. Allein bei der Mischung wird mir schlecht, doch Penny zieht das halbe Getränk innerhalb von Sekunden durch ihren Strohhalm. Wir haben uns an den letzten freien Stehtisch gestellt, und ich warte gebannt, bis sie endlich zu sprechen anfängt.

Amy und Jason, die etwa drei Meter von uns entfernt sitzen, starren ständig zu uns. Ich fühle mich, als würde ich vor einem Richter stehen und glaube, wirklich jeder im Laden interessiert sich bloß für uns. Zum Glück haben sich

Malte und Sue auf die Bühne getraut und geben ein Lied von ABBA zum Besten: Knowing me, knowing you. Ich wusste nicht, dass Malte so gut singen kann, ich höre ihn heute zum ersten Mal; und auch seine kreisenden Hüftbewegungen sehen aus wie einstudiert. Er ist ein Naturtalent, und die Mädels schmachten ihn an. Zwar trifft er nicht jeden Ton, ebensowenig wie Sue, aber die beiden machen ihre Sache nicht schlecht und sorgen dafür, dass uns niemand zuhören kann. Leider macht Penny immer noch nicht ihren Mund auf, außer um noch mehr Alkohol in sich zu kippen. Verdammt, trinkt sie immer so viel? Ich würde längst unterm Tisch liegen.

»Penny …« Vorsichtig greife ich nach ihrer Hand und atme auf, als sie nicht zurückzuckt. »Sagst du mir nun, was los ist?«

»Hmm«, macht sie und lächelt mich verträumt an. »Ich mag dich wirklich sehr, Logan.« Sie leckt sich einen Tropfen aus dem Mundwinkel, und allein wegen dieser Geste spüre ich ein Ziehen in den Lenden.

»Ich mag dich auch sehr.« Ich stelle mich näher zu ihr, verschränke meine Finger mit ihren und frage: »Wer hat dir weh getan? Ich werde dafür sorgen, dass er dich nie wieder verletzt.«

Plötzlich verschwindet ihr Lächeln und sie reißt ihre Hand weg, um sie sich auf den Mund zu pressen. Dann läuft sie zurück zu den Toiletten.

Ob ich jemals erfahren werde, was sie bedrückt?

***

»Sie steigt nicht in mein Auto!« Vehement schüttelt Jason den Kopf, während wir uns vor seinem schwarzen Mustang versammeln, der in einer dunklen Nebenstraße parkt. Meistens fährt er die Mädchen nach Hause.

Penny hockt am Straßenrand und übergibt sich in einen Gully. Ich stehe hinter ihr, um ihr die Haare aus dem Gesicht zu halten. Ihre kleine Handtasche habe ich mir über die Schulter gehängt.

Es ist zehn Uhr nachts und wir haben beschlossen, den Laden schon zu verlassen. Die meisten sind müde – schließlich haben wir einen anstrengenden Auftritt hinter uns –, und wegen unserer »Beziehungskrise« wollte bei unseren Freunden wohl keine rechte Karaoke-Stimmung aufkommen. Normalerweise liefern wir uns regelrechte Battles, vor allem Penny und ich.

»Rufen wir ein Taxi«, schlägt Sue vor, während Amy Pennys Mantel ins Fahrzeug legt.

Jason hebt die Brauen und stützt sich mit dem Ellbogen lässig am Autodach ab. »Damit sie das auch vollkotzt?«

»Ich steige ... nicht in ... ein Auto«, murmelt Penny und würgt abermals. Ich wünschte, ich könnte ihr die Übelkeit abnehmen – und all das, was sie bedrückt.

»Ich kann sie zu Fuß nach Hause bringen«, biete ich an. »Die frische Luft wird ihr gut tun.«

Amy schüttelt den Kopf. »Ich bezweifle, dass sie noch so weit laufen kann. Ich habe Penny bisher zwei Mal betrunken erlebt. Wenn sie zu viel hat, fällt sie innerhalb kürzester Zeit regelrecht ins Koma. Ich gebe ihr noch maximal eine Viertelstunde, danach kannst du sie tragen.«

»Mir ist so schlecht«, sagt sie und übergibt sich erneut. Sue reicht ihr ein frisches Taschentuch. »Kann nicht so weit laufen.«

»Ich könnte sie mit zu mir nehmen, bis es ihr besser geht, und dann bringe ich sie nach Hause.« Ich werfe einen

Blick zu Malte, der die Hände tief in seinen Hosentaschen vergraben hat und gähnt. »Wenn du mir hilfst, sind wir in zehn Minuten beim Wohnheim. Solange muss sie durchhalten.«

»Klar helfe ich dir«, antwortet er.

»Penny, ist das okay für dich?«, fragt Amy und legt die Hand auf ihre Schulter. »Logan kümmert sich um dich.«

»Ja«, flüstert sie kaum hörbar. »Bloß in kein Auto.«

Seufzend stellt sich Amy neben mich und sagt leise: »Das ist deine Chance, Logan. Ihr könnt euch morgen Früh aussprechen, wenn sie einen halbwegs klaren Kopf hat.«

War Pennys Übelkeit ein neuer Wink des Schicksals? Hoffentlich hat das Universum bald keine Lust mehr, mit uns Spielchen zu spielen. »Danke euch, ich passe gut auf sie auf.«

»Das wissen wir«, sagt Jason in einem oberlehrerhaft strengen Ton, »sonst würden wir sie nicht bei dir lassen.«

Schön zu wissen, dass wenigstens meine Freunde mir vertrauen.

***

Ich habe Penny meinen Arm um die Taille gelegt und Malte stützt sie auf der anderen Seite. Es ist kalt geworden, deswegen habe ich ihr meine Lederjacke gegeben. Pennys Mantel liegt bei Jason im Auto.

»Vielleicht kannst du sie jetzt ausfragen?« Malte blickt über ihren Kopf zu mir. »Betrunkene und Kinder sagen schließlich immer die Wahrheit.«

»Ich kann euch hören«, murmelt sie, während sie tapfer ein Bein vor das andere setzt. Zum Glück musste sie sich nicht mehr übergeben; wir haben es auch gleich geschafft.

Das alte, mehrstöckige Gebäude mit den hohen Fenstern liegt direkt vor uns, wir müssen nur noch über die Straße. Das Wohnheim wurde vor ein paar Jahren komplett modernisiert, und ich bin heilfroh, noch ein bezahlbares Zimmer bekommen zu haben.

Malte grinst sie an. »Du kannst dich morgen eh an nichts mehr erinnern.«

Plötzlich versteift sie sich und stolpert beinahe. »Das nutzt ihr aus, so wie mein Ex, was?«

Ich horche auf. Ihr Freund hat ihr also weh getan? »Was war mit deinem Ex?«, frage ich vorsichtig, während wir die Straße überqueren. Um diese Zeit fahren bloß noch wenige Autos vorbei, deshalb ist es nachts angenehm ruhig.

Malte lässt sie los, um die Haustür zu öffnen, und Penny lehnt sich schwer gegen mich.

»Er war ein Arschloch. Ein riesengroßes Arschloch.« Sie hickst und dreht sich zu mir, sodass sich ihr Körper an mich presst. »Ich hasse ihn.« Tief blickt sie mir in die Augen, und der angenehme Druck auf meinen Unterleib wird gleich dafür sorgen, dass ich hart werde. Doch als sie hinzusetzt: »Und du erinnerst mich an ihn«, fühlt es sich an, als hätte sie mich mit einem Eimer Eiswasser übergossen.

»Autsch.« Malte verzieht das Gesicht, als würde er Schmerzen leiden, und hilft mir, Penny in den Hausgang zu bringen. »Sie ist wirklich charmant. Wenn ich nicht schwul wäre, würde ich mich auch in sie verlieben.«

Ich höre kaum, was er sagt, und zerre Penny an ihrem Arm die Treppe hoch. Zum Glück wohne ich im ersten Stock und nicht unter dem Dach. »Penny, warum erinnere ich dich an deinen Ex?« Es wurmt mich, dass sie das glaubt.

»Du siehst ihm irgendwie ähnlich und ihr seid beide in einer Band.«

»Nur deswegen? Das ist nicht fair.«

»Nichts auf der Welt ist fair«, murmelt sie.

Vor meiner Zimmertür verabschiede ich mich von Malte. »Danke fürs Helfen. Ich glaub, jetzt schaffen wir es allein.«

»Keine Ursache.« Erneut grinst er. »Dann wünsche ich euch eine angenehme Nacht.«

Ja, die wird sicher sehr angenehm. Meine erste Nacht allein mit Penny habe ich mir tatsächlich anders vorgestellt.

Nachdem ich aufgesperrt habe, mache ich Licht und lehne Penny im gelb gestrichenen Eingangsbereich an die Wand. »Brav stehen bleiben; ich ziehe dir die Stiefel aus.«

»Hm«, summt sie mit geschlossenen Augen. »Aber nur die Stiefel.«

Ich schlucke schwer. Sie ist wehrlos und kann sich morgen wahrscheinlich wirklich an nichts erinnern. Trotzdem würde ich niemals auf die Idee kommen, sie anzufassen. Ich will, dass sie alles mitbekommt, wenn ich es tue. Und ich werde es machen, sobald sie wieder nüchtern ist. Dann will ich sie unter mir stöhnen hören, weil ich ihr Lust bereite. Und ich werde besser sein als ihr Ex.

Bei diesen Gedanken werde ich hart. Was sie wohl unter diesem engen Kleid trägt? Es betont ihre weibliche Figur auf geradezu unanständige Weise, obwohl es alles verhüllt. Ihren runden Hintern und die vollen Brüste.

Während ich vor ihr knie und die Reißverschlüsse öffne, frage ich vorsichtig: »Was hat er dir getan?«

»Wer?«

»Dein Ex.«

Als sie nicht antwortet, glaube ich, sie ist im Stehen eingeschlafen, aber da hebt sie ihr Bein und ich kann ihr den Stiefel abstreifen. Beim anderen verfahren wir genauso.

Anschließend schiebe ich sie ins Zimmer. In dem Raum

stehen ein Bett, ein Schreibtisch, der Kleiderschrank, ein kleiner Kühlschrank und eine große Regalwand mit unzähligen CDs. Über die Hälfte davon sind Aufnahmen von unserer Band, denn wir haben auch viele eigene Lieder komponiert. Tatsächlich schreibe ich sogar an einem Song für Penny und begleite ihn auf meiner Gitarre, die über dem Fernseher an der Wand hängt. In der Band überlasse ich das Gitarre spielen lieber Joey, der kann das besser.

Zum Glück habe ich halbwegs aufgeräumt, weil ich insgeheim gehofft hatte, dass ich Penny nach der Musical-Aufführung und der anschließenden Feier im Café – bei der ich mich aber ebensowenig blicken haben lasse wie sie – zu mir einladen kann.

Ich sollte sie besser ins Bett bringen und dann … tja, dann werde ich sehen, ob ich es mir am Boden gemütlich machen kann.

»Wo sind wir?«, lallt sie und fällt gegen mich.

Fest schließe ich die Arme um sie. »Bei mir, und du schläfst jetzt erst einmal deinen Rausch aus.«

Sie dreht mir den Kopf zu, öffnet den Mund und krallt die Finger in meinen Rücken. »Ich muss gleich wieder kotzen.«

Hastig mache ich sie von mir los und führe sie ins Badezimmer. Das wird wohl eine lange Nacht.

Kapitel 3 – Penny: Bittere Wahrheiten zum Ersten

Verdammt, mein Schädel platzt gleich … Mühsam öffne ich die Lider und habe das Gefühl, sie wiegen Tonnen. Das Dämmerlicht blendet mich und jeder Knochen tut mir weh; vor allem meine Rippen. Außerdem habe ich einen ekelhaften Geschmack in meinem trockenen Mund und das Schlucken ist unangenehm. Ich weiß, was das bedeutet: Ich habe zu viel getrunken und musste mich übergeben – und zwar wegen Logan. Wegen unseres Kusses und seiner Nachricht und weil ich nicht will, dass er meinetwegen den Gesangsclub verlässt. Logan ist unser Star – die anderen werden mich dafür hassen. Ich hasse mich selbst dafür! Logan ist nicht wie Marc; der hätte nie so etwas Selbstloses getan. Doch nun ist es wohl zu spät.

Als sich meine Augen endlich scharf stellen, sehe ich auf eine gelb gestrichene Wand, an der ich beinahe mit der Nase klebe.

Moment, wo ist meine alte grüne Tapete?

Hart klopft mein Puls gegen den Hals, und ich drehe mich langsam auf den Rücken, wobei erneut Schmerzen meinen Körper durchziehen, als hätte ich überall Muskelkater. Mit der Schulter stoße ich gegen etwas Warmes und erstarre. Ich bin nicht in meinem Zimmer, und neben mir befindet sich jemand!

Sofort bin ich hellwach und setze mich hastig auf, sodass ein glühender Stich durch meinen Kopf rast. Logan!

Er liegt auf dem Rücken neben mir im schmalen Bett, wobei einer seiner Arme heraushängt; der andere ruht auf seiner nackten Brust. Die Decke ist bis zu seinem Bauchnabel gerutscht und entblößt noch mehr Haut sowie einen herrlich flachen Bauch. Überhaupt ist Logan eine Augenweide und ein Mann nach meinem Geschmack: groß, mit langen Gliedmaßen und genau der richtigen Menge an Muskeln, nicht zu viel, aber auch nicht zu wenig. Seine Brust ist leicht behaart, während an seinen Unterarmen mehr Härchen sprießen. Piercings entdecke ich nur zwei: den Ring in seiner Nase und den Stecker in seiner Brustwarze. Dafür kann ich endlich diese schwarze Rosenblüte an seinem Arm genauer studieren. Sie ist sehr fein gestochen, mit mehreren Grauschattierungen, und sieht fast aus wie ein Foto. Ob er noch irgendwo ein Tattoo hat?

Ich finde ihn unglaublich sexy – was jetzt nichts zur Sache tut! Hat er überhaupt eine Hose an?

Mein Herz rast wie wild und ich blicke hektisch an mir hinunter. Ich trage nur noch meine Unterwäsche! Den weißen Sport-BH und den einfachen Baumwollslip. Nicht sehr sexy. Aber hätte ich ahnen können, dass ich, nach allem was war, halb nackt neben Logan im Bett lande?

Wir haben doch nicht … Mein Magen rumort. Ich erinnere mich nur, dass ich zu viel getrunken habe, weil ich mich mit Logan aussprechen wollte. Wir waren im Club, mir ging es schlecht und Jason wollte uns nach Hause fahren.

Wie bin ich hierher gekommen?

Ich kann meinen Blick nicht von Logan losreißen und sitze wie erstarrt neben ihm. Er scheint tief zu schlafen, denn er atmet ruhig und leise. Sein Mund steht leicht offen, das entspannte Gesicht hat er mir zugedreht. Sein dunkles Haar ist zerzaust und seine Bartstoppeln sind noch länger geworden, weshalb er mehr denn je wie ein Rockstar aussieht. Wie …

Nein, nicht an dieses Arschloch denken! Logan hat die

Situation nicht ausgenutzt. Bestimmt nicht!

Warum liegt er dann neben mir? Und weshalb bin ich in seinem Zimmer?

Ich war einmal kurz bei ihm, bevor ich aus dem Studentenwohnheim gezogen bin, um ihm eine CD zurückzubringen, die er mir geliehen hat. Deshalb weiß ich sicher, wo ich mich befinde, auch wenn das Rollo zugezogen ist. Denn fast alle Räume in diesem Gebäude sehen ähnlich aus.

Meine Handtasche liegt auf dem Schreibtisch, aber die kann ich von hier aus nicht erreichen. Da drin ist mein Handy. Doch wen will ich anrufen? Die Polizei? Meinen ehemaligen Therapeuten?

In meinem Kopf dreht sich alles …

Hat Logan mir vielleicht etwas in den Drink geschüttet, damit er mich willig macht und ich mit ihm schlafe und mich heute an nichts mehr erinnern kann?

Meine Panik nimmt zu, genau wie die Bilder aus meiner Vergangenheit vor meinem geistigen Auge. Sie rasen wie ein Film, der vorgespult wird, an mir vorbei, und mein wilder Pulsschlag peitscht durch meinen Kopf. Langsam schiebe ich eine Hand zwischen meine Schenkel und erwarte, dass es dort klebrig ist wie damals, als ich in einem Horrorszenario zu mir gekommen bin. Aber es scheint alles okay zu sein, nichts ist passiert, mir geht es gut – bis auf diesen verdammten Kater.

Mein Puls beruhigt sich allmählich. Behutsam, um Logan nicht zu wecken, ziehe ich die Beine unter der Decke hervor. Das Bett steht in der Ecke, am Fußende schließt gleich der Kleiderschrank an. Darum muss ich über Logan steigen, wenn ich hinausgelangen will.

Mir ist immer noch schwindelig, und als ich über ihn klettere, muss ich meine Hand am Bettrahmen dicht neben seinem Körper abstützen. Nun stehe ich auf allen vieren über ihm, recke dabei meinen Hintern in die Luft – zum Glück sieht das keiner! – und kann die Wärme spüren, die er ausstrahlt.

Ich verharre einen Moment. Zu groß ist die Versuchung, mich auf ihn zu legen und diese sanft geschwungenen, verführerischen Lippen zu küssen, von denen ich bereits kosten durfte. Logan sieht so süß aus, wenn er schläft.

Da schlägt er die Augen auf und starrt auf meine Brüste, die sich direkt vor seiner Nase befinden.

»Holla! So möchte ich jeden Morgen geweckt werden«, murmelt er und grinst mich verschlafen an.

Vor Schreck knicken meine Knie ein und ich lande auf ihm.

»Oder auch nicht«, setzt er mit schmerzverzerrtem Gesicht hinzu, zieht die Beine unter mir an und kneift die Lider zusammen.

»Tschuldigung!« Sofort springe ich aus dem Bett und halte Ausschau nach meinem braunen Kleid, kann es jedoch nirgendwo finden. Daher verschränke ich die Arme vor der Brust und wirble zu ihm herum. »Wie bin ich hergekommen?« Verdammt, ich muss mich setzen, sonst kippe ich um. Ich lasse mich auf seinen Drehstuhl plumpsen, schlage die Beine übereinander, ziehe den Bauch ein und nehme die Arme wieder vor die Brust.

Logan setzt sich im Bett auf und muss seinen Bauch nicht einziehen. An ihm ist einfach alles perfekt – zumindest sein Aussehen. Gott, er ist so sexy! Dieser Bartschatten und die verstrubbelten Haare und dann der Adoniskörper …

»Malte und ich haben dich hergebracht«, antwortet er und wirft die Decke zurück. »Wie geht es dir?«

»Äh …« Ich kann nur auf seine langen, leicht behaarten

Beine, aber vor allem auf die engen schwarzen Shorts starren, die sich über eine eindrucksvolle Morgenlatte spannen. Sein bestes Stück hat meinen Fall also unbeschadet überlebt.

Mein Gesicht glüht und ich wende den Blick hastig ab.

Logan räuspert sich, kratzt sich am Kopf und tapst an mir vorbei. »Bin gleich wieder da. Nicht weglaufen!«

Wo soll ich denn ohne Kleidung hin? Scherzkeks ...

Er geht ins Badezimmer und schließt die Tür. Eigentlich müsste ich auch dringend. Und eine Dusche wäre nicht schlecht. Ich fühle mich irgendwie schmutzig. Ich möchte nicht wissen, was ich alles angefasst habe, als ich mich übergeben musste. Ich kann gerade noch widerstehen, an meinen Händen zu riechen. Igitt, ich glaube, mir wird gleich wieder schlecht.

Ich höre das Rauschen der Toilettenspülung, dann wäscht er sich die Hände und tritt ins Zimmer. Seine Erektion ist verschwunden, aber die Shorts werden immer noch beachtlich ausgebeult.

Sein verwegenes Grinsen sagt mir, dass er genau weiß, was in meinem Kopf vorgeht. »Magst du eine Aspirin?«

»Unbedingt«, antworte ich und räuspere mich. »Wieso habe ich nichts an und wo sind meine Sachen?«

Er geht zum Kühlschrank, holt eine Wasserflasche heraus und füllt mir etwas in ein Glas, das auf dem Gerät gestanden hat. »Deine Kleider liegen im Badezimmer, gut verschlossen in einer Tüte.« Schmunzelnd reicht er mir das Wasser und zieht aus einer Schreibtischschublade eine Tablettenschachtel. »Ich habe leider keine Waschmaschine auf dem Zimmer.«

Peinlich berührt schließe ich die Augen. »Sag bloß, ich hab mich vollgekotzt.«

»Jupp, direkt vor die Schüssel, aber das meiste ging auf dich. Zum Glück war nicht mehr viel in deinem Magen und ich konnte dir meine Lieblingslederjacke vorher noch ausziehen. Deine Stiefel sind übrigens auch verschont geblieben, was mich wirklich wundert, denn du hast dich den ganzen Weg hierher übergeben.«

Zerknirscht blicke ich zur Zimmertür, neben der seine Jacke hängt und wo auch meine Schuhe stehen. »Das tut mir so leid.«

Schulterzuckend setzt er sich aufs Bett. »Ach, was glaubst du, wie oft ich Puppys Kotze aufwischen musste, als ich noch bei ihm gewohnt habe.«

»Und Puppy ist …?« Lieber schnell das Thema wechseln.

»Der Schlagzeuger in unserer Band.«

Hastig schlucke ich die Tablette und spüle mit dem Wasser nach. Das kühle Nass tut richtig gut. »Danke, ich weiß gar nicht, wie ich das wiedergutmachen kann.«

Er mustert mich unverhohlen und hebt die Brauen, als würde er denken: *Ich wüsste da schon was.*

Himmel, ich sitze halb nackt vor ihm, ich brauche was zum Anziehen!

Ich drehe mich mit dem Stuhl herum und hole mein Telefon aus der Handtasche. Noch bevor ich wählen kann, steht Logan neben mir und nimmt es mir weg.

»Hey, ich muss Sue anrufen; sie muss mir frische Klamotten vorbeibringen!« Meine Kehle schnürt sich zu. Er steht so dicht bei mir, dass sein nacktes Bein meinen Oberschenkel berührt. Dabei sieht er mich an wie der große böse Wolf, als würde er mich auffressen wollen.

»Du hast mir etwas versprochen, Penny«, raunt er und versteckt das Smartphone hinter seinem Rücken. »Bevor du nicht mit mir geredet hast, gehst du nirgendwo hin.«

Ich schlucke schwer und stehe auf. Dabei muss ich meinen Kopf leicht in den Nacken legen, weil er größer ist als ich. »Erpresst du mich?«

»Ich fordere nur ein Versprechen ein.«

»Ich werde nicht in diesem Aufzug mit dir reden.« Mann, warum habe ich ausgerechnet meine peinlichste Unterwäsche anziehen müssen? Dabei habe ich die feinsten und teuersten Dessous in meinem Schrank. »Und jetzt her mit dem Handy!« Ich versuche, hinter seinen Rücken zu gelangen, doch er dreht sich ständig von mir weg.

Also halte ich seinen Arm fest und klammere mich schließlich an seinen Oberkörper, aber ich habe keine Chance, mein Telefon zu erreichen! Dafür stelle ich sehr viel Hautkontakt her. Wir sind fast miteinander verschmolzen. Ich will ihn auch nicht loslassen, denn es fühlt sich gut an, ihn zu spüren.

Ihm gefällt es offenbar auch, denn langsam schmiegt sich etwas Festes an meinen Bauch – wieder einmal.

»Reg dich ab«, sagt er und drückt plötzlich eine Hand gegen meine Stirn, um mich wie ein Kind, das sein Spielzeug zurück will, auf Abstand zu halten. Den Arm mit meinem Telefon hält er weg von mir. Dabei mustert er mich grinsend von oben bis unten, während ich mit seinem Arm kämpfe.

»Sieh mich nicht so an!«, rufe ich.

»Warum nicht?«

»Weil ich eben nicht perfekt bin!«

Sofort lässt er mich los und sein Grinsen verschwindet. »Du hast eine Wahnsinnsfigur, Penny. Die musst du nicht verstecken. Außerdem habe ich dich bereits ausgiebig betrachtet, als ich dich ausgezogen habe.« Sein Mundwinkel zuckt und er starrt noch offensichtlicher auf mich – nun hat er meinen Bauch im Visier, den ich leider vergessen habe, einzuziehen. Er ist alles andere als flach.

»Ich stehe auf deine Kurven«, sagt er schmunzelnd. »Ich mag keine Frauen mit Ecken und Kanten.«

Oh, er ist so …!

Ich möchte wütend sein und ihm ins Gesicht schreien, was für ein unmöglicher Kerl er ist, aber seine verdammte selbstbewusste und irgendwie auch charmante Art und vor allem sein sexy Körper machen mich an! Und er duftet so gut, nach seinem eigenen, männlichen Geruch und frischem Deo. Ich hingegen stinke bestimmt, als wäre ich aus einem Abwasserkanal gekrochen.

Er schiebt sich mein Handy hinten in seine enge Unterhose und geht zum Kleiderschrank, sodass ich die rechteckige Beule sehe, die sich unter dem Stoff abzeichnet.

Mein Telefon klebt an seinem Hintern!

Aus dem Schrank holt er ein rotes T-Shirt und weite Shorts. »Du gehst jetzt duschen und ich mache uns Frühstück. Danach reden wir.«

Ich reiße ihm die Kleidungsstücke aus der Hand, froh endlich etwas zu haben, mit dem ich mich bedecken kann. »Abgemacht. Aber nur, wenn du mir eine Riesentasse Kaffee machst.«

»Ist gebongt, Prinzessin.« Er zwinkert mir zu und schaut noch einmal auf meine Brüste.

Marc war auch scharf auf meine Kurven. Er hat es geliebt, meine Brüste zu verschnüren, während ich ans Bett gefesselt war.

Schnell verschwinde ich im Badezimmer und sperre ab. Dann setze ich mich auf die Toilette – nicht ohne mich vorher zu vergewissern, dass die Brille sauber ist. Zu meiner Überraschung ist der Raum in einem einigermaßen ordentlichen Zustand. Logan scheint auch nicht viele Sachen hier drin zu haben. Über dem Waschbecken hängen ein Spiegel und darunter ein schmales Regal, auf dem ein Nassrasierer, ein Kamm und seine Zahnputzsachen liegen. Sonst gibt es nur ein kleines Schränkchen – auf das ich die Kleidung gelegt habe – und die Dusche. In ihr sehe ich bloß zwei Flaschen stehen: Shampoo und Duschgel. Und die Tüte mit meiner Kleidung. Es ist mir immer noch furchtbar peinlich, dass Logan mich völlig ausgeklinkt erlebt hat.

»Hast du zufällig eine Zahnbürste für mich?«, rufe ich durch die geschlossene Tür, nachdem ich mein kleines Geschäft erledigt habe.

»Im Schrank sind neue!«, höre ich ihn zurückrufen, danach vernehme ich den Laut einer schließenden Tür. Offenbar hat er das Zimmer verlassen.

Ich schlüpfe aus meiner Unterwäsche und genehmige mir eine schöne, heiße Dusche. Danach putze ich mir gründlich die Zähne und ziehe Logans Sachen an, die mir natürlich viel zu groß sind.

Als ich ein paar Minuten später ins Zimmer zurückgehe, fühle ich mich fast wie neugeboren. Es duftet herrlich nach Kaffee und Toast. Offenbar war Logan schnell in der Gemeinschaftsküche, denn er hat sich ein blaues T-Shirt und eine Jogginghose übergezogen. Auf dem Bett steht ein Tablett mit zwei Tassen, ein paar Scheiben trockenem Toast, und salzige Cracker hat er auch noch aufgetrieben. »Keine Marmelade, keine Wurst?«, frage ich gespielt verschnupft.

»Bekommst du eh nicht runter, glaub mir.« Er schlägt die Decke zurück und bedeutet mir, mich hinzusetzen. Das Kopfkissen hat er aufgerichtet, sodass ich mich bequem anlehnen kann. Ich rutsche wieder ganz zur Wand, damit Logan auch noch neben mir Platz hat, dann macht er es sich mit mir gemütlich. Wir balancieren das Tablett auf unseren Knien, während er mir eine Tasse reicht. Unsere Schultern berühren sich, und er kommt mit seinem Bein näher. Ich gestatte es und genieße seine Nähe.

Vorsichtig schlürfe ich an dem heißen Getränk und lasse es meine raue Kehle hinabrinnen. Tut das gut! Selbst mein beleidigter Magen scheint sich über Kaffee zu freuen. »Du kennst dich aus mit einem Kater, hm?«

»Ja, ich hatte den einen oder anderen, als ich mit den Jungs durchs Land getourt bin«, antwortet er und beißt solidarisch in einen trockenen Toast. Nicht einmal für sich hat er Wurst oder Marmelade mitgebracht.

»Klingt nach wilden Zeiten.«

Er nickt, dann sehe ich, wie er schluckt und starre auf seinen Adamsapfel. »Erzähle ich dir alles später, aber jetzt bist du dran. Wenn ich noch länger warte, platze ich.«

Er hat recht, ich muss es ihm endlich sagen. Zum Glück sind meine Kopfschmerzen weg, ich spüre nur noch ein sanftes Pochen hinter den Schläfen. »Weiß Sue, wo ich stecke? Nicht, dass sie sich Sorgen macht.«

Er nickt. »Alle haben gestern mitbekommen, dass du zu mir gehst, und ich habe ihr gerade eine Nachricht geschickt, dass sie dir etwas zum Anziehen vorbeibringen soll.«

»Danke.« Erleichtert atme ich auf und muss innerlich über das Engagement unserer Freunde schmunzeln. Diese Kuppler!

Bei dem Gedanken an das bevorstehende Gespräch rumort mein Magen erneut. Wenn ich sehe, wie verträumt Logan mich anblickt, will ich ehrlich sein. Lieber erfährt er jetzt alles über mich, die ganze schonungslose Wahrheit, als dass später das böse Erwachen kommt. Das würde uns beiden noch mehr Schmerzen zufügen. Ich habe nur Angst, ihn für immer zu verlieren.

Los Penny, du schaffst das, mache ich mir Mut, frage jedoch: »Wann kommt Sue?« Vielleicht komme ich heil aus der Sache raus. Ich will nicht, dass er sich angewidert von mir abwendet.

»In zwei Stunden, und anschließend gehen wir zum Mittagessen ins Maxime.«

Ich sinke tiefer ins Kissen. »Du hast an alles gedacht, was?«

Als ich schweige, sagt er: »Du willst mich also nicht, weil ich dich an deinen Ex erinnere?«

Mein Herz macht einen hektischen Doppelschlag und ich lasse fast meine Tasse los. »Woher weißt du das?«

»Das hast du mir gestern gesagt.«

»Was habe ich noch erzählt?«

Logan trinkt einen Schluck, wobei er mich nie aus den Augen lässt. »Dass er mir ähnelt und in einer Band ist.«

»Mehr nicht?«

»Nein.«

Das erleichtert mich einerseits, andererseits steht mir das Schwierigste noch bevor.

»Aber das ist nicht alles, oder?«

»Nein«, hauche ich und starre in meine Tasse. Danach atme ich tief durch. »In die Sache mit Marc habe ich mich total verrannt. Ich habe ihn auf der Schulabschlussfeier kennengelernt. Er war dort, weil sein kleiner Bruder auch mit der Schule fertig war. Er hat mich bei einer Aufführung singen gehört und mich danach angesprochen.«

»Damals hattest du kein Lampenfieber?«

Ich lächle. »Und wie. Es war die Hölle! Ich musste eine ganze Strophe allein vortragen.«

»Ich kann Marc verstehen, dass er dich angesprochen

hat. Du hast eine zauberhafte Stimme.«

Sein Kompliment wärmt mich von innen und ich lehne mich leicht an ihn. »Meine Eltern haben mich immer gedrillt und wollten, dass ich in allem die Beste bin. Ich bin ihr einziges Kind; sie bekamen mich sehr spät und dachten, dass mit ihnen die Linie der Aubignys ausstirbt. Nun bin ich Alleinerbin ihres Imperiums und soll nach außen hin auch entsprechend auftreten. Das hat mich ziemlich unter Druck gesetzt. Dabei wollten sie natürlich nur, dass ich einen guten Abschluss mache. Vielleicht hast du gehört, dass wir von einem alten Adelsgeschlecht abstammen? Wir leben auf einem großen Grundstück in Richmond in einem riesigen Herrenhaus.«

»Ich hab mal so was munkeln gehört.« Er stellt die Tasse ab und greift nach meiner Hand, die auf der Bettdecke liegt. »Ziemlich noble Gegend.«

»Hm.« Ich drücke leicht seine Finger und schließe die Augen. Soll ich ihm wirklich alles erzählen?

»Wie geht es weiter?« Sein Atem streift mein Haar, und ich dränge mich näher an ihn, als ob ich Schutz suchend in ihn hineinkriechen möchte.

»Meine Eltern benehmen sich, als würden wir uns noch im neunzehnten Jahrhundert befinden«, erzähle ich stockend. »Die ganzen Verhaltensregeln und Vorzeigebesuche bei anderen Adligen oder betuchten Leuten haben mir die Luft genommen; dazu das viele Lernen … Ich fühlte mich wie der Vogel im goldenen Käfig. Ich hatte alles, aber es ging immer nur: Penelope tu dies, Penelope tu das, zeige Haltung, strahle stets Würde aus … Und dann wollten sie mich auch noch mit Irving Haverland verkuppeln!«

Logan hebt eine Braue. »Wer nennt sein Kind heute noch Irving?«

Ich schmunzle. »Die besten Freunde meiner Eltern. Sie sind beide sehr berühmte Architekten. Ich bin so froh, dass Irving in Cambridge ist und wir uns nicht mehr über den Weg laufen. Er ist ja ganz nett, nur absolut nicht mein Typ.«

»Wow, Cambridge.« Logan pfeift leise.

»Meine Eltern hätten mich dort auch gerne gesehen, aber dazu reichten meine Noten zum Glück nicht aus.«

»Glück für mich«, raunt er und drückt mir einen Kuss auf den Scheitel.

Oh Gott, ich weiß nicht, wie ich es ihm sagen soll! Jetzt, wo wir so vertraut zusammen sitzen, merke ich erst, wie schön es mit Logan ist. Er strahlt Ruhe aus und wirkt so stark und selbstsicher, dass ich mich mit ihm ebenfalls sicher fühle.

Hart räusperte ich mich. Augen zu und durch! »Als Marc in mein Leben platzte, bin ich ausgebrochen. Ich erschien nicht an der Uni, sondern hab mein Leben genossen und zum ersten Mal getan, was ich wollte. Bin zu Marc gezogen und habe meine Eltern nur noch selten besucht. Ich fühlte mich gut, wenn auch ein wenig schuldig, weil ich alles hinter mir gelassen hatte und sogar meine Freundinnen nicht mehr sehen wollte. Aber die Freiheit hatte ihren Preis.«

»Was ist passiert? Hat er dich … geschlagen?«

Hastig schüttle ich den Kopf und stelle die Tasse auf das Tablett zurück. Bei den alten Erinnerungen bekomme ich nichts mehr hinunter. Auch der Streit mit meinen Eltern, denen ich so viel Kummer bereitet habe, drängt an die Oberfläche und reißt alte Wunden auf.

Logan nimmt das Tablett und trägt es zum Schreibtisch, bevor er erneut zu mir unter die Decke schlüpft. Er sieht müde aus und unterdrückt ein Gähnen. Wahrscheinlich war er meinetwegen die halbe Nacht wach.

Als er einen Arm um mich legt und mich an seine Brust zieht, seufze ich und erschaudere wohlig. Diese Nähe zu einem anderen fehlt mir. So vieles fehlt mir.

Stockend erzähle ich weiter, während ich eine Hand auf seinen Oberschenkel lege. »Marc war cool, beliebt und Rockstar; zumindest hat er so getan und ich habe es geglaubt. Seine Welt war eine völlig andere. Als Gitarrist einer Heavy Metal Band führte er ein scheinbar unbeschwertes Leben und hat mich damit angesteckt. Ich …« Langsam richte ich mich auf, um ihm in die Augen sehen zu können. »Ich habe Drogen genommen und bin fast abgestürzt.«

Logan reißt die Lider auf. »Krass, das hätte ich jetzt nicht gedacht.« Er klingt nicht verurteilend, sondern lediglich überrascht. »Aber hey, es hat wohl schon jeder mal leichte Drogen probiert oder einen Joint geraucht.«

Schuldbewusst grinst er mich an und ich senke den Blick. »Bei mir war die Sache etwas schlimmer.«

»Welche Drogen waren das?«, fragt er ernst.

»Ecstasy, LSD und ganz am Schluss sogar Kokain.«

»Shit.«

»Mehr als scheiße«, gestehe ich leise und kralle die Finger in seine Hose. »Ich habe sogar meine Eltern bestohlen, um an Geld für Drogen zu kommen.«

»Das ist heftig.«

»Leider war's das noch nicht.« Ich will endlich alles rauslassen. Aber ich kann nicht, bin wie gehemmt. »Ich … hab noch keinem davon erzählt. Nur meinem Therapeuten.«

»Hey …«, flüstert er und legt beide Arme um mich. »Machen wir einen Deal: Du erzählst mir dein Geheimnis und ich erzähle dir von meinem. Und niemand sonst wird es erfahren.«

»Du hast ein Geheimnis?« Ich kuschle mich erneut an ihn

und genieße das Gefühl an meiner Wange, als ich an seiner Brust liege. Durch den Stoff seines T-Shirts dringt die Hitze seines Körpers.

»So ein oder zwei Geheimnisse hab ich auch«, sagt er amüsiert.

»Du bist überhaupt nicht schockiert.« Weder dass ich Drogen genommen habe noch bei einem Therapeuten war. Was muss er dann erlebt haben?

»Ich … bin im Heim aufgewachsen«, erklärt er nüchtern und streicht über mein Haar. »Also kann mich so schnell nichts erschüttern. Da bekommt man so einige unschöne Sachen mit.«

»Im Heim?«, frage ich, als wüsste ich von nichts. Erneut hebe ich den Kopf, um ihn anzusehen, habe aber nur seine Lippen vor Augen. »Wie kam das?«

»Meine Mutter ist sehr früh gestorben, da war ich erst sechs.«

»Das tut mir sehr leid.«

Er zuckt mit den Schultern und seine Stimme klingt belegt. »Sie hatte Bauchspeicheldrüsenkrebs. Es ging sehr schnell.«

»Wie furchtbar!« Mitfühlend drücke ich seine Hand. »Und dein Vater?«

»Den kenne ich nicht und über ihn ist auch nichts bekannt.«

»Das muss alles sehr schlimm für dich gewesen sein.«

»Hm«, macht er und lächelt mich aufmunternd an. »Jetzt du.«

Abermals lege ich den Kopf an seine Brust und höre sein Herz darin kräftig schlagen. Das hat etwas Beruhigendes. »Marc und ich haben oft viel getrunken, und er hat mich ständig dazu ermutigt, Drogen zu nehmen.« Ich erinnere mich an die Höhenflüge und den unglaublich guten Sex mit Marc. Aber so genau ins Detail möchte ich nicht gehen; das würde Logan weh tun.

»Wollte er dich willig machen?«, knurrt er.

»Er wollte nur, dass ich lockerer werde. Marc hatte gewisse Vorlieben, die mir fremd waren.«

»Welche Vorlieben?«, fragt er düster.

»Fesselspielchen und so was.« Obwohl meine Augen brennen, kann ich sie nicht schließen, denn dann sehe ich, wie er mich ans Bett gebunden und meine Brüste verschnürt hat.

»Hat er dich etwa gegen deinen Willen gefesselt?«

»Nein, ich wollte es.« Deshalb fühle ich mich vielleicht so schuldig, weil Marc wohl dachte, mir würden andere Spielchen dann auch gefallen.

»Ja, nachdem er dich mit Drogen vollgepumpt hat!« Er klingt immer noch ungehalten, aber es tut gut, dass ich mir endlich diese Last von der Seele reden kann. Vielleicht kann ich ihm wirklich alles sagen. Womöglich will er dann nicht mehr mit mir zusammen sein, doch wenn ich ihn als Freund behalten könnte, wäre ich glücklich.

»Für mich war die Beziehung mit Marc ein aufregendes Abenteuer«, erzähle ich langsam weiter, »bis zu dem Tag, als die ganze Band und ich bei ihm zu Hause total abgesackt sind. Wir haben gebechert ohne Ende und Marc hat gesagt, ich solle mal Roofies probieren. Am nächsten Tag lag ich nackt zwischen Marc und den vier anderen Bandmitgliedern.« Aus dem Abenteuer wurde ein Albtraum. Ich erinnere mich zu gut daran, dass ich gefroren habe und auf dem Boden aufgewacht bin. Mir tat alles weh und mir war kotzübel.

Logan räuspert sich. »Hast du mit ihnen allen …«

Als ich nicht antworte, sagt er: »Ist das dein Geheimnis? Schämst du dich deswegen?«

In meinem Kopf dreht sich alles und die Angst von damals kriecht aus jeder Pore. Ich, mitten unter diesen jungen, schlafenden Männern auf dem schmutzigen Boden, der Gestank von Alkohol und Erbrochenem um mich herum …

»Penny?«

»I-ich …« Tief atme ich durch und traue mich nicht, Logan anzusehen. »Ich kann mich nicht erinnern, dass ich mit ihnen allen … Also …« Wie soll ich es ihm sagen? »Ich war nackt, doch ich hatte einen totalen Blackout und wusste nicht, was passiert ist.« Zittrig hole ich erneut Luft. »Und überall auf mir und zwischen meinen Schenkeln klebte Sperma.«

Logan versteift sich. Er schweigt, hält mich aber weiterhin im Arm.

Ich bin so weit gekommen, also soll er auch den Rest erfahren. »Marc stand grinsend mit seinem Handy über mir und hat mich mit all den anderen halb nackten Männern gefilmt. Er selbst hatte nichts an und sagte, ich sei hammergeil gewesen und dass er alles aufgenommen habe.« Weiter, Penny, weiter … »Ich war schockiert und wollte, dass er das Video löscht, aber er sagte: ›Erst, wenn du mehr Kohle beschaffst. Dann können wir das Ganze nämlich noch mal live wiederholen und ich brauch den Film nicht mehr. Ohne Kohle könnte es passieren, dass ich das Filmchen im Internet hochlade.‹« Der Albtraum ist immer noch so präsent, als hätte er sich gestern abgespielt. »Ich war so voller Panik, dass ich sein Handy gestohlen habe, nachdem er im Badezimmer verschwunden war. Ich habe mich angezogen und bin zu meinen Eltern zurückgelaufen. Unterwegs habe ich das Telefon zerstört, indem ich draufgetreten bin, bis es völlig zersplittert war. Danach habe ich es in einen Mülleimer geworfen. Ich habe mir das Video vorher nicht angeguckt; ich wollte es, aber ich konnte nicht.« Das Vorschaubild auf dem Display hatte mir als Beweis gereicht. Als ich mich nackt zwischen den anderen sah … »Ich hoffte inständig, dass er keine Kopie verschickt hatte, und bis heute ist zum Glück nichts aufgetaucht.«

»Er wollte dich also mit dem Video erpressen, damit du noch mehr Geld für Drogen beschaffst? Dann wird mir auch klar, warum er dir Roofies gegeben hat. Er wollte auf Nummer sicher gehen, dass du einen Filmriss bekommst.«

Ich nicke. Erst jetzt merke ich, wie stark ich zittere und dass Logans T-Shirt feucht von meinen Tränen ist. »Doch ich habe mich geweigert und sämtlichen Kontakt zu ihm abgebrochen. Drei Tage später stand er vor unserer Tür und wollte mich zurückholen. Als meine Eltern gedroht haben, die Polizei zu rufen, ist er verschwunden. Seitdem habe ich nie wieder etwas von ihm gesehen oder gehört.«

Ich kuschle mich fest an Logans Brust und kneife die Lider zusammen. Was denkt er jetzt von mir? Wieso sagt er nichts mehr?

Immerhin lässt er mich nicht los, was mich ermutigt, noch mehr preiszugeben. »Wochenlang haben mich meine Eltern zum Arzt geschickt, um überprüfen zu lassen, dass ich wirklich keine Drogen mehr nehme. Bei der Gelegenheit habe ich mehrmals Tests machen lassen, ob mir diese Schweine eine Krankheit angehängt haben. Mein Körper ist Gott sei Dank gesund, aber meine Seele ist es noch nicht. Das Schlimmste ist, nicht zu wissen, was sie mit mir gemacht haben. Ich hatte keine Verletzungen, keine Schmerzen …« Doch wenn ich mir vorstelle, dass sie mich wie eine Gummipuppe benutzt haben ... Diese Ungewissheit ist am furchtbarsten. »Ich konnte nicht einmal zur Polizei gehen und erzählen, was Marc und seine Freunde mir angetan haben, weil ich auch nicht einmal weiß, was genau sie getan haben und ob wirklich alle beteiligt waren.«

Im Nachhinein ärgere ich mich, das Handy vernichtet zu haben, aber vielleicht ist die Ungewissheit sogar ein Segen. »I-ich hätte mich vor Scham auch nicht getraut, sie anzuzeigen. Ich will das alles nur noch vergessen. Selbst dem Drogenberater habe ich verschwiegen, dass Marc mich mit dem Video erpressen wollte, damit er mich bloß nicht drängt, doch noch Anzeige zu erstatten. Nicht mal Amy kennt diese Geschichte, und ich bitte auch dich, das alles niemals zu erwähnen.«

»Das würde ich nie tun!«, sagt er empört und setzt gefasster hinzu: »Dein Geheimnis ist bei mir sicher, Penny.« Er räuspert sich, bevor er leiser fragt: »Deswegen hast du dich von mir ferngehalten? Weil du geglaubt hast, ich wäre wie Marc und alles könnte sich wiederholen?« Er klingt verletzt, und das kann ich ihm nicht verübeln.

Plötzlich kann ich meine Tränen nicht mehr aufhalten. »Ja, das war dumm von mir. Aber die Angst steckt so tief. Hinzu kommt dieser Ekel vor mir selbst und die Unfähigkeit, wieder einem anderen zu vertrauen.« Ich weiß schließlich immer noch nicht, wie er sich das Studium leisten kann. Jetzt will ich ihn aber nicht gleich damit überfallen, sonst tue ich ihm noch mehr weh. Wenn er denkt, dass ich geglaubt habe, er könnte es auf mein Geld abgesehen haben ... »Was hältst du jetzt von mir?«

Als er schweigt, vermute ich, er hat nun genug von mir. »Vielleicht sollte Sue doch schon eher kommen«, sage ich leise.

Ich möchte aufstehen, aber er hält mich weiterhin im Arm. »Penny …«

»Du ekelst dich nun bestimmt vor mir und …«

»Penny!« Er lässt mich nicht los und streichelt meinen Rücken. »Ja, meine schlimmsten Befürchtungen wurden sogar übertroffen, aber deswegen lasse ich dich doch nicht fallen! Natürlich hättest du der Versuchung, Drogen zu nehmen, widerstehen können, aber jeder macht mal Fehler. Ich habe auch schon mal welche probiert, darum wäre ich der Letzte, der dich deswegen verurteilen würde. Außerdem macht Liebe blind, oder? Und ich kann nur sagen: zum Glück. Sonst wäre ich nie so hartnäckig geblieben und hätte diese Chance mit dir niemals bekommen. Ich bin so froh, dass ich nun endlich weiß, was mit dir los ist.«

Ich keuche an seine Brust. Hat er eben gesagt: Liebe macht blind? Bedeutet das … Oh Gott!

Mein Herz rast wie verrückt, während ich mich aufsetze, um ihm in die Augen zu blicken. Sie strahlen eine Sanftheit aus, die mich von innen wärmt. Außerdem lodern wilde Flammen in seinen Pupillen, Flammen der Leidenschaft. Seine Lippen öffnen sich leicht und laden mich ein, sie zu küssen.

»Penny …«, wispert er und sein Mund kommt näher.

»Du hast nichts falsch gemacht, Logan. Nie.« Zitternd atme ich ein und rolle mich halb auf ihn, sodass eins meiner Beine auf seinem Oberschenkel ruht. Dabei spüre ich wieder, dass mir alles weh tut. »Und ich empfinde sehr viel für dich.« Ich weiß nur noch nicht, ob es Liebe ist. Ich habe Marc geliebt, und er hat das ausgenutzt. Und ich weiß noch so wenig von Logan.

Er hat also auch mal Drogen genommen?

Sues Warnung schießt mir in den Kopf: *Was, wenn er*

nebenher dealt?

Hastig verdränge ich den Gedanken. Ich muss wirklich endlich anfangen, meine Vergangenheit loszulassen. Er wird sein Studium auf ehrliche Art finanzieren, gewiss.

Logan rutscht tiefer und zieht mich ganz auf sich. Beide Hände stütze ich neben seinem Kopf ab, und er schlingt die Arme um mich. Er liegt unten, engt mich nicht ein. Ich fühle mich nicht gefangen, im Gegenteil. Ich verspüre das dringende Bedürfnis, ihm so nahe zu sein wie möglich.

Unsere Herzen klopfen gegen die Rippen, und seine Hände wandern an meinen Po.

»Ich habe Männershorts an«, murmele ich grinsend und reibe meine Nase an ihm. Darf ich ihn küssen? Ich will ihn so sehr!

»Meine Hosen stehen dir ausgezeichnet«, sagt er schmunzelnd. Dabei bildet sich ein Grübchen, aber nur in einer Wange.

Ich kann ihm nicht länger widerstehen und muss ihn küssen. Die Berührung seiner Lippen kribbelt an meinem Mund, und das Gefühl schießt tief in meinen Unterleib. Als er leise stöhnend meine Pobacken knetet, pocht mein Schoß sanft und seine beginnende Erektion drückt sich gegen meinen Schritt.

»Wo wohnt der Mistkerl?«, fragt er, während er die Finger einer Hand in meinem Haar vergräbt.

»Ich habe mit ihm abgeschlossen, Logan. Ich weiß nicht, wo er jetzt lebt und was er macht, und er hat keine Ahnung, dass ich hier studiere. Und sollte er sich jemals bei meinen Eltern blicken lassen, hetzen sie die Hunde auf ihn.«

Lasziv leckt er über meine Oberlippe, woraufhin ein Hitzestrahl zwischen meine Beine schießt. »Ihr habt Wachhunde?«

»Das Beste bei so einem großen Grundstück«, antworte ich keuchend. Kann er nicht endlich aufhören zu reden? »Bitte erzähle keinem, wie reich meine Eltern sind.« Sie hatten schon immer Angst, dass es sich herumspricht. Schließlich hört man immer die schaurigsten Geschichten über entführte Kinder, Erpressungen oder Raubüberfälle.

»Nichts von dem, was du mir erzählst, wird jemals meinen Mund verlassen«, verspricht er und küsst mich erneut.

Ich weiß nicht, wie lange wir uns mit den Lippen oder der Zunge necken, aber ich könnte das stundenlang machen – wenn mein Nacken nicht so schmerzen würde und nicht ständig diese ekelhaften Bilder vor meinen Augen stünden. Sie geben mir das Gefühl, schmutzig und abstoßend zu sein. Werde ich sie jemals ausblenden können? Außerdem rumort mein Magen und in meinem Schädel pocht es. Warum habe ich bloß zu viel trinken müssen?

»Ich fühle mich wie achtzig«, gestehe ich ihm schließlich grinsend und rolle mich von ihm herunter.

»Dreh dich auf die Seite«, befiehlt er sanft, und ich folge einfach, ohne nachzudenken, sodass ich wieder die gelbe Wand anstarre.

Er kuschelt sich von hinten an mich und beginnt, mit einer Hand meinen Nacken und die Schultern zu massieren. Hmmm, das tut gut. »Du scheinst immer genau zu wissen, was ich brauche.« Zu spät wird mir die Doppeldeutigkeit meiner Worte bewusst und mein Körper erhitzt sich. Ich hatte eigentlich an das Frühstück gedacht!

Schon beugt sich Logan über mich und flüstert mir ins Ohr: »Du darfst mir aber auch sagen, was du brauchst, und ich werde dir jeden Wunsch erfüllen, sofern es in meiner Macht liegt.«

Ich erschaudere wohlig. Wenn ich wegen letzter Nacht

nicht so groggy wäre, würde ich sein Angebot sofort annehmen. Na ja, sofern ich mich trauen würde, meine Wünsche auszusprechen. Wir haben schließlich gerade erst zusammengefunden und seine Nähe ist im Moment wie Balsam für mich.

Warum habe ich Logan bloß so lange zappeln lassen? Ich dumme Kuh hätte das schon vor Monaten haben können. Ich hoffe so sehr, dass nun alles gut wird; mit meinen Eltern, die mir immer noch nicht zutrauen, mein Leben auf die Reihe zu bekommen, und in der Liebe.

Penny liegt in meinem Bett – ich kann es noch gar nicht fassen! Und endlich weiß ich, was mit ihr los ist. Hoffentlich kann ich ihr helfen, die schlimmen Erlebnisse aufzuarbeiten. Sollte mir dieser Drecksack Marc eines Tages über den Weg laufen, werde ich ihn für alles büßen lassen, was er ihr angetan hat.

»Du bist also voll reich?«, frage ich sie, während ich ihren Nacken knete, und fühle mich ihr gegenüber ein bisschen unwohl. Bin ich gut genug für sie? Schließlich bin ich ein Heimkind. Kann ich ihr jemals genügen? Ihre Eltern würden es sicher gerne sehen, dass sie einen Cambridge-Studenten heiratet, einen Mann, der Geld mitbringt, wie dieser Irving.

Ich schnaube innerlich. Was mache ich mir darüber Gedanken? Ich weiß nicht einmal, ob wir nun richtig zusammen sind. Ich traue Penny zu, dass sie jeden Moment aufspringt und davonläuft. Sicherheitshalber sollte ich sie festhalten. Oder auch ans Bett fesseln? Steht sie auf solche Spielchen? Ich will es herausfinden, am besten sofort. Ich möchte tief in ihr versinken, ihre feuchte Hitze spüren … Nein, lieber nichts überstürzen. Nach allem, was sie durchgemacht hat, könnte sie das verstören.

»Na ja, noch habe ich nichts geerbt und bin von ihnen abhängig. Ich wünsche mir aber, dass meine Eltern noch lange leben«, erklärt sie mir.

»Und warum studierst du dann, wenn du nicht arbeiten müsstest?« Ich streiche von ihrem Nacken über ihren Arm, den sie vor ihrem Oberkörper angewinkelt hat. Dabei streife ich eine ihrer Brüste durch das Shirt.

»So ein Grundstück und vor allem das Haus verursachen

eine Menge Kosten. Meine Eltern wollen natürlich, dass ich das später nicht verliere, sondern an meine Nachkommen weitergebe. Das Geld reicht schließlich nicht ewig. Deshalb vermehrt mein Dad das Vermögen durch Aktienhandel, doch das ist nicht meine Welt. Eigentlich wollten sie, dass ich mit Irving zusammen Architektur studiere, um später mit ihm ein Büro aufmachen zu können.«

Sie hatte zuvor bereits so etwas angedeutet. »Und warum hast du das nicht getan?«

»Nach einer gründlichen Aussprache haben sie mir erlaubt, das zu werden, was ich schon immer werden wollte.«

»Moderatorin? Da musst du aber auch vor Publikum sprechen.«

»Ja, das habe ich nicht bedacht. Zum Glück gibt es noch andere Jobs beim Fernsehen.«

»Und deine Eltern lassen deinen Berufswunsch zu?«

»Ich glaube, auch wenn sie für mich erst eine andere Zukunft vorgesehen hatten, waren sie einfach froh, dass ich von Marc weg war und versuche, mein Leben wieder in den Griff zu bekommen.«

Ich schiebe ihr Haar zur Seite, um sie auf den Nacken zu küssen. Ich weiß, dass ich mir ihr Vertrauen erst verdienen muss. Dieser Schweinehund hat so vieles in Penny zerstört. Deshalb kann ich ihr unmöglich die ganze Wahrheit über meine Vergangenheit erzählen. Die sieht teilweise wirklich düster aus. Ich sollte ihr erst davon berichten, wenn sie mir hoffnungslos verfallen ist.

Fuck, ich komme mir vor wie Marc. Aber ich habe keine schlimmen Absichten. Ich will nur das Beste für sie. Vor allem will ich sie nicht verlieren.

Penny dreht sich auf den Rücken und grinst mich an. »Kommen wir jetzt zu deinen weiteren Geheimnissen?«

Es ist schön, dass sie fröhlich ist. Ich liebe ihr Lächeln. Dabei entblößt sie ihre hellen Zähne und die winzige Lücke zwischen den oberen Schneidezähnen. Ob sie weiß, wie sexy ich sie finde?

Ich lasse meine Hand auf ihren Bauch wandern und bin versucht, unter das T-Shirt zu fahren. Doch eines nach dem anderen.

»Da gibt's nicht mehr viel zu wissen.« Hoffentlich merkt sie nicht, dass ich ihr etwas verschweige. Zum Glück war ich immer gut im Lügen. »Ich war ein Heimkind, habe auch schon Drogen probiert und hatte mich teilweise ziemlich wild aufgeführt, sodass es keine Pflegefamilie lange mit mir aushielt.«

»Warum?«

»Ich war sauer auf meine Granny und meine Mum.« Ich lasse meine Hand unter Pennys Shirt gleiten, sodass sie auf ihrem Bauch liegt. Er fühlt sich warm, weich und weiblich an; ich mag das. »Meine Mum war fast nie zu Hause, deshalb lebte ich vor dem Heim bei meiner Granny. Sie war mir mehr eine Mutter als meine Mum. Und weil meine Mutter mich bekommen hatte, als sie fünfzehn war, glaubten sogar die Nachbarn, dass meine Granny meine richtige Mutter ist. Gran hatte auch einige wechselnde Männerbeziehungen, alles ging drunter und drüber, da konnte man schnell den Überblick verlieren.«

»Klingt wirklich wüst.« Sie dreht mir den Kopf zu und schaut mich mitfühlend an. »Das muss sehr verwirrend für einen kleinen Jungen gewesen sein.«

»Ich hab das damals gar nicht alles mitbekommen und weiß das meiste auch nur von meiner Tante. Mum hat auch nie jemandem erzählt, wer mein Dad ist. Angeblich ein Junge, den sie auf einem Talentwettbewerb kennengelernt hatte.«

Penny hebt die Brauen. »Einem Talentwettbewerb?«

»Hm, Mums großer Traum war es, eine berühmte Sängerin zu werden, daher hat sie die Schule geschmissen und bei allen möglichen Wettbewerben mitgemacht.«

»Und dich vernachlässigt.« Sie dreht sich zu mir und legt mir eine Hand auf die Wange. Ihr Lächeln ist verschwunden. »Da wäre ich auch wütend gewesen.«

»Ja, ich kam mir ziemlich allein gelassen vor, zumal Granny auch ständig Männerbesuch hatte. Sie starb wenige Wochen vor Mum. Sie hatte öfter Schwindelanfälle, ist hingefallen und hart mit dem Kopf aufgeschlagen. Ich hatte sie morgens in der Küche gefunden und wusste nicht, was ich tun sollte. Also bin ich zu den Nachbarn gelaufen und die haben den Krankenwagen geholt, aber es war schon zu spät.«

Penny schließt die Augen und krault meinen Nacken. »Das tut mir sehr leid. Dann warst du mit sechs Jahren ganz allein?«

»Hm.« Ich rutsche nah zu ihr, damit ich eine Hand an ihren Po legen kann. Er ist fest und rund. Wenn ich an ihrem Oberschenkel entlangfahren würde, könnte ich meine Hand unter das weite Hosenbein gleiten lassen. Ob sie darunter nackt ist? Ich versuche, durch den Stoff nach ihrem Slip zu tasten, und fühle keine Nähte, nichts. Nur ihren herrlichen Hintern.

»Deine Mutter war selbst noch ein halbes Kind, als sie gestorben ist.«

»Ja«, antworte ich rau, denn ich will zu gerne wissen, wie Pennys Rundungen nackt aussehen.

Sie reißt die Augen auf, und ich erkenne Schmerz darin. »Sie war so jung! Weiß man, warum der Krebs bei ihr ausgebrochen ist?«

Kopfschüttelnd erwidere ich: »Ich war erst ein Jahr alt, da wurde sie bei einem Scouting entdeckt und bekam sofort die ersten Plattenverträge. Ich habe sie jahrelang fast gar nicht mehr gesehen; Granny und mir hat sie nur regelmäßig Geld überwiesen. Ich glaube, sie hat sehr viel getrunken und wahrscheinlich auch Drogen genommen; so steht es zumindest in den Pressemitteilungen. Das Geschäft ist verdammt hart, und man kann genauso schnell weg sein, wie man es nach oben geschafft hat. Ich vermute, das hat sie zerstört.«

»Wie hieß sie?«

»Layla Walsh.«

»Der Name kommt mir bekannt vor. Jetzt brauch ich mein Handy.«

»Warum?«

»Ich muss sie googeln!«, antwortet sie schmunzelnd.

Ich ziehe es aus der Hosentasche und reiche es ihr.

»Puh, und ich dachte schon, es klebt dir immer noch am Hintern.«

»Nein, da wird es ihm nur zu heiß und dann geht es kaputt.«

Frech grinsend hebt sie eine Braue. »Du bist ganz schön von dir überzeugt, was?«

»Ich musste früh lernen, mich zu behaupten, und eine gute Portion Selbstbewusstsein hat da nicht geschadet.«

»Du kannst aber nicht alles auf deine Vergangenheit abwälzen«, sagt sie lächelnd und dreht sich auf den Bauch, sodass ich auch auf den Bildschirm sehen kann.

»Ist meine Vergangenheit ein Problem für dich?«, frage ich vorsichtig, wobei mein Herz rast.

Ernst blickt sie mich an. »Hey, wenn meine Vergangenheit kein Problem für dich ist, wie sollte dann deine eins für mich sein?«

Erleichtert hole ich Luft. Vielleicht kann ich ihr doch alles über mich erzählen … aber nicht jetzt. Penny gibt Mums Namen in den Browser ein, und ich weiß genau, welche Seiten sich zuerst öffnen. Ich höre mir ihre Lieder mehrmals in der Woche an, um sie nicht zu vergessen, habe auch all ihre CDs und sogar eine DVD von einer Talentshow, auf der einer ihrer Auftritte aufgezeichnet wurde.

Penny klickt auf das erste Musikvideo, und als es startet, erkenne ich meine wunderschöne, junge Mutter, die in Hotpants und einem schillernden Bustier im Wüstensand kniet und mit glockenreiner Stimme »Auch Engel können fallen« singt.

Penny sieht mich überrascht an. »Ich kenne den Song! Das ist *deine* Mum?!«

»Hm.« Ich schaue nicht auf das Display, sondern verfolge gebannt Pennys Mimik. Sie öffnet die Lippen, fährt mit der Zunge darüber und nagt mit den oberen Schneidezähnen daran, während das Video läuft.

»Wow«, sagt sie zwischendurch, oder: »Sie singt unglaublich gut!«

Zum ersten Mal wird mir bewusst, dass Penny meiner Mum ähnelt. Beide haben zumindest dasselbe lange blonde Haar und himmelblaue Augen, bloß war meine Mutter für meinen Geschmack zu dünn.

»Das ist Dance-Pop, oder?« Fragend blickt sie mich an, und ich kann wieder nur »hm« machen.

Sie schaltet das Handy aus und legt es ans Kopfende. »Dann hast du deine Leidenschaft fürs Singen von ihr geerbt.«

»Offenbar.« Hart räuspere ich mich. »Bitte sag niemandem, dass sie meine Mutter ist und ich das Geld geerbt habe.«

»Hältst du das geheim?«

Ich nicke.

»Wegen ihrer Drogengeschichten?«

»Ja.« Aber nicht nur deswegen.

»Ich verspreche, nichts zu sagen.« Sie kuschelt sich an mich und legt ihre Hände an meine Brust. »Gab es nach dem Tod deiner Mum keine Verwandten, die dich aufnehmen hätten können?«

»Doch, meine Tante Maya; sie ist die ältere Stiefschwester meiner Mum, mit der sie wohl sehr gut ausgekommen ist. Ich habe seit einem Jahr sporadisch Kontakt zu ihr. Sie hätte mich genommen, aber, wie ich letztes Jahr erfahren habe, war sie Alkoholikerin und ihr Mann hat sie geschlagen. Das war also kein Umfeld für ein Kind.«

»Oh mein Gott, das klingt alles total verrückt und schrecklich!«

Ich schließe die Augen. Entsetzt sie meine Familiengeschichte? Ich bin der Bastard einer drogensüchtigen Alkoholikerin, im Heim aufgewachsen ... sicherlich nicht gerade ihre Traumvorstellung von einem Mann. Was, wenn sie von meiner Vorstrafe oder der Sache mit Skyler erfährt?

Penny ist so vornehm, sie hat Manieren, weiß sich überall zu benehmen und passend auszudrücken – na ja, außer, sie besäuft sich. Dass sie überhaupt etwas von mir will, grenzt an ein Wunder.

»Wie kannst du ... also ...« Als sie nicht weiterredet, öffne ich die Lider. Zwei tiefe Falten haben sich auf ihrer sonst glatten Stirn gebildet.

»Du kannst mich alles fragen.« Ich weiß bloß nicht, ob ich ihr auf alles eine ehrliche Antwort geben kann.

»Hat deine Mum dir Geld hinterlassen, von dem du dein Studium finanzieren kannst?«

Ich wusste, dass die Frage früher oder später kommt. Malte hat auch schon wissen wollen, woher ich das Geld nehme. Ich habe ihm nur gesagt, dass ich etwas geerbt habe, das aber keiner wissen soll.

»Ja, sie hat mir quasi alles hinterlassen, was sie zur Seite schaffen konnte. Ihr gieriger Agent hat sie ziemlich übers Ohr gehauen, sagt meine Tante. Weil das Geld auf der Bank lag, hat es sich im Laufe der Jahre vermehrt. Ich habe erst von dem kleinen Vermögen erfahren, als ich volljährig wurde.«

Pennys Mundwinkel heben sich. »Dann bist du hier der Reiche von uns beiden.«

»Na ja, das Geld wird genügen, solange ich studiere. Danach muss ich auf eigenen Beinen stehen.«

»Das schaffst du.« Aufmunternd lächelt sie mich an. »Du hast es schließlich auch an diese Uni geschafft.«

»Mit Ach und Krach«, gestehe ich ihr grinsend. »Ich habe erst im letzten Jahr auf dem College Gas gegeben, als mir endlich bewusst wurde, dass ich ohne Abschluss nicht weit komme. Eigentlich habe ich genau wie meine Mutter immer vom großen Durchbruch als Sänger geträumt, aber offenbar hat sie mir nicht ihren Ehrgeiz vererbt.«

»Du hast dich ohne sie durchschlagen müssen, seit du sechs bist. Ich finde, das ist eine großartige Leistung.«

»Penny ...«, sage ich ernst und lege meine Hand in ihren Nacken. »Keiner darf wissen, dass ich dieses Geld habe, daher verrate bitte wirklich niemandem etwas.«

Ihr Gesicht verdüstert sich leicht, denn sie hat es mir bereits versprochen und sie denkt bestimmt, ich traue ihr nicht. Doch das Thema liegt mir im Magen. Ohne das Geld verliere ich alles.

»Wegen der Drogengeschichte?«, fragt sie.

»Nicht nur deswegen.« Wenigstens hier will ich ehrlich sein. »Ich habe Angst, das Geld zurückzahlen zu müssen, wenn jemand vom Heim erfährt, dass es all die Jahre da war. Die Ämter wussten schließlich nichts davon, genau wie ich.«

»Glaubst du, das müsstest du?«

»Ich weiß nicht, aber ich halte es für möglich.«

»Dann wärst du mittellos.«

»Hm, und ich könnte nicht mehr studieren. Meine Mum hat mir einen Brief hinterlassen. Sie wollte ausdrücklich, dass ich es bekomme, um mir eine Existenz aufzubauen. Die im Heim denken, sie hat es versoffen und für Drogen ausgegeben, so steht es schließlich überall. Auch wenn es vielleicht nicht stimmt, zumindest mag ich mir das nicht vorstellen, gereicht mir das nun zum Vorteil.«

»Meine Lippen sind versiegelt.« Fest blickt sie mich an. »Ich möchte schließlich nicht, dass du auf der Straße landest, wenn man dir dein Geld wegnimmt. Falls das passiert, ziehen wir einfach zusammen. Ich will dich bei mir haben.«

»Und ich will dich, Penny, schon so lange.« Ich kann mich nicht mehr zurückhalten, und wir haben genug geredet, mehr als genug. Ungestüm treffen sich unsere Münder, und ich muss sie spüren, alles an ihr. Daher schlüpfe ich an ihrem Rücken mit einer Hand unter ihr Shirt, um ihre weiche Haut zu streicheln. Penny trägt keinen BH.

Als sie sich auf den Rücken dreht, lasse ich meine Hand sofort auf ihren Bauch und höher gleiten, bis ich eine von ihren prallen Brüsten in Händen halte.

Ich keuche in ihren Mund, als ich mit dem Daumen

über ihren harten Nippel fahre. Währenddessen krallt sie die Finger in mein Haar oder streichelt mich überall dort, wo sie mit den Händen hinkommt: Kopf, Arme, Rücken.

Sie atmet schwer und windet sich unter mir. Wir beide wollen mehr, daher schiebe ich mutig ihr Shirt nach oben. Sofort hebt sie den Oberkörper an, damit ich es ihr ausziehen kann.

Gott, wie schön sie ist! Alles an ihr ist perfekt: ihr sanft gewölbter Bauch und die vollen Brüste mit den großen dunkelbraunen Nippeln. Ich habe noch nie so perfekte Brustwarzen gesehen!

»Weißt du, wie sexy du bist?«, raune ich.

Als Antwort schenkt sie mir ein scheues Lächeln, das sie noch begehrenswerter macht, dann schließt sie die Augen. »Solche Komplimente bringen mich durcheinander.«

Mist, wahrscheinlich hat ihr Marc ständig heiße Worte zugeflüstert. Ich will ihr Trauma gewiss nicht fördern. Sie soll sich fallen lassen können.

»Okay, lass die Augen geschlossen und genieße einfach.« Ich kann nicht widerstehen und muss eine dieser prallen Beeren in den Mund nehmen. Aber langsam, ich will mich vorantasten, um sie nicht zu erschrecken, und senke den Kopf auf ihren Bauch. Genüsslich umkreise ich mit der Zunge ihren Nabel und betrachte den Leberfleck, der sich einen Zentimeter links davon befindet und beinahe wie eine Träne aussieht. Küssend arbeite ich mich höher, bis ich mit der Wange gegen ihre weiche Brust stoße. Meine Lippen arbeiten sich den Hügel hinauf, und ich beiße sanft mit ihnen zu.

»Logan ...« Penny klingt schwach und krallt die Finger nur noch mit halber Kraft in mein Haar. Will sie mehr?

Mit der Zunge stupse ich ihre Brustwarze an, umkreise

auch sie und lecke hart darüber.

Penny bebt unter mir.

Dann sauge ich zart daran, bis Penny sich mir entgegenwölbt.

»Zieh das aus«, sagt sie atemlos und zerrt an meinem Shirt, während sie die Augen immer noch geschlossen hat.

Nur zu gern tu ich ihr den Gefallen, und schon liege ich wieder auf ihr. Unsere Körper scheinen zu glühen, und als sich ihre nackten Brüste gegen mich drücken, strömt auch noch das letzte bisschen Blut in meinen Schwanz. Er ist so hart, dass ich auf der Stelle kommen könnte.

Ablenken … Ich rutsche erneut tiefer, knete und lecke ihre Brüste und wandere weiter nach unten, um ihren Bauch zu küssen. Als sich meine Finger in den Bund ihrer Hose haken, hält sie mich nicht zurück. Daher ziehe ich sie nach unten und … Fuck, sie ist so heiß! Mein Schwanz drängt gegen meine Shorts, und Lusttropfen benetzen den Stoff.

Auf ihrem Venushügel wächst nur ein Flaum blonder Härchen. Ihre Schamlippen sind zierlich und dunkler als der Rest ihrer milchigen Haut, und als ich ihre Beine auseinanderdrücke, erkenne ich, wie feucht sie bereits ist. Außerdem kann ich ihren weiblichen Duft intensiv wahrnehmen, woraufhin mein Schwanz erneut zuckt.

Penny kneift die Lider zusammen und ballt die Hände neben ihrem Körper zu Fäusten. Ist sie angespannt?

Zögerlich hauche ich einen Kuss auf ihren Venushügel. Sie lässt es zu, atmet schwerer, und ich werde wagemutiger. Sanft knabbere ich an ihren Schamlippen und tauche schließlich mit der Zunge dazwischen.

Mmm, ihre Creme schmeckt köstlich. Irgendwie süß, aber auch salzig. Ich habe Fran auch geleckt oder wollte es, doch sie mochte das nicht, daher blieb es bei wenigen Versuchen. Außerdem hat sie lange nicht so gut geschmeckt wie Penny.

Da ich auf dem Bauch liege, drückt sich mein Schwanz in die Matratze. Ich würde ihn viel lieber in ihrem heißen Schoß versenken. Seit Monaten male ich mir aus, wie es sich anfühlen würde, tief in ihr zu sein. Ihre Spalte ist glatt und feucht, und ich erkunde sie ausgiebig mit der Zunge.

»Gefällt dir das?«, raune ich und hauche einen Kuss auf ihre Klit. Die kleine rosa Perle glänzt und reckt sich mir entgegen.

»Nicht aufhören!« Plötzlich krallt sie die Finger in mein Haar und zwingt meinen Mund zurück auf ihr nasses Geschlecht.

Unruhig bewegt sie die Beine und öffnet sie ein Stück weiter. Diese Einladung nehme ich zum Anlass, zwei Finger in sie zu schieben.

Gott, sie ist so heiß und eng!

Ich krümme meine Finger leicht, um sie innen zu massieren, dort wo bei einer Frau der G-Punkt liegen soll. Skyler hat mir damals ein paar Tipps gegeben, wie ich eine Frau verwöhnen kann.

Als Penny losgelöst stöhnt und mir ein Schwall Feuchtigkeit entgegenkommt, massiere ich schneller und setze meine Zunge ein, um über ihren Kitzler zu flattern.

»Logan …«, keucht sie. »Fester.«

Ich mag es, dass sie sagt, was sie will.

Mutig geworden durch ihre Aufforderung, nehme ich einen dritten Finger hinzu. Ihr samtiges Gewebe spannt sich um meine Finger und ich lecke härter über ihre Klit. Mehr Creme läuft aus ihr, und schließlich krampft sich ihr Schoß zusammen. Ich wünschte, es wäre mein Schwanz, der von ihr gemolken wird; ich stehe kurz davor, mich auf sie zu werfen und sie zu ficken.

Noch nie hat mich der Duft einer Frau so scharf gemacht. Vor Fran und Skyler habe ich auch hin und wieder ein bisschen experimentiert; in den diversen Wohngemeinschaften der Heime hatte ich zahlreiche Gelegenheiten; aber Sex war mir nie so wichtig, dass ich ihn ständig gebraucht hätte. Bei Penny bin ich mir nicht sicher, ob ich mich von jetzt an zurückhalten kann. Ich will sie jeden Tag schmecken.

Heimlich lecke ich zwischen ihren Schenkeln meine Finger ab, solange sie die Augen geschlossen hält und schwer atmet, dann rutsche ich nach oben und kuschle mich neben sie.

Penny schlägt die Lider auf und lächelt mich scheu an. Sie dreht sich zu mir und beginnt, über meinen Oberkörper zu streicheln. Als sie mit der Hand in meine Hose schlüpft und meinen harten Schwanz umfasst, presse ich das Gesicht ins Kissen und stöhne laut.

»Warum bin ich nackt und du nicht?« Ihre Stimme klingt überraschend süffisant. »Das geht gar nicht.«

Sie kniet sich hin, um mir zu helfen, meine Jogginghose und Shorts abzustreifen. Nun bin ich derjenige, der hilflos auf dem Rücken liegt und ihrer gierigen Musterung ausgesetzt ist. Ihre Finger gleiten über meinen Bauch, vorbei an meinem steinharten Schwanz, ohne ihn zu berühren, und meine Oberschenkel entlang. Dabei kann ich nur auf Penny starren, wie sie mich mit fiebrigem Blick betrachtet. Ihre Wangen sind gerötet, aber ob das davon kommt, weil sie erregt ist oder etwas scheu, weiß ich nicht. Sie schämt sich zumindest nicht wirklich, nackt neben mir zu hocken. Ihre Brustspitzen sind immer noch hart, und ihre Lippen glänzen, weil sie ständig mit der Zunge darüberfährt.

»Sieh mich nicht so an«, murmelt sie lächelnd und ihre Wangen werden noch dunkler.

Offenbar ist sie doch ziemlich nervös, deshalb schließe ich brav die Augen und genieße ihre Berührungen.

»Ich hatte mir schon überlegt, ob du dort unten auch gepierct bist«, sagt sie und tastet über den Ring, der durch das Bändchen an meiner Eichel führt. Ich höre, wie sie einen überraschten Laut ausstößt, als sie den nächsten Ring entdeckt, der durch meinen Hodensack geht. »Seit wann hast du die alle?«

»Seit drei Jahren«, raune ich. Skyler hat sie mir gestochen; sie hat neben ihrem »anderen« Job auch ein Piercing-Studio. Dort haben wir uns kennengelernt.

Mein Schwanz zuckt unentwegt, und allein Pennys sanftes Streicheln und die intensive Musterung reichen aus, dass ich gleich komme. Und als sie beginnt, meine Brust zu küssen und über meine Brustwarzen zu lecken, breitet sich dieses Gefühl wie flüssige Hitze in mir aus. Stöhnend will und kann ich nur genießen, was sie mit mir anstellt. Mir ist schwindlig vor Lust und meiner grenzenlosen Zuneigung zu Penny, mein Körper steht in Flammen. Ihr Haar kitzelt mich, als sie eine Spur feuriger Küsse bis zu meinem Bauchnabel zieht. Und als sie erneut meinen Schwanz umschließt, um daran zu reiben, kann ich mich bloß mit Mühe zurückhalten, ihre Hand nicht wegzureißen. Wenn sie so weitermacht, entlade ich mich in ihr Gesicht.

Mit dem Daumen reibt sie über meine nasse Kuppe. Meine Lusttropfen laufen an meinem Schaft nach unten, und ich reiße die Augen auf, weil ich zusehen muss, wie sie meinen Schwanz bearbeitet. Er ist hart wie nie, und ich habe das Gefühl, die Haut um meine Erektion könnte einreißen. Sie ist superempfindlich und bis aufs äußerste gedehnt. Fuck, Penny, was machst du mit mir?

Sie lächelt zaghaft, bevor sie ein Mal über meine pralle Spitze leckt.

»Penny!« Ich kralle die Finger in ihr Haar. »Nicht.«

Sie setzt sich gerade hin und sieht mich schuldbewusst an, wobei sie auf ihre Unterlippe beißt. »Hast du … eine ansteckende Krankheit?«

»Nein.« Ich grinse sie an. Ich bin höchstens krank vor Liebe.

»Dann unterbrich mich nicht«, sagt sie gespielt streng, doch die Röte um ihre Nase breitet sich erneut aus.

Verdammt macht mich das heiß, wenn sie sich einfach nimmt, was sie … Als sich ihre Lippen unter dem Kranz meiner Eichel schließen, sie zart daran saugt und mit der Zunge an meinem Piercing spielt, denke ich: *Heilige Scheiße!*

Ich habe sie gewarnt, ja, das habe ich!

Tief lasse ich mich ins Kissen sinken, komme ihr mit den Hüften entgegen und stoße in ihren warmen, saugenden Mund, während ich die Finger hilflos ins Laken kralle. Und als sie mit der anderen Hand meine Hoden streichelt und meinen Schwanz tief aufnimmt, kann ich mich nicht länger beherrschen. In mehreren Schüben komme ich in ihren Mund und bestehe nur noch aus Ekstase und Rausch. Meine Eichel pocht hart im wild schlagenden Takt meines Herzens, und ein süßer Schmerz rast bis tief in meinen Bauch. Mein Orgasmus ist so heftig, dass ich kaum Luft bekomme und mir kurz schwarz vor Augen wird. Mein erster Sex mit Penny übertrifft all meine Vorstellungen, und als der letzte Tropfen aus mir geflossen ist und sie zum Abschluss über meine Eichel leckt, erschaudere ich wohlig.

Ich bringe kein Wort hervor, als sie uns zudeckt und

sich in meine Armbeuge kuschelt.

Ist das eben wirklich passiert? Wie geil war das denn? Penny ist einfach … wow! Ich bin glücklich und erleichtert, dass ihr Ex sie nicht völlig versaut hat.

Ich drehe den Kopf zu ihr, und wir küssen uns zärtlich. Eine herrliche Trägheit hat von mir Besitz ergriffen und meine Lider werden schwer. Die Nacht war zu kurz.

Auch Penny schließt gähnend die Augen, und gemeinsam gleiten wir ins Land der Träume, während die anderen Kommilitonen im Wohnheim aus ihren Betten kriechen. Ich höre sie durch den Flur trampeln, reden und lachen, bin jedoch zu müde, als dass mich das stören würde. Außerdem sind mir die Geräusche noch von früher bekannt; sie haben etwas Vertrautes an sich. Nur gefällt es mir hier besser; und jetzt, mit Penny in den Armen, ist mein Leben perfekt.

Die Zeit mit Logan vergeht wie im Flug. Wir besuchen zusammen unsere Kurse, lernen in der Bibliothek und hängen am Wochenende gemeinsam mit unseren Freunden ab. Auch auf einem seiner Gigs war ich dabei. Logan wollte, dass wir beide ein Lied singen, aber so cool wie er bin ich noch nicht.

Die Tage werden wärmer, der Frühling zieht ein, und ich habe sogar schon einen Schmetterling gesehen. Alle anderen sind noch in meinem Bauch gefangen. Ich verliebe mich immer mehr in Logan und kann es kaum erwarten, mit ihm zu schlafen. Seinetwegen gehe ich sogar wieder regelmäßig joggen. Ich habe meinen Körper lange genug vernachlässigt und nicht nur Schokolade und andere Süßigkeiten in mich hineingestopft, sondern mich auch stark geschminkt, was ich jetzt nicht mehr mache. Es war, als ob ich mir einen Schutzmantel zulegen wollte, mich unattraktiver machen, damit mir niemand mehr weh tun kann.

Ich weiß, dass Logan mich liebt, wie ich bin, aber das Laufen tut mir gut. Die kühle Luft klärt meinen Kopf, und meine Vergangenheit rückt immer mehr in den Hintergrund. Sogar meine Albträume haben abgenommen. Ich lebe wieder und bin glücklich. Und meine Businesskostüme, die mir meine Eltern gekauft haben, ziehe ich kaum noch an. Viel lieber trage ich Jeans und Pullover.

Sue ist auch überglücklich, dass sie nicht mehr allein joggen muss. Sie hatte es irgendwann aufgegeben, mich zu fragen. Wir laufen oft gemeinsam, doch auch mit Logan war ich bereits unterwegs. Er macht mehr Sport als ich und stemmt im Fitnessraum des Wohnheims drei Mal in der Woche Gewichte. Jeder an der Uni weiß, dass wir zusammen sind; wir machen daraus auch kein Geheimnis. Das hier ist eine völlig andere Welt als die mit Marc oder in meinem Zuhause in Richmond. Ich bin einfach nur Penny, eine verliebte Studentin und keine Adlige, die einmal sämtlichen Reichtum ihrer Eltern erben wird. Lediglich Amy, Sue und Logan kennen dieses Geheimnis.

Ich habe meinen Eltern noch nicht gesagt, dass ich einen neuen Freund habe, denn ich will meine Beziehung mit Logan genießen. Sie würden bloß unangenehme Fragen stellen und hätten an ihm ohnehin einiges auszusetzen. Und dass sein Leben viele Parallelen zu dem von Marc hat, wird sie noch mehr stören als mich früher. Aktuell weiß ich nicht, wie ich es ihnen überhaupt beibringen soll. Aber das muss ich auch nicht. Sie sind in Richmond und ich bin hier.

***

Nach drei sehr leidenschaftlichen Wochen, in denen wir unsere Körper ausgiebig erforscht und viel zusammen gelacht haben, bietet sich uns die einmalige Gelegenheit, völlig ungestört zu sein. Sue verbringt das halbe Wochenende bei einer alten Schulfreundin in Brighton, was bedeutet, ich habe bis Samstagabend sturmfreie Bude!

Den ganzen Freitagnachmittag wirbele ich durch die Wohnung und bringe mein Zimmer, das Bad und die Küche auf Vordermann. Früher habe ich nie putzen müssen, denn meine Eltern haben Angestellte, die fast alles für sie erledigen, wie einen Chauffeur, eine Köchin, zwei Putzfrauen und ein Hausmädchen, das sich um die Schmutzwäsche und Einkäufe kümmert.

Logan wollte später vorbeikommen, weil er sich jetzt

zum Üben mit seiner Band trifft. Morgen Abend haben sie wieder einen Auftritt in einem Pub.

Zu Beginn habe ich meine Kostüme noch in die nächste Reinigung gebracht, aber nun, da ich überwiegend bequeme Kleidung trage, die keine Spezialreinigung benötigt, wasche ich meine Sachen eigenhändig. Ich bin viel selbstbewusster als früher. Es ist ein gutes Gefühl, nicht auf andere angewiesen zu sein. Natürlich fehlen mir gewisse Annehmlichkeiten, doch lieber mache ich alles allein, als unter der Fuchtel meiner Eltern zu stehen. Mich stört nur, dass ich von ihnen finanziell abhängig bin. So habe ich immer das Gefühl, ich schulde ihnen etwas und muss ihnen alles recht machen.

Wenn ich nur schon mit der Uni fertig wäre und einen Job hätte!

Als es klingelt, bleibt beinahe mein Herz stehen. Wie spät ist es? Ich bin noch nicht umgezogen! Verdammt, in den schwarzen Leggins und dem viel zu großen roten T-Shirt, das in meinen Besitz übergegangen ist, seit Logan mich betrunken zu sich genommen hat, bin ich keine Augenweide.

Hastig lege ich mir dezenten Lippenstift auf und eile zur Tür.

Logan strahlt mich an und hält mir zwei Tüten vor die Nase. »Ich hab uns was vom Chinesen mitgebracht.«

»Super, danke!« Ich gebe ihm einen schnellen Kuss auf den Mund, sage: »Stell es einfach in die Küche, ich komme gleich!«, und laufe zurück in mein Zimmer. Verflixt, was soll ich anziehen?

Ich streife das T-Shirt über den Kopf und werfe es über die Lehne meines Schreibtischstuhles. Dann reiße ich den Kleiderschrank auf, um die teuren Kaschmir-Pullover auf der Stange zur Seite zu schieben. Mein Blick bleibt an einem hellblauen Pullover hängen. Ja, der würde sich gut zur schwarzen Leggins machen, denn er reicht über meinen Po. Auch wenn ich weiß, dass Logan meine Kurven liebt, fühle ich mich trotzdem wohler, wenn ich sie kaschieren kann.

Gerade als ich den Pullover überstreifen möchte, schließen sich zwei Arme von hinten um mich.

»Logan!« Mein Herz macht einen Satz, und der Pulli landet auf dem Boden.

»Was hast du denn vor?«, raunt er mir ins Ohr.

Mein Gesicht glüht. »Ich will mir nur etwas anderes anziehen.« Oh Gott, ich will mir nicht ausmalen, wie ich von hinten aussehe; wahrscheinlich wie ein Nilpferd in Hosen. Ich trage nur meinen schwarzen Spitzen-BH, einen Stringtanga und darüber die Leggins. Zum Glück habe ich meine weißen Frottee-Socken schon vorher ausgezogen.

»Willst du ausgehen?« Sanft knabbert er an meinem Ohrläppchen und seine Hände legen sich auf meine Brüste, sodass feurige Glut zwischen meine Beine schießt. »Ich dachte, wir machen uns einen gemütlichen Abend bei dir?«

»Ja, aber ...«

»Na also, dann musst du dich doch nicht umziehen. Ich mag es, wenn du mein Shirt trägst.«

Ich drehe mich in seinen Armen herum und fühle mich gleich wohler. »Ich ziehe es zum Schlafen an, versprochen.«

»Das wirst du nicht tun.« Seine Hände gleiten an meinem Rücken nach unten und er krallt die Finger in meinen Po, um mich fest an sich zu drücken. »Ich will dich nackt.« Dann küsst er mich verlangend, und ich spüre seine Erregung an meinem Bauch.

Himmel, der Mann macht mich fertig. »Unser Essen ...«, wispere ich.

Grinsend weicht er zurück. »Ja, das sollten wir nicht kalt werden lassen.« Er nimmt mich an der Hand, ohne dass ich die Gelegenheit erhalte, mir etwas überstreifen zu können, und führt mich in die Küche.

Hilfesuchend schaue ich über meine Schulter. »Ich kann so doch nicht …«

»Ist dir kalt?«, fragt er und sieht begierig auf meine Brüste, sodass ich mir nackt, aber auch begehrenswert vorkomme.

»Nein.« Ich schlucke. »Mir ist warm.« Heiß!

In den paar Wochen, die wir nun zusammen sind, konnte ich meine Verlegenheit ein Stück weit abschütteln, wenn er auf meinen nackten oder halb nackten Körper starrt.

Wie kann er mich von einer Sekunde auf die andere zum Glühen bringen?

Er hängt seine Lederjacke über einen Stuhl und öffnet auf dem Tisch die weißen Plastiktüten mit dem roten Aufdruck vom Chinesen. Ich will uns Teller holen, aber Logan schiebt die Nudelkartons auf unsere Plätze und reicht mir Stäbchen.

Das Leben ist herrlich unkompliziert mit ihm. Ich muss nicht ständig aufpassen, gegen die Etikette zu verstoßen oder etwas Falsches zu sagen. Bei Logan darf ich wirklich ich sein – und in BH und Leggins in der Küche sitzen!

Grinsend lege ich die Stäbchen an meinen Platz und schlendere zum Kühlschrank. Zu Hause bei meinen Eltern könnte ich nie so leger gekleidet durchs Haus laufen. Dort ist es auch nicht üblich, vor anderen auf die Toilette zu gehen, aber Logan ist in der Beziehung völlig ungeniert. Ich gehe unter die Dusche – er pinkelt. Langsam gewöhne ich mich daran. »Was möchtest du trinken? Wasser? Bier? Cola?«

»Cola, bitte.« Spöttisch hebt er eine Braue. »Du hast Bier

da? Alkoholfrei?«

Ich schüttle den Kopf. »Richtiges Bier.«

»Sue weiß davon?«

»Nein, das habe ich vorhin noch schnell gekauft«, antworte ich schmunzelnd. »Und so streng ist sie auch wieder nicht.« Es ist nicht immer einfach mit Sue und ihren Regeln, aber ihre Vorschriften sind im Gegensatz zu denen meiner Eltern leicht zu ertragen.

Logan zwinkert. »Dann nehme ich trotzdem lieber ein Bier, bevor du Ärger bekommst.«

Ich nehme mir auch eins und stelle die Flaschen an unsere Plätze.

Während wir essen, schweift sein Blick ständig zu meinen Brüsten und unsere Füße verkeilen sich unter dem Tisch. Logan erzählt mir von seiner Probe und dass er an einem neuen, sehr persönlichen Lied schreibt. »Du bekommst es aber erst zu hören, wenn alles perfekt ist«, warnt er mich vor, als ich den Mund aufmache.

»Woher weißt du, dass ich es hören wollte?«

Er grinst. »Weil du neugierig bist.«

»Bin ich nicht!« Schmunzelnd nippe ich an meinem Bier. Ich habe ihn in den letzten Tagen gelöchert, weil ich mehr aus seiner Vergangenheit erfahren wollte, als er noch im Heim gelebt hat. Als er sich bei diesem Thema immer weiter verschlossen hat, habe ich aufgehört, nachzubohren. Wahrscheinlich ist Logan genauso froh wie ich, die alten Zeiten hinter sich gelassen zu haben.

Nachdem wir satt sind und einvernehmlich schweigen, räuspere ich mich. Wir wissen beide, warum wir hier sind, und nun haben wir sturmfrei und grinsen uns dämlich an wie zwei verklemmte Teenager.

»Hast du Lust auf einen Film?«, frage ich deshalb.

»Gute Idee.« Er hilft mir, den Müll im Abfalleimer unter der Spüle zu entsorgen, und wir gehen in mein Zimmer.

Dort krame ich in einer Kiste, die im Kleiderschrank steht. »Die DVDs sind noch von Amy, und die meisten kenne ich nicht. Ich muss dringend mal welche von daheim mitnehmen, da habe ich einen ganzen Schrank voll.« Schließlich bin ich ein Serien-Junkie.

»Was hast du denn hier?« Er hockt sich neben mich, und seine Hand streift meine Finger, sodass ein kleiner Funke auf mich überspringt. »Hey, das ist der neue James Bond, den kenne ich noch gar nicht.« Er holt die Hülle heraus und entdeckt einen weiteren, interessanten Film. »Cool, Terminator Genisys.«

Mir ist egal, was alles in der Kiste ist, denn mein Blick gilt allein Logan, der versucht, im Halbdunkel des Schrankes die Inhaltsangabe zu entziffern. Dabei kneift er die Lider zusammen, sodass Fältchen an seinen Augenwinkeln entstehen, die ihn ein wenig ernst und traurig aussehen lassen. Er hat seine Mutter so früh verloren, und ich schimpfe ständig über meine Eltern. Dabei waren sie immer für mich da.

»Ist alles nicht dein Geschmack, hm?« Er hält mir drei Filme vor die Nase.

»Oh … doch, ich liebe Action-Filme.«

»Ernsthaft?« Seine Brauen schieben sich leicht zusammen, danach sieht er mich so mitleidserregend wie ein nass gewordener Hund an. »Ich würde mir dir zuliebe auch den hier ansehen, auch wenn es Folter gleichkommt.« Als er »Pretty Woman« hervorkramt, muss ich lachen.

»Keine Panik, den kenne ich auswendig. Den musste ich mir drei Mal mit Amy angucken. Wir nehmen den hier.« Ich wähle Dracula, weil Luke Evans ein sexy Vampir ist, doch das werde ich Logan nicht auf die Nase binden. Außerdem finde ich ihn ohnehin viel heißer; er ist real und gehört mir.

Ich hole meinen Laptop vom Schreibtisch, lege die Scheibe ins Laufwerk und mache es mir auf dem Bett gemütlich. Während ich den Film starte, zieht sich Logan die Jeans aus. Darunter trägt er dunkelblaue, enge Shorts.

Er ist so heiß! Ich stehe total auf seine langen, leicht behaarten Männerbeine, und nicht nur, weil ich daran wunderbar meine kalten Füße wärmen kann. Sie haben einfach die perfekte Form. Sein graues T-Shirt spannt sich über seine Brust, sodass ich die Konturen des kleinen Steckers in seinem Nippel erkenne. Zu gerne würde ich Logan nackt sehen. Wir haben uns nie wirklich getraut, miteinander zu schlafen, aus Angst, man könnte uns hören. Im Wohnheim sind die Wände dünn; und bei Sue habe ich immer das Gefühl, sie klebt mit dem Ohr an der Tür. Aber nun ist sie nicht da. Außerdem war ich bisher nicht wirklich bereit dazu, doch langsam kann ich es nicht mehr erwarten.

»Du kannst die nächsten zwei Stunden auch mich anstarren«, sagt er trocken, ohne die Miene zu verziehen, und deutet mit beiden Zeigefingern auf sich. »Darf ich vorstellen? Logan, der unwiderstehliche Bad Boy.«

Meine Wangen glühen und ich klopfe neben mich auf die Matratze. Sein Selbstbewusstsein will ich auch haben. »Du bist kein Bad Boy. Die sind egoistisch und haben keinerlei Gefühle.« Da brauche ich nur an Marc zu denken. Er war ein waschechter Bad Ass. »Außerdem hätte ich jetzt lieber einen Bett-Boy, damit wir endlich mit dem Film starten können.« Draußen wird es langsam dunkel, und ich freue mich schon auf unsere erste gemeinsame Nacht. Bisher hatte ich das Gefühl, Logan wollte nicht, dass wir es überstürzen, was mir ohnehin recht war, und beim jeweils anderen übernachten. Aber ich glaube, er hat so lange gewartet, weil er Angst hat, mich zu verletzen.

Dafür begehre ich ihn gleich noch mehr. Ja, ich glaube, ich habe mich total in ihn verliebt, und ich möchte es ihm bald sagen. Morgen vielleicht, wenn wir zusammen aufwachen.

»Du willst einen Bett-Boy?« Logan schlüpft zu mir unter die Decke und starrt mich grinsend an. Das Zimmer ist klein, es gibt keine Couch, und das ist perfekt. Wir *müssen* im Bett sitzen, um einen Film anzusehen.

»Wie wäre es, wenn wir uns die DVD später vornehmen?« Er klappt den Laptop zu und stellt ihn auf den Boden. Dann rollt er sich unter der Decke auf mich. »Ich kann mich nämlich so schlecht konzentrieren, wenn du halb nackt neben mir sitzt.«

»Du hast mir verboten, mich umzuziehen«, sage ich lächelnd. »Aber ich gebe zu, dass du mich auch vom Film ablenken würdest.«

»Würde ich das?«, raunt er an meinem Mund, bevor er mich küsst.

Vergessen ist Dracula. Ich spüre nur noch Logans Hände und Lippen überall auf mir, während ich nicht genug von seinem Körper bekommen kann. Im Gegensatz zu mir ist er perfekt, besitzt kein Gramm unnötiges Fett, hat breite Schultern, schmale Hüften und einen Knackarsch wie aus dem Modelkatalog. Und Logan gibt mir trotz meiner Pölsterchen stets das Gefühl, die attraktivste Frau auf Erden zu sein. Deswegen habe ich bereits meine schlimmsten Hemmungen abgelegt, und ich fühle mich pudelwohl mit ihm.

Ungeduldig zerre ich an seinem T-Shirt, weil ich ihn intensiver spüren möchte. Er hilft mir, es auszuziehen, und ich umarme ihn fest, als er sich wieder auf mich legt. Ich liebe seine erhitzte Haut auf meiner.

Seine Erektion drückt sich durch seine Hose an mich. Ich weiß, dass er es kaum erwarten kann, mit mir zu schlafen; ich merke es an jeder seiner Reaktionen. Er atmet schwer und keucht unentwegt. Leidenschaftlich knabbert er die Haut an meinem Hals an. »Hm, du riechst so gut, ich könnte dich fressen.«

Ich zucke zusammen, als er einen meiner Arme über den Kopf drückt und die Innenseite meines Oberarmes küsst und ebenfalls daran knabbert. Sein raues Kinn kitzelt mich, aber um nichts auf der Welt möchte ich woanders sein.

»Der stört«, raunt er plötzlich und fährt mit einer Hand in meinen Rücken, um den Verschluss meines BHs zu öffnen. Seine leicht raue Handfläche verursacht wohlige Schauder. Die kleinen Schwielen hat er vom Gewichte stemmen, hat er mir erklärt. Zu gerne würde ich einmal mit ihm in den Fitnessraum kommen, um ihn beim Trainieren zu beobachten.

Ich helfe ihm, den BH abzustreifen, und weide mich an seinem Blick, damit ich nicht daran denken muss, dass er nur Augen für meine harten Nippel hat. Ganz nackt bin ich plötzlich nicht mehr so mutig und meine alten Komplexe klopfen an.

Keine zwei Sekunden später drückt er eine Brust mit beiden Händen zusammen und leckt über meine empfindliche Knospe.

Während ich mich aufbäume, benetzt ein Schwall Feuchtigkeit meinen Slip, worüber ich mich freue. Das zeigt mir, dass mir Sex wieder Spaß macht; mein Körper und ich vertrauen Logan. Die Schmetterlinge in meinem Bauch flattern hoch in meinen Kopf und helfen mir, mich bei Logan fallen zu lassen. Zu vergessen … Daher entspanne ich mich, schließe die Augen und kraule seinen Kopf, während er mich weiterhin mit den Lippen verwöhnt. Seine Finger haken sich in den Bund meiner Leggins, und ich hebe mein Becken, damit er sie herunterziehen kann. Nun trage ich nur noch meinen Stringtanga und er seine Shorts.

Wir reiben unsere Körper aneinander, wilder und leidenschaftlicher, und ich schlinge die Beine um ihn. Dabei stößt mein Becken ständig nach vorne. Ich will ihn endlich spüren!

Logan benimmt sich immer noch wie ein wahrer Gentleman; und er rutscht etwas zur Seite, um eine Hand über meinen Bauch tiefer bis in meinen Slip gleiten zu lassen.

Endlich! Stöhnend bäume ich mich auf, seinen Fingern entgegen, die meine Schamlippen teilen und in meiner Hitze versinken. Fest reibt er über meinen Kitzler, und ein köstliches Ziehen rast durch meinen Unterleib. Es schmatzt, als er die Hand bewegt, und mein Gesicht brennt vor Scham. Ist es normal, so feucht zu werden?

Mit der anderen Hand fasst er mich im Nacken, um meinen Kopf zu sich zu ziehen. Dann küsst er mich verlangend, während er mich mit den Fingern stimuliert. Dabei drückt sich seine Erektion seitlich an meinen Oberschenkel.

Ich will ihn nicht länger leiden lassen und mich auch nicht. »Ich habe noch was eingekauft«, sage ich atemlos, und erneut erhitzt sich mein Gesicht.

»Die Handschellen und Fesseln probieren wir ein anderes Mal«, murmelt er verwegen grinsend an meine Wange.

»Ich meinte … Kondome.«

»Weiß ich doch.« Sein Grinsen wird breiter. »Ich hab

auch welche dabei.«

»Wo?«

»In meiner Jacke.«

Die ist in der Küche. »Meine sind näher. Schreibtisch-schublade.«

Er zögert nur den Bruchteil einer Sekunde. Dann springt er aus dem Bett.

Während ich aus meinem feuchten Stringtanga schlüpfe, zieht er die Shorts aus. Seine kräftige Erektion steht von seinem Körper ab und wirkt beinahe bedrohlich. Vielleicht wegen der Piercings oder weil er das Schamhaar gestutzt hat und er dadurch länger erscheint. Ehrlich, der Schniedel von Marc war weit weniger Ehrfurcht gebietend; und zu meiner Vorfreude gesellt sich Aufregung, aber auch Erregung. Ich kann es kaum noch erwarten.

Nachdem er sich das Kondom übergezogen hat, kommt er zu mir zurück und kniet sich zwischen meine geöffneten Beine.

Mein Herz zerspringt gleich. Verwegen hängen ihm ein paar Haarsträhnen vor die Augen, und er sieht aus wie ein junger Gott. Ja, diesen Vergleich liest man ständig irgend-wo, aber auf Logan trifft nichts anderes zu. Ich wünschte, ich hätte mich schon früher überwinden können, ihm zu vertrauen.

Während er sich auf mich schiebt und die Spitze seiner Erektion zwischen meine Schamlippen drängt, schließe ich die Lider. Er verharrt, als würde er auf Erlaubnis warten, doch jede Sekunde, die ich länger auf ihn verzichten muss, ist Folter. Daher greife ich zwischen unsere Körper, umfas-se sein warmes, hartes Geschlecht, und zeige ihm den Weg.

Stöhnend sinkt Logan auf mich, während er in mich fährt. Im ersten Moment fühlt es sich an, als wäre er zu dick und zu lang – was Unsinn ist. Er hat die perfekten Ausmaße, und ich genieße diesen sanften Dehnungsschmerz. Offenbar bin ich einfach noch zu verkrampft.

Er dringt weiter in mich, und als ich glaube, es geht keinen Millimeter tiefer, verharrt er. Ich spüre ihn so tief in mir, dass alles um ihn herum prickelt und pocht. Ich komme allein deswegen fast zum Höhepunkt.

»Penny«, wispert er an meinen Lippen. »Ich …«

Neugierig blinzle ich. Keuchend kneift er die Lider zusammen und wirft den Kopf zurück.

Solange er die Augen geschlossen hält, traue ich mich, ihn anzusehen und frage: »Was?«, während ich die Hüften kreisen lasse. Wieso bewegt er sich nicht? Steht er genauso kurz vor dem Höhepunkt wie ich?

Ein Zittern geht durch seinen Körper. »Ich weiß nicht, wie lange ich mich noch beherrschen kann. Du fühlst dich fantastisch an, aber du bist so eng und ich will dir nicht wehtun.«

Zärtlich lege ich beide Hände an seine Wangen. »Du tust mir nicht weh, du machst mich bloß verrückt, wenn du nicht endlich loslegst!«

Seine Mundwinkel zucken, dann küsst er mich verlangend. Und plötzlich beginnt er auch, sich in mir zu bewegen. Die ersten drei Stöße sind vorsichtig, doch mit jedem neuen Mal werden sie intensiver.

Endlich … Ich drücke die Finger in seine knackigen Pobacken, um ihm zu zeigen, dass er sich nicht zurückzuhalten braucht. Die Nase vergrabe ich an seinem Hals, an dem er nach Logan und Aftershave riecht. Und während ich ihn mit allen Sinnen genieße, ihn rieche, fühle, ihn stöhnen höre, von seinen Lippen koste und dabei jedes Detail seines aufregenden Körpers aufsauge, braust eine weitere, gigantische Woge der Lust heran. Mein Schoß krampft sich um seine Erektion, und ich genieße jeden harten Stoß, jedes noch so tiefe Eindringen und jeden seiner ungestümen Küsse. Logan zeigt mir, dass er mich begehrt, mich braucht und ihm der Sex mit mir gefällt. Abwechselnd wühlen seine Finger in meinem Haar oder kneten meine Brüste, was mich noch mehr anstachelt, ihm mein Becken entgegenzustoßen.

Ich werfe den Kopf zurück, als die süße Erfüllung mich in andere Sphären reißt. Wie aus weiter Ferne höre ich meine Lustschreie; ich nehme nur noch meinen Höhepunkt wahr, lasse mich von ihm davontreiben und komme erst Sekunden später in die Realität zurück.

Logan hockt sich auf die Knie und zieht mich an den Hüften zu sich. Ich schlinge die Hände um seinen Nacken, damit ich mich aufrichten kann. Und während der Orgasmus immer noch in mir nachklingt, reite ich auf ihm, weil ich will, dass unser erstes Mal auch für ihn etwas Besonderes wird. Ich nehme die Beine weit auseinander, damit es sich gut für ihn anfühlt. Der Duft unserer Liebe wabert durch das Zimmer.

»Penny«, sagt er rau, und seine Finger pressen sich in meine Pobacken. Er schließt erneut die Lider und gibt die Geschwindigkeit vor. Erst schneller, dann immer gemächlicher gleitet seine Erektion rein und raus. Und als ein Beben durch seinen Körper geht, stößt er mehrmals langsam und tief zu. Sein Gesicht wirkt angespannt, und Sekunden später völlig losgelöst. Anschließend schüttelt er sich, als würde er frieren.

»Alles okay?«, frage ich.

Grinsend öffnet er die Augen. »Mehr als das.«

Wir lösen uns voneinander, und Logan streckt sich auf

dem Rücken aus. Ich kuschle mich an seine Seite.

»Penny ... du bist total abgegangen!« Er klingt, als würde ihn das erstaunen. »Zum Glück haben wir gewartet, bis wir allein sind. Du hast das halbe Haus zusammengebrüllt! Hoffentlich rufen die Nachbarn nicht die Polizei.«

»So schlimm? Ich hab das gar nicht mitbekommen!« Ich lege die Hände aufs Gesicht und grinse. »Das ist so peinlich!«

»Nein.« Sofort zieht er meine Hand weg und lächelt mich an. »Ich finde das geil. Ich habe das noch nie erlebt.« Er grinst so selbstgefällig, dass ich laut lachen muss.

»Bilde dir darauf bloß nichts ein.« Übermütig küsse ich ihn auf den Mund. »Ich liebe Sex nun einmal, und dann vergesse ich alles um mich herum.«

»Solange du mich nicht vergisst«, sagt er und zieht mich an seine Brust.

Ach, Logan, womit habe ich dich verdient?

Ich schwebe auf Wolke sieben und habe mich nie glücklicher gefühlt.

»Maaann, wer ruft denn so früh an?« Schwerfällig öffne ich die Lider, weil mein Handy klingelt und einfach nicht still sein will. Da ist jemand ziemlich hartnäckig.

Langsam richte ich mich auf. Meine Schulter ist eingeschlafen, weil ich mich in dem schmalen Bett an Logan gekuschelt habe, und ich kann den Arm kaum bewegen. In meinen Fingern kribbelt es.

Logan murmelt etwas von »Bestimmt deine neugierige Freundin«, bevor er mir den Rücken zudreht und weiterschläft.

Selig grinse ich ihn an. Ihn bringt wohl nichts aus der Ruhe.

Mich fröstelt, als ich aus dem Bett schlüpfe, denn ich habe nichts an. Ich klebe, bin verschwitzt, aber habe mich nie besser gefühlt. Kein Albtraum in dieser Nacht! Und der Anblick von Logans strammen Pobacken versüßt mir zusätzlich den Morgen.

Weil es im Zimmer kühl ist, ziehe ich ihm die Decke bis zu den Schultern hoch und greife nach dem Handy, das ich gestern Abend noch auf den Schreibtisch gelegt habe.

Auf dem Display steht, dass es bereits zehn Uhr ist. »Handy Dad« leuchtet mir entgegen, und ich rolle mit den Augen. Ständig ruft er mich an und will wissen, ob alles okay bei mir ist, und löchert mich mit Fragen zum Studium. Seit ich nicht mehr jedes Wochenende heimkomme — weil ich natürlich bei Logan sein will —, meldet er sich noch häufiger. Er hat eben immer noch Angst, dass ich wieder abstürzen könnte. Doch warum ruft er nicht von zu Hause aus an? Ob etwas passiert ist?

Schnell nehme ich das Gespräch an, und die schrille

Stimme meiner Mutter dringt an mein Ohr. »Sag mal, Penelope, schläfst du noch?«

Sofort bin ich hellwach. »Ist alles okay bei euch?«, frage ich. Es ist schließlich Samstag, da werde ich wohl ausschlafen dürfen. Außerdem hatten Logan und ich noch einmal Sex, als wir nachts aufgewacht sind. Wir können nicht genug voneinander bekommen, und ich hoffe, dass wir den heutigen Tag diesbezüglich ausnutzen werden.

»Wir sind geschäftlich in London. Meine Freundin Caroline gibt eine Wohltätigkeitsveranstaltung und wir bringen ihr Onkel Phils alte Taschenuhr vorbei. Caroline wird sie für einen guten Zweck versteigern«, erklärt mir meine Mum. »Und da haben wir beschlossen, kurz bei dir vorbeizusehen.«

»Was?« Ich wirble zu Logan herum, der sich zu mir dreht und mich verschlafen anblinzelt.

»Ist was passiert?«, murmelt er, und ich schüttle schnell den Kopf, damit er nicht noch mehr redet. Plötzlich möchte ich nicht, dass meine Eltern wissen, dass er bei mir ist. »Wann seid ihr hier?«

»In einer halben Stunde«, antwortet meine Mum. »Und ich hätte gerne einen Earl Grey. Ich bin völlig durchgefroren.« Dann legt sie auf.

»Logan! Meine Eltern kommen gleich vorbei!«

»Shit!« Grinsend steigt er aus dem Bett und umarmt mich. »Vielleicht sollten wir uns etwas anziehen.«

Was für ein Albtraum! »Wir müssen lüften.« Im Zimmer riecht es nach Sex. »Und ich muss duschen!« Zum Glück habe ich gestern schon geputzt und aufgeräumt.

»Du springst unter die Dusche und ich mache das Fenster auf«, sagt er und zieht mich an der Hand ins Badezimmer. »Aber erst muss ich mal für kleine Jungs.« Er klappt den Klodeckel hoch und stellt sich vor die Schüssel.

Er will allen Ernstes vor mir pinkeln? Ist ihm das nicht peinlich?

Als ich nur wie erstarrt seine sexy Rückansicht mustern kann und mir die zwei Grübchen oberhalb seiner knackigen Pobacken auffallen, wirft er mir einen Blick über die Schulter zu und verzieht das Gesicht. »Sorry, hab vergessen, dass das hier ein Mädels-Haushalt ist.« Er dreht sich um und setzt sich hin.

Das ist zu viel für meine Nerven! Schnell steige ich in die gläserne Kabine und drehe das Wasser auf. Der kalte Strahl trifft mich völlig unerwartet, weshalb ich einen Schrei ausstoße – dann höre ich Logan lachen. »Du bist ja total neben der Spur! Deine Eltern kommen – nicht die Queen.«

»Du kennst sie nicht«, rufe ich durch das Prasseln des Wassers, während ich auf einem Bein ganz in der Ecke stehe und warte, bis es warm wird. »Vielleicht solltest du besser gehen?«

Ich höre die Spülung, danach stellt er sich vor die Kabine und grinst mich an. »Und mir das hier entgehen lassen?«

Er reißt die Tür auf und kommt zu mir. Mittlerweile ist das Wasser warm; zum Glück funktioniert heute der Boiler. »So schlimm wird es bestimmt nicht. Ich freue mich, sie kennenzulernen.«

»Du wolltest doch lüften!«, sage ich panisch, wobei er mich erneut umarmt. Jetzt werden seine Haare nass! Und meine Eltern werden wissen, was wir getan haben!

»Hey …« Er umarmt mich fester. »Scht. Atme mal durch.«

Tatsächlich hole ich tief Luft, achte aber darauf, dass meine Haare nicht feucht werden. Ich habe keine Zeit, sie zu trocknen.

Tropfen laufen über Logans Gesicht, und sein heißer, großer Körper fühlt sich gut an. Seufzend lege ich die Hände an seine Schultern, während er zum Duschgel greift, das auf der Seifenablage steht.

»Sind sie wirklich so schrecklich?«

»Mein Dad ist ganz okay, aber meine Mum ist meistens die Schwester des Teufels.«

»Dann muss ich ihr für die teuflisch schöne Tochter gratulieren. Hat sie gut hinbekommen.« Er küsst mich schnell und intensiv, wäscht sich kurz das Gesicht, unter den Armen und zwischen den Beinen – anschließend zwinkert er mir zu und verlässt die Kabine. »Ich hätte dich auch gerne gewaschen, aber ich bringe lieber das Zimmer in Ordnung, bevor du noch einen Nervenzusammenbruch erleidest.«

»Danke!«, rufe ich ihm grinsend nach und beeile mich. Hoffentlich wird der Vormittag nicht in einem Fiasko enden. Ich kenne doch meine Mutter. Sie kann aus jeder Lappalie einen Supergau machen.

***

Ich habe mir gerade noch die Haare hochgesteckt und Lippenstift aufgelegt, da klingelt es an der Tür. Erneut atme ich tief durch und streife meinen Kaschmirpullover glatt. Auf die Leggins habe ich verzichtet, stattdessen trage ich eine beige Stoffhose. Brav konservativ, um meinen Eltern zu gefallen.

Logan steht neben mir an der Tür. Seine Haare sind zum Glück so gut wie trocken – nachdem ich ihn gebeten habe, sie anzuföhnen – und er macht in seinen Jeans und dem engen grauen T-Shirt zumindest auf mich einen passablen Eindruck. Seine Lederjacke habe ich in meinem Kleiderschrank verschwinden lassen, damit »es ordentlicher in der Wohnung aussieht«, wie ich Logan erklärt habe. Dabei möchte ich nicht, dass meine Eltern sie entdecken. Marc hat auch immer eine Lederjacke getragen.

»Überlass mir am besten das Reden«, sage ich zu ihm, während ich höre, wie meine Eltern das Treppenhaus heraufkommen. In dem alten Gebäude gibt es keinen Aufzug, also habe ich noch Zeit für letzte Anweisungen.

Logan grinst mich an, wobei er die Hände tief in den Hosentaschen vergraben hat. »Also langsam bekomme ich Angst. Was soll ich tun, wenn sie mich auffressen wollen?«

Schmunzelnd stupse ich mit dem Ellbogen gegen seinen Arm, dabei ist mir alles andere als nach Lachen zumute. »Gleich wirst du mich verstehen — und dich fragen, ob ich nicht adoptiert bin. Und nimm die Hände aus der Hose.«

Er legt kurz den Kopf in den Nacken und seufzt, kommt meinem Wunsch jedoch nach.

Dass ich nicht adoptiert bin, erkennt er sofort, als meine Mutter die Wohnung betritt, denn ich bin beinahe ihr jüngeres Ebenbild. Sie hat ein dunkelgrünes, eng sitzendes Kostüm an, das sie in ihrem Alter mit ihrer Top-Figur immer noch tragen kann, dazu Seidenstrümpfe und farblich passende Pumps mit einem flachen Absatz. Ihre blond gefärbten Haare hat sie wie ich hochgesteckt, und sie trägt perfekt auf ihren Teint abgestimmte Foundation und dezentes Make-up, sodass sie zwanzig Jahre jünger aussieht und keinesfalls wie über sechzig.

Sie tritt an mir vorbei und wirft, ohne Logan oder mich zu beachten, einen skeptischen Blick auf die grünen Tapeten im Flur, die sich an einigen Stellen bereits ablösen. Dabei rümpft sie die Nase; der Anblick ist typisch für Mum.

Dad hinkt hinter ihr zur Tür herein. Er trägt wie meistens, wenn er unterwegs ist, einen schwarzen Anzug und stützt sich wegen seines kaputten Knies auf einen Gehstock auf. Sein graues Haar ist kurz geschoren – was Mum nicht gefällt, aber ich finde das cool. Er lächelt mich an, und ich umarme ihn. »Hi, Dad.«

»Hallo, mein Pflänzchen«, murmelt er in mein Haar, und ich schmiege mich einen Moment an ihn, um seinen vertrauten Dad-Geruch mit dem rauchigen Aftershave einzuatmen. Wir sind schon immer gut miteinander ausgekommen und er hat mir den Rücken gestärkt, als die Sache mit Marc eskaliert ist, während Mum wochenlang nicht mit mir geredet hat.

Als ich mich von ihm löse, gibt mir Mum ein Küsschen links, eines rechts und tritt einen Schritt zurück. »Wir haben erst geglaubt, wir hätten uns in der Straße geirrt. Hier wohnst du also?« Durch zusammengekniffene Lider mustert sie mich. »Kind, hast du schon wieder zugenommen? Du warst mal so schön schlank!«

Ja, als ich Drogen eingeworfen und mir das Hirn herausgevögelt habe, möchte ich ihr sagen, aber dann würde Mum einen Herzinfarkt bekommen.

Logan tritt mit düsterer Miene neben mich. »Ich finde Penny perfekt, wie sie ist.«

Sie hebt ihre gezupften Brauen und mustert missbilligend sein Nasenpiercing. »Und Sie sind?«

Er streckt ihr die Hand hin. »Logan Walsh. Penny und ich sind zusamme…«

»Zusammen im selben Kurs und haben uns gerade auf die nächste Prüfung vorbereitet!«, setze ich schnell hinzu. Himmel, sie darf nicht wissen, dass wir ein Paar sind. Ich möchte es meinen Eltern in einer ruhigen Minute beibringen.

Meine Mutter betrachtet skeptisch seine Hand, schüttelte sie jedoch trotzdem. »Wohnen Sie auch hier?«

Ich weiß genau, was sie denkt und an wen Logan sie erinnert. »Nein, Mum«, antworte ich für ihn, während er auch meinem Dad die Hand gibt – der ihn weniger feindselig ansieht. »Ich wohne hier mit Susan, von der ich euch schon erzählt habe. Sie ist nur gerade bei einer Freundin und ich gebe Logan Nachhilfe.«

Das scheint sie zu entspannen, denn sie atmet auf, aber Logan wirft mir einen düsteren Blick zu.

Tut mir leid, sende ich ihm gedanklich. Das mit der Nachhilfe ist mir rausgerutscht, weil ich keine Lust habe, dass Mum ihn mit Fragen löchert.

Logan räuspert sich, als sich unangenehmes Schweigen im Flur ausbreitet. »Schön, Sie kennengelernt zu haben, Mrs und Mr Aubigny. Ich will auch nicht weiter stören, denn ich muss schließlich noch für eine Prüfung lernen.« Schief grinsend dreht er sich zu mir, doch seine Augen sprühen Funken. »Danke für die Nachhilfe, Penny«, sagt er mit einem leicht sarkastischen Unterton und schlüpft in seine Sneaker.

»Ähm, Mum, Dad, seht euch schon mal um.« Ich deute auf meine Zimmertür. »Dort ist mein Reich. Ich verabschiede mich noch schnell von Logan.«

Sie setzen sich tatsächlich in Bewegung, mein Dad nickt Logan zum Abschied zu und dann verschwinden sie in meinem Zimmer.

»Bleib doch noch«, flüstere ich Logan zu. »Sie sind bestimmt gleich wieder weg.« Tony, unser Chauffeur, wartet sicher unten im Wagen.

»Ich muss sowieso los, wir haben einen Auftritt«, sagt er verschnupft und legt die Hand auf den Türknauf. Ein Muskel in seiner Wange zuckt.

»Aber doch erst am Abend?«

»Wir wollen noch mal üben. Bis dann«, murmelt er, ohne mir in die Augen zu sehen, reißt die Tür auf und joggt die Treppen hinunter.

Mein Herz krampft sich zusammen, und ich bleibe wie angewurzelt an der Tür stehen. Verdammt, ich habe ihm das Gefühl gegeben, dass er nicht gut genug für mich ist. Ich habe ihn verletzt.

Meine Wut auf meine Mum steigt. Ihretwegen hat Logan auch seine Jacke vergessen. Wenn er jetzt krank wird, ist es ihre Schuld!

»Penelope«, ruft meine Mutter durch die Wohnung. »Wo ist mein Tee?«

Verdammt, den habe ich völlig vergessen. Aber ich habe gewusst, dass ihr Besuch in einem Desaster gipfelt. Hoffentlich kann Logan mir mein dummes Verhalten verzeihen.

***

Ich bin so froh, dass Sue pünktlich nach Hause gekommen ist, sodass ich sie überreden konnte, mit mir ins *NinetyNine* zu gehen. Ich mag den urigen Club mit seinen alten Möbeln und den Holzwänden, die übersät sind mit Schallplatten. Außerdem ist das Licht meist gedämpft, sodass mich Logan vielleicht noch nicht entdeckt hat. Er steht mit seiner Band, den *Crazy Stallions*, auf der Bühne und singt; zahlreiche bunte Scheinwerfer sind auf ihn und seine Kollegen gerichtet. Er trägt seine schwarzen Jeans – eine von fünf, die er insgesamt besitzt, wie ich mittlerweile weiß – und ein dunkelblaues T-Shirt. Die Plätze sind fast alle belegt; ich erkenne Malte und ein paar andere Studenten, denen ich zuwinke. Das *NinetyNine* ist an den Wochenenden ein beliebter Treff, weil er nicht weit vom Wohnheim entfernt ist.

Sue und ich ergattern einen Ecktisch, weil eine kleine Gruppe gerade geht, und wir bestellen zwei Cocktails. Sue erzählt mir – nachdem ich ihr auf dem Herweg bereits mein Leid geklagt habe –, wie es bei ihrer Freundin Lizzy in Brighton war. Währenddessen habe ich nur Blicke für Logan übrig. Ich merke ihm nicht an, dass er gekränkt ist. Womöglich hat er mir auch schon verziehen. Hoffe ich. Denn ursprünglich wollten wir zusammen herkommen, er hatte sich allerdings nicht mehr bei mir gemeldet.

Gerade singt er einen Song, den er und seine Band selbst komponiert haben, wie ich seiner Ansage entnommen habe. Darin geht es um das Leben und wie es uns gerne verarscht, doch am Ende siegt die Hoffnung und alles wird gut. Es ist ein punkiger, harter Song, und Logan ist ganz in seinem Element. Er springt von einer Seite zur anderen, und als er das T-Shirt anhebt, um sich damit den Schweiß aus dem Gesicht zu wischen, kreischen ein paar Mädchen hysterisch auf.

Beim Anblick seines sexy Bauches zieht es hinter meinem Brustbein. Heute Morgen haben wir noch nackt im Bett gelegen und die Welt war in Ordnung.

Ich glaube, er hält sich selbst für einen Bad Boy oder möchte einer sein, aber er ist alles andere als das. Dieses Image pflegt er nur auf der Bühne, um sich die weiblichen Fans warmzuhalten. In Wahrheit ist er ein sensibler Mann, den ich heute sehr verletzt habe. Ich bin kein bisschen besser als Marc. Der hat mir seine Zuneigung nie wirklich gezeigt; sein von Drogen vernebeltes Gehirn war wahrscheinlich nicht mehr imstande, etwas Echtes zu empfinden. Auch ich habe Logan noch nicht gesagt, wie viel er mir bedeutet. Wenn er mir verzeihen kann, muss ich ihm meine Gefühle beichten. Verdammt, warum war ich so fies zu ihm?

Seine Lederjacke liegt über meinem Schoß, und ich knete mit den Fingern daran herum. Am liebsten würde ich an ihr riechen, um Logans vertrauten Geruch zu inhalieren. Er fehlt mir so. Und ihn auf der Bühne zu sehen, steigert mein Verlangen nach ihm.

»Lizzy will tatsächlich in Frankreich studieren«, sagt Sue traurig. »Wieso verliere ich alle Freundinnen, Penny?«

»Ich bin doch hier«, sage ich und drücke kurz ihre Hand, aber ich weiß, was sie meint. Unsere Blicke schweifen zu der schwarzhaarigen jungen Frau und dem blonden Mann an ihrer Seite: Clara und Alan. Clara ist Sues Busenfreundin, die mit ihrem Freund Arm in Arm vor der Bühne steht. Sie wiegen sich zu dem Schmusesong, den Logan jetzt singt. Seit Clara mit Alan zusammen ist, macht sie kaum noch etwas mit Sue. Ich kann nachfühlen, wie es ihr geht, denn Amy fehlt mir auch. Zwar sehen wir uns ständig in den Kursen, aber am Wochenende ist sie immer bei Jason. Wir treffen uns dann auch ab und zu, doch heute ist sie mit ihm bei ihren Eltern.

Andererseits habe ich nun auch einen Freund und bin froh, Zeit mit ihm verbringen zu können. Wenn meine Mum mir nicht den Tag ruiniert hätte, hätten Logan und ich noch ein paar schöne Stunden verleben können. Meine Eltern sind auch nicht lange geblieben. Nachdem ich Mum den Tee gemacht und ich mit meinem Dad über die Uni geredet habe, sind sie wieder gefahren.

Ich wünschte, ich hätte zu meinen Eltern auch so ein gutes Verhältnis wie Amy, sodass ich meinen Freund mitbringen könnte. Bevor das mit Marc passiert ist, haben sie mich immer an der kurzen Leine gehalten, und Männerbesuch war verpönt. Nicht dass ich vor Marc viele Freunde gehabt hätte ...

»Penny, da ist er!« Sue reißt die Augen auf und krallt unter dem Tisch eine Hand in meinen Oberschenkel.

Ich bin völlig durcheinander und glaube zuerst, sie meint unsere Cocktails, die uns eine fesche Kellnerin auf den Tisch stellt – die wahrscheinlich ebenfalls studiert und sich hier etwas dazuverdient. Aber dann weiß ich, von wem Sue spricht: Tyler, dem einzigen Mann in ihrem Leben.

Er schlendert mit einem etwas älteren Typen an die Bar und sie nehmen auf den Hockern Platz, wobei sie uns den Rücken zudrehen. Tyler sieht fantastisch aus; er trägt Bluejeans, die ihm tief auf den Hüften hängen und einen dunklen, eng anliegenden Pullover. Er hat dunkelbraunes Haar, ein markantes Männergesicht und so hellblaue Augen, dass ich Sue verstehen kann, warum sie ihn seit Jahren anhimmelt. Sie und Tyler studieren schon länger als ich an der Uni und sind im selben Kurs, aber er hat ihr noch nie Beachtung geschenkt.

»Bestimmt ist er schwul«, sagt sie.

Das glaube ich nicht, denn ich habe bereits öfter bemerkt, dass er hübschen Frauen hinterhersieht. Wahrscheinlich ist er außen hui, innen pfui und genauso ein Ekel wie Marc.

Verdammt, Penny, jetzt hör doch mal auf, immer an diesen Idioten zu denken!, ermahne ich mich.

Aber meine Vermutung bestätigt sich prompt. Als eine große Brünette im knappen Minirock den Laden betritt, dreht sich Tylers Kopf in ihre Richtung und er starrt ihr mit Stielaugen hinterher, bis sie aus seinem Blickfeld verschwunden ist.

Hastig sehe ich zu Sue. Sie kneift die Lider zusammen und zieht energisch ihren Cocktail durch den Strohhalm hoch. Sie hat es also auch mitbekommen.

»Vielleicht bleibe ich besser Single; Männer sind ohnehin alles Höhlenmenschen«, schimpft sie. »Sobald sie gelernt haben, aufs Töpfchen zu gehen, ist bei ihnen die Entwicklung abgeschlossen.«

Trotz meiner schlechten Laune muss ich grinsen. »Wo hast du denn den Spruch her?«

»Aus irgendeinem Film«, murmelt sie und zieht erneut an ihrem Strohhalm. »Meinst du, Tyler beachtet mich, wenn ich mich ebenfalls wie eine Schlampe anziehe?«

»Ich würde mich für ihn nicht verbiegen, Sue.«

Seufzend schmachtet sie ihn an. »Ich hatte seit zwei Jahren nichts mehr in meiner Garage, was ohne Batterien betrieben wurde.«

Ich verschlucke mich fast an meinem Drink und muss erneut lachen. »Wenn er nicht erkennt, wie wunderhübsch und vor allem humorvoll du bist, dann ist er ein Idiot.«

Ihre Wangen nehmen dieselbe Farbe an wie ihr wallendes Haar. »Findest du echt, dass ich hübsch bin?«

Sie trägt einen karierten Rock und dazu einen schwarzen Rollkragenpullover, der einen kräftigen Kontrast zu ihrem auffälligen Haarton bildet. Mit ihren langen Beinen, der feuerroten Mähne und dem bleichen, herzförmigen Gesicht sieht sie wie ein Laufsteg-Model aus. »An dir passt wirklich alles, Sue.«

»Vielleicht sollte ich mir die Haare schwarz färben.«

»Bloß nicht! Du hast so ein schönes Naturrot, und es harmoniert perfekt mit deinem hellen Teint.«

Nun lacht sie. »Du hättest Visagistin werden sollen. Du

bist immer perfekt geschminkt und gekleidet.«

Ich zucke mit den Schultern. »Ach Quatsch.« Mein gepflegtes Auftreten habe ich wohl Mums Genen zu verdanken. Sie hat einen Schönheits-Tick und sich vor meiner Geburt sogar schon unters Messer gelegt, um ihre Nase begradigen zu lassen – was ich niemals tun würde. Doch seit ich Logan in mein Herz geschlossen habe, trage ich kaum noch Make-up und achte nicht mehr darauf, dass meine Kleidung stets faltenfrei ist. Vielleicht auch deshalb, weil ich mir sonst neben ihm overdressed vorkomme. Tatsächlich fühle ich mich in bequemen Kleidungsstücken viel wohler, wie in den schwarzen Leggins und dem langen Pullover, den ich anhabe.

In diesem Moment kündigt Logan eine kleine Pause an und hüpft mit seinen Jungs von der Bühne, um sich an der Bar ein Bier zu genehmigen.

»Na los.« Sue grinst mich schief an. »Geh schon und rede mit ihm. Ich kann auch allein im Selbstmitleid ertrinken.«

»Danke.« Ich drücke ihr einen Kuss auf die gepuderte Wange und stehe auf. Dabei ziehe ich meinen Pullover glatt, der mir bis über die Pobacken reicht. Ich habe mir einen breiten Gürtel umgebunden und trage zu den schwarzen Leggins Overknee-Stiefel, weil ich weiß, dass mich Logan in diesem Outfit scharf findet. Dann presse ich seine Jacke an meine Brust, bitte Sue, auf meine Handtasche aufzupassen, und gehe zu ihm. Dabei zerspringt mein Herz fast vor Aufregung. Was, wenn er mich nicht sehen will?

Er sitzt neben Puppy, dem Schlagzeuger, und ich nähere mich den beiden von hinten, sodass sie mich nicht bemerken. Puppy hat ein Kreuz wie ein Schrank und ist an beiden Armen fast komplett tätowiert. Obwohl er wie ein Türsteher aussieht, mit dem man sich besser nicht anlegt, ist er unglaublich nett. Von vorne erinnert er mich mit dem langen Bart sogar an einen Teddy.

Weil mir Logan vor Kurzem seine Bandkollegen vorgestellt hat weiß ich, dass neben Puppy Joey sitzt, der die Gitarre spielt. Er ist das genaue Gegenteil des Schlagzeugers: groß und hager.

Dann folgen Will an der Bassgitarre – er erinnert mich immer ein wenig an Luke Skywalker aus den alten Star Wars Filmen – und Jacob am Keyboard. Mit der Brille und zwei schiefen Schneidezähnen hat er was von einem Nerd, aber die Mädels werfen auch ihm oft heiße Blicke zu. Tatsächlich ist er gerade ins Gespräch mit der jungen Kellnerin vertieft, mit der er hemmungslos flirtet. Als ich neben Logan trete, schüttelt er grinsend über Jacob den Kopf, doch als ich schüchtern »Hi« sage und er sich zu mir umdreht, erstarrt sein Lächeln.

»Penny!« Er wirkt erstaunt, mich zu sehen.

»Hi, Jungs.« Ich winke den anderen zu und sie grüßen zurück, bevor ich Logan die Jacke in die Hand drücke. »Die hast du bei mir vergessen.«

»Danke«, murmelt er und senkt den Kopf.

Puppy und Will mustern uns interessiert und nippen an ihrem Bier. Offenbar wissen sie genau Bescheid, was passiert ist.

»Können wir irgendwo reden?«, frage ich leise.

Nachdem er nichts sagt, setze ich hinzu: »Bitte.«

»Wir spielen in fünf Minuten weiter.«

»Dauert auch nicht lang.«

Puppy verpasst ihm einen kräftigen Schubs mit dem Ellbogen in die Rippen, sodass er fast vom Barhocker fällt. »Jetzt lass das Mädel nicht so leiden.«

»Alter, ich muss gleich noch singen!« Mürrisch schiebt

sich Logan vom Stuhl und reibt sich über den Brustkorb. Dann hängt er sich lässig die Jacke über die Schulter und hält sie mit einem Finger am Kragen fest. »Gehen wir nach hinten.«

Hinten befinden sich die Toiletten und ein weiterer Gang, der in einen Hof zu den Mülltonnen führt. Dort ist es weniger betriebsam als vor den Toilettentüren.

Nachdem wir uns nebeneinander an die Wand gelehnt haben, sage ich: »Es tut mir wirklich, wirklich leid. Ich war ekelhaft, und es ist keine Entschuldigung, dass ich nur wegen meiner Eltern so seltsam drauf war.«

»Deine Mutter ist tatsächlich ein Drachen«, gesteht er zu meiner Überraschung. »Trotzdem tut es weh, dass du vor deinen Eltern nicht zu mir gestanden und mir das Gefühl gegeben hast, ich wäre ein unmündiges Kind.«

Dass er so direkt über sein Innenleben sprechen kann, reißt mir fast die Füße weg. Mir fällt das nicht so einfach – Logan ist viel cooler als ich, viel direkter. Er klingt nicht trotzig, aber durchaus verletzt.

»Bin ich dir nicht gut genug?« Er sieht mich mit solch einer Traurigkeit in seinem Blick an, dass es eng um mein Herz wird.

»Du kennst meine Eltern nicht, das hier ist meine letzte Chance!«

Schnaubend schlüpft er in seine Jacke, als wäre ihm kalt, und verschränkt die Arme vor der Brust.

Verdammt, schon wieder habe ich das Falsche gesagt. Er muss denken, er ist mir nicht wichtig.

Bevor ich den Mund aufmachen kann, um meine Worte zurückzunehmen, setzt er hinzu: »Also haben deine Eltern mir gegenüber genau dieselben Vorurteile wie du zuerst.«

Vorsichtig nicke ich. Natürlich habe ich bemerkt, wie

Mum ihn gemustert und abschätzig auf sein Nasenpiercing gesehen hat. »Sie wissen nicht alles, was mir passiert ist, aber mehr als genug. Wenn sie jemals herausfinden, was Marc ...« Nein, das möchte ich mir nicht einmal vorstellen. »Sie würden mich wohl auf der Stelle enterben.«

Erneut schnaubt er. »Prinzesschen möchte natürlich ihr Luxusleben nicht verlieren.«

Seine Worte tun mir weh, doch das ist nur fair. Ich habe ihm viel mehr weh getan.

Tränen brennen in meinen Augen, weil ich Angst habe, alles zwischen uns zerstört zu haben. Ich möchte seine Hand nehmen, traue mich aber nicht. »Scheiß auf mein Luxusleben«, murmle ich und blicke ihn fest an. »Ich will *dich* nicht verlieren, Logan!«

Ein überraschter Ausdruck und ein vorsichtiges Lächeln huschen über sein Gesicht.

Gut, Penny, endlich hast du mal was Richtiges gesagt!

»Und weiter?« Arrogant hebt er die Brauen. Dafür könnte ich ihn küssen und hauen gleichermaßen.

»Ich war völlig durch den Wind, hast du ja selbst gemerkt, und ich habe Dinge gesagt ...« Tief atme ich durch. »Ich will es wiedergutmachen. Wie wäre es, wenn ich dich am nächsten Wochenende meinen Eltern vorstelle?«

»Ernsthaft?« Lächelnd dreht er sich zu mir, sodass er bloß noch mit einer Schulter an der Wand lehnt. »Du bist mutiger, als ich dachte.«

Oder verrückt ... Das kann nur im Chaos enden! »Ich möchte dir beweisen, dass du mir wichtig bist.«

»Okay, ich bin dabei.« Sein Grinsen wird noch breiter. »Ich werde meine strahlendste Rüstung anlegen und einen Feuerlöscher mitnehmen.«

Plötzlich sieht er überglücklich aus, und am liebsten

möchte ich ihn küssen. Ach, ich mach es einfach! »Du bist der Beste«, entschlüpft es mir, dann falle ich um seinen Hals und drücke meinen Mund auf seine wunderschönen Lippen.

Logan umarmt mich, zieht mich fest an seinen warmen Körper und murmelt: »Was? Sag das noch mal«, während er mich grinsend küsst.

Ich weiche mit dem Kopf zurück, um seine Wangen zu umfassen und ihm tief in die Augen zu blicken. »Ich will dich nicht verlieren. Du bist das Beste in meinem Leben.«

»Und du in meinem«, sagt er und küsst mich stürmisch.

Ich bin so glücklich, dass er mir verziehen hat. Am liebsten will ich ihn nie wieder loslassen und in ihn hineinkriechen. Bei ihm fühle ich mich wohl. Geborgen. Happy.

»Ist Sue noch weg?«, murmelt er.

»Nein.«

»Willst du heute bei mir übernachten?«

»Ja«, wispere ich. Und wie ich will!

Ich muss mich an Logan festhalten, um nicht davonzuschweben. Alles wird gut, und ich will ihn bloß noch küssen, küssen, küssen.

Als wir neben uns ein Räuspern vernehmen, fahren wir auseinander und starren in Puppys grinsendes Gesicht. »Spielen wir heute noch weiter?«, fragt er Logan.

»Sicher.« Schmunzelnd fährt er sich durchs Haar. »Aber nur, wenn Penny mit uns auf die Bühne geht und ein Lied mit mir singt.«

»Was?« Mein Herz bleibt fast stehen.

Logan legt den Kopf leicht schräg und zwinkert. »Dann verzeihe ich dir auch, dass du so gemein zu mir warst.«

»Du Erpresser!«, sage ich grinsend. »Ich dachte, das hätten wir längst geklärt.«

»Denkst du, Küsse und ein paar Worte tun es? Ich will Taten sehen.«

Die Taten hätte ich dir heute Nacht gezeigt, würde ich ihm gerne zuflüstern, aber Puppy lässt uns nicht aus den Augen.

Weil ich weiß, wie viel es Logan bedeuten würde, wenn ich mit ihm singe, sage ich zu. »Okay, dieses eine Mal. Was willst du singen? Hast du den Text da? Ich kann mir doch keine Texte merken!« Langsam steigt Panik in mir auf, dabei sind im Club wesentlich weniger Leute als bei unserer Aufführung.

Logan legt einen Arm um mich. »Wir singen das Abschlusslied vom Musical. Das kannst du schließlich auswendig, oder?«

»You are the one that I want«, murmle ich, und er zieht mich mit sich.

»Genau so ist es, Pennylein.« Tief blickt er mir in die Augen. »You are the one that I want.«

»Wie sehe ich aus, Malte?« Ich drehe mich vor ihm im Kreis, damit er mich in dem teuren hellblauen Hemd bewundern kann. Ich habe es extra für den Besuch bei Pennys Eltern gekauft.

Malte sitzt auf meinem Bett und reißt die Augen auf. »Wer sind Sie und was machen Sie in Logans Zimmer?«

Seufzend lasse ich mich neben ihn auf die Matratze fallen. »So schlimm?« Ich würde auch lieber meine Lederjacke anziehen, nur kann ich das Penny nicht antun.

Malte grinst. »Hey Alter, du siehst fantastisch aus. Ich würde dich auf der Stelle entführen. Aber ob Penny dich noch erkennt?«

Sogar nagelneue schwarze Jeans habe ich mir zugelegt und auf Hochglanz polierte Lederschuhe. »Fehlt noch der Aktenkoffer, dann würde ich als Versicherungsvertreter durchgehen.« Ich fühle mich nicht wohl in der Kleidung, doch es ist ja nur für einen Tag.

Ich habe von Penny die Erlaubnis bekommen, dass ich Malte in das Geheimnis ihrer Herkunft einweihen darf. Ich vertraue ihm. Zumindest durfte ich erwähnen, dass sie aus einer etwas nobleren Ecke von London kommt – was er sich bereits gedacht hatte.

Malte schaut mich mit großen Augen an. »Und ihr werdet von einem echten Chauffeur abgeholt?«

»Ja, und ich muss auch schon los, denn er parkt zwei Straßen weiter.« Penny möchte nicht, dass uns jemand in den Wagen steigen sieht. »Sie hat mir gerade eine Nachricht geschrieben, dass sie bei ihr losgefahren sind.« Tony – so heißt der Mann – hat sie bei ihrer Wohnung abgeholt.

Malte begleitet mich zur Tür. »Krass, du musst mir morgen unbedingt erzählen, wie es bei ihren Eltern war.«

Ich habe ihm von der ersten Begegnung mit ihnen berichtet und gesagt, dass ich mir keine großen Hoffnungen mache, es könne beim zweiten Mal besser werden. Aber die Hoffnung stirbt ja bekanntlich zuletzt.

Ich schließe ab, und Malte begleitet mich nach draußen, weil er noch in den Supermarkt muss. Es ist ein schöner Samstagmorgen Ende April, sonnig und relativ warm.

Ist es tatsächlich schon eine Woche her, dass Penny mit mir und meiner Band gesungen hat? Es war herrlich mit ihr auf der Bühne; daran könnte ich mich gewöhnen. Malte hat uns mit seinem Smartphone gefilmt, und ich habe mir das Video bestimmt hundert Mal angesehen. Wir haben donnernden Applaus bekommen. Sie würde wirklich super in unsere Band passen, und die Jungs mögen sie auch.

Als sich unsere Wege trennen, sagt Malte: »Ist doch irgendwie witzig, dass wir alle unsere Geheimnisse haben, oder?«

Penny durfte ich erzählen, dass er schwul ist. »Ja, total«, antworte ich schief lächelnd. Penny wird es sicher nicht witzig finden, wenn ich ihr von meinen dunkelsten Geheimnissen berichte. Ich habe es immer noch nicht über mich gebracht. Nach unserem ersten »Streit« möchte ich nichts riskieren. Im Moment ist es zu schön mit ihr. Und vielleicht brauche ich auch nichts zu erzählen, weder von Skyler noch meinen anderen »Ausfällen«. Meine Vergangenheit ist Vergangenheit. Heute bin ich ein anderer.

***

Ich halte nach einer Stretch-Limo Ausschau oder einem anderen Auto, das ein Chauffeur in Adelskreisen fahren würde, wie zum Beispiel einen schwarzen Bentley oder Rolls-Royce, und bin überrascht, als Penny mir aus einem silbergrauen Mercedes winkt. Er hat verdunkelte Scheiben und gehört der S-Klasse an, wenn ich mich nicht täusche. Wow, was für ein krasses Teil. Das kostet bestimmt 70.000 Pfund.

Ich jogge über die Straße zu der Limousine und möchte hinten zu Penny einsteigen, doch der Fahrer kommt mir zuvor. Er hält mir bereits die Tür auf.

»Tony, das ist mein Freund Logan Walsh«, höre ich Penny aus dem Wagen zum Chauffeur sagen, und der grauhaarige Mann im Anzug nickt mir zu.

»Sehr erfreut, Sir.« Ich greife einfach nach seiner Hand und schüttle sie.

Tonys Mundwinkel zucken. »Ganz meinerseits, Mr Walsh.«

Als ich mich neben Penny setze und die Tür geschlossen wird, verkneift sie sich ein Lächeln. Verdammt, man gibt einem Angestellten wohl nicht die Hand. Aber ich will diesmal eben alles richtig machen.

Sie kritisiert mich nicht, sondern sagt strahlend: »Du siehst fantastisch aus.«

»Du auch.« Ich gebe ihr einen schnellen Kuss und greife nach ihrer Hand. Sie ist kalt, genau wie meine. Wir sind wohl beide aufgeregt.

Penny trägt eines ihrer dunkelgrauen Kostüme und hat ihre Haare hochgesteckt. Zusammen mit den Seidenstrümpfen und den schwarzen Pumps verleiht ihr das einen strengen, aber sexy Look. Sie ist heiß.

»Bitte schnallen Sie sich an«, sagt Tony, nachdem er eingestiegen ist und den Mercedes startet.

Während wir die Gurte anlegen, inhaliere ich den Duft von Pennys Parfüm, der sich mit dem Ledergeruch des Wagens mischt. Am besten, ich lenke mich ab, indem ich entweder Penny mustere oder nach draußen schaue. Ich habe keine Ahnung, was mich bei ihren Eltern erwartet.

»Hast du dein Piercing rausgenommen?« Sie beugt sich zu mir und starrt auf das kleine Loch in meiner Nase.

Verlegen kratze ich mich am Nacken. »Nur für heute, und auch bloß das eine.«

»Du siehst völlig anders aus.«

»Ist das gut oder schlecht?«, frage ich schief grinsend.

Sie legt eine Hand auf meinen Oberschenkel, und sofort kribbelt meine Haut. »Ich mag den Rocker-Logan, aber den schnieken Logan finde ich auch nicht schlecht.« Ihr Blick weicht nicht von meinem Gesicht. »Und was hast du mit deinen Haaren gemacht?«

Sie streckt die Hand aus, um über meinen Kopf zu fahren.

Sofort ziehe ich ihren Arm weg und schmunzle. »Bring meine Frisur nicht durcheinander.«

»Wie hast du denn diesen perfekten Seitenscheitel hinbekommen?« Ihre Augen funkeln. »Ich frage rein aus eigenem Interesse.«

Lachend antworte ich: »Mit Haarspray und Malte.«

»Malte hat dir deine Haare gemacht?«

»Erzähle das bloß keinem.« Ich hatte ernsthaft überlegt, ihn eine Verschwiegenheitserklärung unterzeichnen zu lassen.

»Kann ich mir Malte mal ausleihen?«

»Na gut. Ich denke, bei ihm habe ich nicht zu befürchten, dass er mir meine Freundin ausspannt.«

Wir scherzen die ganze Fahrt über, und der Druck auf meine Brust verringert sich.

Tony bringt uns gut durch den Stadtverkehr, während wir in südwestlicher Richtung Londons Zentrum verlassen.

Ich war noch nie in Richmond und bin überrascht, wie grün dort alles ist, fast genauso wie in dem Vorort, in dem ich aufgewachsen bin. Große Parkanlagen, weitläufige Wiesen ... Wunderschön. Ich muss plötzlich an Mum und meine Gran denken, und es zieht hinter meinem Brustbein. Richmond liegt an einer Biegung der Themse, und als wir über eine Brücke fahren, bietet sich uns ein idyllisches Bild: viele bunte Boote vor einer historischen Häuserkulisse, die sich im Sonnenschein im Wasser spiegeln. Überhaupt gibt es in Richmond sehr viele alte Backsteinbauten und ... eine Menge uriger Pubs. »Hier würde ich gerne mal mit den Jungs auftreten.«

Penny strahlt mich an. »Mach das doch.«

»Was hast du deinen Eltern eigentlich genau gesagt?«, wechsele ich das Thema, weil ich nur an das Zusammentreffen mit ihren Erzeugern denken kann. Ich kann nicht fassen, dass diese biedere, kleinkarierte Frau, die ich bereits kennenlernen durfte, tatsächlich ihre Mutter ist. Und ich will nichts falsch machen, um Penny nicht in Verlegenheit zu bringen.

»Ich habe ihnen gesagt, dass ich ihnen meinen Freund vorstellen möchte. Allerdings habe ich bloß mit Dad telefoniert. Er ist sehr neugierig auf dich.«

»Weiß er, dass wir uns bereits begegnet sind?«

Schief grinst sie mich an. »Das habe ich nicht erwähnt und auch sonst noch nichts über dich erzählt. Ich denke, das werden sie dann schon merken.«

»Oder auch nicht, denn heute bin ich schließlich der schnieke Logan.« Ich muss nur ein paar Stunden überstehen. »Gibt es so etwas wie einen Tagesablaufplan?«

Penny lacht. »Ja, denn der ist schon mein ganzes Leben lang derselbe: mittags Lunch, pünktlich um drei Uhr gibt es Afternoon Tea – wobei Mum um fünf auch immer noch einen Tee braucht – und abends Dinner, aber das wollte ich uns nicht mehr antun. Wir werden gegen vier zurückfahren. Zwischen den Mahlzeiten zeige ich dir das Haus, und wir können im Garten spazieren gehen.« Sie beugt sich zu mir und flüstert mir zu: »Tony sieht nachts auch nicht mehr so gut. Er wird froh sein, nicht im Dunkeln fahren zu müssen.«

»Du magst Tony, hm?«

»Ja, ich kenne ihn bereits ewig. Er wohnt in einem kleinen Apartment über der Garage, und ich habe ihn als Kind oft besucht, wenn mir bei meinen Eltern alles zu viel wurde. Bei ihm durfte ich sogar in der Nase bohren.«

»Nein! So unartige Sachen hast du gemacht?« Ich freue mich, dass Penny jemanden hatte, zu dem sie gehen konnte. »Ich glaube, ich muss mich mal mit Tony unterhalten.«

»Später.« Ihre Finger krallen sich in meinen Oberschenkel. »Wir sind da.«

Der Wagen hält vor einem schmiedeeisernen Doppeltor, das sich automatisch öffnet. Eine hohe Mauer zieht sich offenbar um ein riesiges Grundstück, und als wir auf einer gepflasterten Straße auf ein dreistöckiges Herrenhaus zurollen, bleibt mir vor Staunen der Mund offen stehen. »Ihr habt keinen Garten, sondern einen halben Park!« Überall wachsen Bäume und Büsche, aber nicht zu viele, sodass die grüne Wiese vor dem Haus nicht überladen wirkt. Das Gebäude selbst besteht ebenfalls aus dem charakteristischen roten Sandstein mit hohen, quadratischen Fenstern, die weiß umrahmt sind.

Ich war darauf vorbereitet, dass ihre Eltern vermögend sind, aber das hier übertrifft meine Erwartungen. Das dreistöckige Haus hat die Form eines Ls, wobei der kleine

Schenkel ein Anbau mit einer Garage ist, vor der wir halten. In der Wohnung darüber lebt dann wohl Tony.

»Wir haben fünf Schlafzimmer, vier Badezimmer plus drei separate WCs, drei Wohnzimmer, einen Empfangs-Salon und zwei Speisezimmer«, erklärt mir Penny. »Und natürlich auch Gästezimmer, eine Bibliothek, eine große Küche sowie einen Gymnastikraum.«

Als Tony die Tür an Pennys Seite öffnet, rutsche ich auf ihren Platz und steige nach ihr aus. Das war wahrscheinlich wieder falsch, aber weder Tony noch Penny lassen sich etwas anmerken.

Ich höre ein Bellen, und plötzlich stürmen zwei rehbraune Bulldoggen über die Wiese auf uns zu.

Mir bleibt fast das Herz stehen; Penny hingegen bückt sich grinsend, streckt die Arme aus und ruft: »Chip, Chap, ihr alten Rumtreiber!«

Die Hunde springen um sie herum und lassen sich ihre Streicheleinheiten gefallen.

»Chip und Chap?«, frage ich vorsichtig. Sind das die Wachhunde, die ihre Eltern auf Marc hetzen wollten?

Penny zuckt mit den Schultern, während sie die Tiere hinter den kurzen Ohren krault. »So habe ich sie schon vor ein paar Jahren genannt. Eigentlich heißen sie Godric und Oscar, aber sie hören nur auf meine Namen.«

»Du Rebellin.«

»Ehrlich … Godric und Oscar sind doch blöde Hundenamen.« Sie wirft einen empörten Blick auf den Chauffeur. »Nicht wahr, Tony?«

Der alte Mann zwinkert ihr schmunzelnd zu, bevor er zurück zum Wagen geht und ihn in die Garage fährt.

»Frankenstein und Quasimodo hätten noch besser gepasst«, erkläre ich trocken.

Penny lacht. »Die sehen bloß so grimmig aus. In echt sind die ganz lieb und verschmust.«

Ich möchte mit den kleinen Kraftpaketen trotzdem nicht kollidieren.

»Willst du sie auch mal streicheln, Logan?«

Als Quasimodo an meinem Hosenbein schnüffelt, bleibe ich stocksteif stehen. »Vielleicht später.« Ich habe zwar keine Angst vor Hunden, doch mir geht nicht aus dem Kopf, was Penny mir erzählt hat. Hoffentlich akzeptieren mich ihre Eltern …

Mir fällt die kleine Überwachungskamera bei der Garage auf. Ob ihre Mum uns gerade beobachtet? Irgendwie fühle ich ein unangenehmes Kribbeln im Nacken.

»Gehen wir rein?«, fragt Penny.

Tief atme ich durch. »Okay.« Ich erwarte, dass uns ein Diener die Haustür aus massivem Holz öffnet, stattdessen gibt Penny eine Zahlenkombination in ein Bedienfeld ein und die Tür geht auf.

»Wow, sehr fortschrittlich.« Ich bin wirklich erstaunt.

»Meine Eltern haben das Haus vor ein paar Jahren modernisieren und die neueste Sicherheitstechnik einbauen lassen.« Ein Schatten huscht über ihr Gesicht. »Danach bin ich mir noch mehr wie eine Gefangene vorgekommen.«

Sie greift nach meiner Hand, und gemeinsam betreten wir einen großzügigen, hell gefliesten Vorraum mit einem offenen Treppenhaus. Der Boden ist auf Hochglanz poliert, und geschwungene Treppen aus Marmor führen nach oben, während zu beiden Seiten Türen abgehen.

»Hier unten sind die Küche und der Hauswirtschaftsraum mit den Waschmaschinen und so weiter«, erklärt mir Penny. »Das Reich von Mathilde, unserer Köchin, und Rosita, dem Hausmädchen. Meine Eltern befinden sich garantiert im ersten Stock in ihrem Lieblingswohnzimmer.«

Mehrere Waschmaschinen, mehrere Wohnzimmer, Angestellte … Beinahe verschlucke ich mich. Ich wusste, dass Penny vom Adel abstammt, aber nicht, dass sie heute noch wie eine Lady lebt.

Bin ich wirklich gut genug für sie? Hoffentlich erfährt sie nie Genaueres aus meiner Vergangenheit.

Die Lady und der Tramp … So nennen uns ein paar Studenten spaßeshalber. Vielleicht haben sie gar nicht so unrecht.

Nachdem wir im ersten Stock angekommen sind, führt mich Penny in einen großen Raum, in dessen hohem Kamin ein echtes Feuer brennt. Ich höre, wie die Holzscheite knacken und knistern. Die Wände sind mit hellgrünen Tapeten verkleidet, auf denen in einem Hauch von Gold Blütenornamente aufgedruckt sind. Ihre Eltern sitzen in zwei Polstersesseln aus dunklem Leder in der Nähe der Flammen. Ihre Mum, die ein ähnliches graues Kostüm wie Penny anhat, blickt von einem Buch auf, ihr Dad hält ein Tablet in der Hand. Offenbar hat er im Internet gesurft. Er trägt einen braunen Pullover sowie eine schwarze Stoffhose. Er ist auch der Erste, der aufsteht und lächelnd auf uns zukommt. »Da seid ihr ja!«

»Hi, Dad.« Penny umarmt ihn und gibt ihm einen Kuss auf die Wange, danach reicht er mir die Hand. »Willkommen in Aubigny Hall, junger Mann.«

Aubigny Hall, ich werd' verrückt. Das Haus hat sogar einen eigenen Namen! »Hallo«, krächze ich.

Penny hat ihrer Mutter, die nun ebenfalls aufgestanden ist, bereits zwei Küsschen auf die Wange gegeben. Nun bin ich an der Reihe. Muss ich eine Verbeugung machen? Ihr die Hand küssen?

Da Penny nichts erwähnt hat, strecke ich ihr einfach die Hand hin und bin froh, als sie sie schüttelt. »Sie sind also Logan, der Freund meiner Tochter.«

»Ja, Ma'am.«

Als sie um mich herumgeht, als würde sie die britischen Kronjuwelen im Tower of London begutachten, rollt Penny neben mir mit den Augen.

Mir wird heiß und kalt, und die ganze Situation ist mir äußerst unangenehm. Zu gerne hätte ich jetzt meine Lederjacke an. In ihr würde ich mich wohler fühlen. Heute bin ich nicht ich, sondern ein fremder, geschniegelter Schönling, der Pennys Eltern gefallen möchte.

»Brigitte«, zischt Pennys Vater.

»Lass mich, Louis.«

Aha, ihre Eltern haben also französische Vornamen und ihre Mum heißt Brigitte … Erinnert mich an Brigitte Bardot. Aber nicht ihre Mum, nur der Name.

Als ihre Mutter wieder vor mir steht, huscht ein Lächeln über ihre Lippen, als wäre sie zufrieden mit dem, was sie zu sehen bekommen hat. »Ich freue mich schon, Sie näher kennenzulernen, Logan. Penelope hat uns noch nichts über Sie erzählt.«

Ich räuspere den Kloß in meinem Hals fort und möchte irgendetwas Geistreiches erwidern, doch *Brigitte* ist schneller.

»Sie kommen mir bekannt vor, junger Mann.« Sie hebt ihre schmalen Brauen und mustert mich erneut. »Logan Walsh … natürlich, Sie waren bei Penelope, um mit ihr zu lernen.«

Verdammt, das hat sie sich also gemerkt.

»Ja, das ist er!«, sagt Penny eine Spur zu laut, greift nach meiner Hand und zerquetscht fast meine Finger.

Das milde Lächeln ihrer Mum erlischt. Offenbar kann sie sich an den Logan mit der gepiercten Nase erinnern. »Und wieso hast du letztens nichts gesagt, Penelope?«

»Weil …« Hilfesuchend schaut Penny mich an.

»Wir wollten es noch geheim halten, weil wir noch nicht wussten, wie ernst es mit uns ist«, sage ich.

»Und jetzt ist es ernst?«, fragt ihr Dad hinter uns.

Wir drehen uns zu ihm um. Er hat sich wieder in seinen Sessel begeben und das Tablet liegt neben ihm auf einem kleinen Beistelltisch.

Ich räuspere mich. »Mir ist es sehr ernst.« Ich liebe Penny, aber natürlich denke ich noch lange nicht ans Heiraten. Mir kommt es jedoch so vor, als müsste ich vor ihren Eltern um ihre Hand anhalten. Hoffentlich überlebe ich die nächsten Stunden. Ich komme mir jetzt schon klein, armselig und schäbig vor. Mein letzter Rest Selbstbewusstsein löst sich auch gleich in Luft auf. In meiner Welt weiß ich, wie ich mich bewegen muss, doch hier fühle ich mich völlig fehl am Platz.

»Ähm …« Penny blickt auf eine raumhohe Standuhr, in der ein großes Pendel gemütlich schwingt. »Wir haben ja noch etwas Zeit bis zum Lunch. Ich zeige Logan so lange das Haus.«

Sie zieht mich an der Hand aus dem Raum und ich höre, wie ihre Mutter hinterherruft: »Seid pünktlich! Wir essen im Grünen Salon!«

Im grünen … Das wird ja immer gruseliger. Grünes Wohnzimmer, Grüner Salon – das scheint wohl die Lieblingsfarbe ihrer Eltern zu sein.

Im Flur lehnt sich Penny schwer atmend gegen die Wand und schließt die Augen. Leise sagt sie: »Es war mir furchtbar peinlich, wie meine Mutter dich behandelt hat.«

Nicht nur ihr. Allerdings kann ich nun bestens verstehen, warum Penny letzte Woche so durch den Wind war und sie mich verleugnet hat. Vielleicht war es keine gute Idee, herzukommen.

»Hast du schon genug von mir oder willst du lieber weglaufen?«, fragt sie zögerlich und öffnet die Lider.

Ich stelle mich dicht vor sie und stütze meine Hände neben ihr an der Wand ab. »Ich würde gerne weglaufen. Aber nur mit dir.«

»Gleich nach dem Tee«, verspricht sie und küsst mich. »So lange spielen wir meinen Eltern noch ein bisschen die braven Studenten vor.«

»Was werden sie alles wissen wollen? Beziehungsweise, deine Mum?« Ihr Vater scheint völlig normal zu sein.

»Falls mein Dad sie nicht bremst, befürchte ich … alles.«

Oh Gott, das kann ja heiter werden. »Um das zu überleben, brauche ich noch einen Kuss.«

»Den kannst du haben«, erwidert sie lächelnd und fährt mit den Händen in meinen Nacken, um mir erneut ihre Lippen auf den Mund zu drücken.

Einige Küsse später führt sie mich durch zwei geräumige Badezimmer aus grauem Marmor, über teure Parkettböden, vorbei an meterhohen Spiegeln und hellen Möbeln aus edlem Holz und in Räume, die mit dunkelroten, samtig-schimmernden Tapeten bezogen sind.

»Hast du auch einen französischen Namen?«, möchte ich wissen.

»Ja, ich heiße Penelope Louise Brigitte Aubigny.«

Oh je, damit hatte sie zu Schulzeiten sicher viel Spaß. »Die muss ich mir aber nicht alle merken, oder?«

Verschmitzt grinst sie mich an. »Penny reicht vollkommen.«

»Penelope ist kein französischer Vorname.«

»Ja, der tanzt etwas aus der Reihe«, gesteht sie. »Die Mutter meines Vaters hieß so, und Dad wollte, dass ich so heiße.«

Immerhin kann sich der Mann durchsetzen, denke ich schmunzelnd. »Dann ist deine Mutter diejenige, die von eurem Adelsgeschlecht abstammt?«

Sie nickt. »Dad musste deshalb ihren Nachnamen annehmen.«

Der arme Mann. Er muss Pennys Mum wirklich sehr lieben oder … geliebt haben. Doch vielleicht ist sie ja zu ihrem Mann netter. »Hat sie deinen Dad wegen seines französischen Vornamens geheiratet?«

Nun lacht sie. »Stell dir vor, dasselbe habe ich mich schon als Kind gefragt. Aber angeblich haben sie sich auf einer Wohltätigkeitsveranstaltung von Mums Eltern kennengelernt. Mein Dad stammt auch aus einer betuchteren Familie, doch nicht vom Adel ab. Sein Vater, also mein Großvater, hat damals einer Stiftung Geld vermacht, deshalb war er wohl für meine Mum interessant.«

Da bin ich froh, dass Penny nicht so materiell eingestellt ist. »Leben deine Großeltern noch?«

»Nein, sie sind mittlerweile alle gestorben. Ich habe auch nur noch eine Granny gekannt, als ich ganz klein war.«

***

Nachdem sie mir alle Räume im ersten Stock gezeigt hat, gehen wir nach unten in die modern eingerichtete Küche, die einem futuristischen Prospekt entsprungen sein könnte. Ich erkenne fast nur Edelstahl und Glas. Es duftet nach

einer würzigen Suppe, die auf dem Herd vor sich hinkö-
chelt, und anderen Leckereien. Mitten im Raum steht ein
großer Holztisch, an dem eine Köchin Sandwiches belegt
und zurechtschneidet. Als sie uns bemerkt, blickt sie strahlend auf.

»Penelope! Schön, dich wieder einmal zu sehen.«

»Hallo Mathilde.« Penny umarmt die schlanke, brünette
Frau, die eine weiße Schürze trägt und etwa fünfzig Jahre
alt ist. Dabei fällt mir auf, dass die Begrüßung mit der Angestellten wesentlich herzhafter ausfällt als die der eigenen
Mutter.

»Was hast du denn für einen hübschen jungen Herren
mitgebracht, Muckelchen?«, möchte Mathilde wissen.

Wir werden beide rot. Ich, weil mich die Köchin hübsch
findet, und Penny wahrscheinlich wegen des Kosenamens.
Muckelchen – das passt zu ihr.

»Das ist mein Freund«, erklärt ihr Penny. »Logan Walsh.«

»Freut mich, Sie kennenzulernen.«

Ich reiche ihr die Hand. »Ich freue mich auch, Miss …«

Offen lächelt sie mich an und drückt kraftvoll meine
Finger. »Pennys Freunde dürfen Mathilde zu mir sagen.«
Dann beugt sie sich zur Seite, zwinkert Penny zu und zeigt
ihr mit dem Daumen das Okay-Zeichen.

»Ich führe Logan durchs Haus. Er ist zum ersten Mal
hier.« Penny nimmt mich wieder an der Hand, winkt der
Köchin zum Abschied und zieht mich zurück in die Ein-
gangshalle.

»Wie ist die denn drauf?«, frage ich flüsternd.

»Mathilde ist manchmal ein bisschen verrückt. Liebens-
wert verrückt.« Penny blickt sich um und senkt die Stimme.
»Und ich glaube, sie hat was mit Tony. Ich habe Mathilde
einmal in der Küche besucht, da standen sie dicht beiein-

ander und sind wie verschreckte Tiere auseinander gesprungen.«

»Lebt Tony allein?«

»Ja, seine Frau ist vor zehn Jahren gestorben. Er hat aber noch einen Sohn, der ihn regelmäßig besucht.«

Ich wette, Penny könnte mir hunderte Geschichten über das Haus und die Angestellten erzählen.

»Was bedeutet denn Muckelchen?«, möchte ich wissen, während wir weitergehen.

Schulterzuckend grinst sie mich an. »Keine Ahnung, so hat mich Mathilde schon als Kind genannt.«

»Darf ich dich auch so nennen?«, frage ich und sehe sie möglichst frech an.

»Nein«, antwortet sie lachend.

Penny zeigt mir düstere Nischen, in denen sie sich als Kind versteckt hat, und eine Bibliothek, in der sich Bücher in dunklen Regalen bis unter die Decke stapeln.

Zu guter Letzt landen wir in der obersten Etage. Unter dem Dach hat sie ein Reich für sich allein, mit separatem Badezimmer – das genauso luxuriös ist wie die anderen – und einem Zimmer, das mindestens so groß ist wie die Wohnung, in der sie mit Sue lebt.

»Wow, das nenne ich eine hammermäßige Bude.« Mein erster Blick fällt auf das riesige Kingsize-Polsterbett. »Was ist das? Ein gigantischer Ohrensessel?« Die Rückwand ist aus weißem Leder und besitzt seitlich zwei »Ohren«, wie ein Polstersessel. Bezogen ist das Bett mit einer Tagesdecke aus schillernder rosa Seide. Überhaupt ist in dem ganzen Raum alles rosa oder weiß, sogar die Vorhänge. »Du hast voll das Mädchenzimmer!«

»Ist es nicht schrecklich?« Seufzend und mit einem Gesicht, als würde sie Schmerzen leiden, lässt sie sich aufs

Bett nieder und ich setze mich neben sie. »Das hat meine Mutter eingerichtet. Mit zwölf fand ich das ja noch süß, aber ich hab mich fast nicht getraut, es dir zu zeigen.«

»Du bist tatsächlich wie eine Prinzessin aufgewachsen.«

»Eher wie Rapunzel. Das war mein Lieblingsplatz.« Sie nimmt erneut meine Hand und führt mich zu einem Erker mit einem hohen Fenster, das fast bis zum Boden reicht. Anstatt eines Fensterbrettes wurde eine gemütliche Polsterbank in die Nische eingebaut, auf der große Kissen liegen. Verträumt schaut Penny nach draußen auf den grünen Rasen, auf dem Chip und Chap übermütig herumtollen. »Hier habe ich oft stundenlang gesessen, gelesen und zwischendurch in unseren Garten gesehen.«

»Hattest du keine anderen Kinder zum Spielen?«

»Doch, aber ich war immer nur bei ihnen; nie war jemand hier. Meine Mum wollte kein Kindergeschrei – hat sie zumindest behauptet. Sie war eine Zeit lang depressiv, heute geht es ihr wieder besser. Später wollte ich niemanden mehr mitbringen, weil …« Sie streckt die Arme aus und dreht sich im Kreis.

In ihrem Zimmer fühle ich mich trotzdem viel wohler als in jedem anderen Raum des Hauses. Ich schlendere an einem großen weißen Schreibtisch vorbei, auf dem ein Notizblock liegt, bewundere kurz das naturgetreue, ein Meter große Puppenhaus aus hellem Holz und lande schließlich vor einem Kleiderschrank mit Spiegeltüren. »Ein bisschen klein für eine Lady, oder?«

Penny kommt zu mir, zieht die beiden Türen auf und …

»Das glaube ich jetzt nicht!« Ich komme mir vor wie bei Alice im Wunderland, als wir durch den Schrank, der gar kein Schrank ist, in einen kleinen Nebenraum gehen. Durch ein Dachfenster fällt Licht auf den weißen Teppich, die

Kleiderständer und die hohen Regale, die zu beiden Seiten bis unter die Dachschräge reichen. Sie sind voller DVDs, Kostüme, Blusen und … heißer Unterwäsche! Auf dem Boden stehen überall Schuhe: Pumps, Sneaker, Sandalen, Stiefel.

Das ist kein Schrank, sondern ein halber Laden!

Schief grinst sie mich an. »Nun hat es dir die Sprache verschlagen.«

»Jupp.« Immer noch kann ich nur auf die ganzen Kleidungsstücke starren und hole einen feuerroten Spitzen-BH aus einem Regal. »Möchtest du dich vor dem Essen noch umziehen?«, frage ich unschuldig.

»Nein.« Schmunzelnd legt sie den BH zurück und schiebt mich aus dem Raum. »Aber ich möchte dir etwas Gutes tun, damit du dich noch ein bisschen entspannen kannst. Ich merke, wie aufgeregt du bist.« Sie drängt mich weiter rückwärts, bis ich gegen das Bett stoße. »Und ich brauche auch noch ein wenig Ablenkung.« Plötzlich schubst sie mich, sodass ich mit dem Rücken auf der weichen Überdecke lande.

»Sachte, Prinzessin. Mein Hemd ist zwar bügelfrei, aber …«

»Niemand wird merken, dass ich dir einen geblasen habe. Bleib liegen und bewege dich nicht.«

»Dass du … Was?«, krächze ich, während sie bereits an meiner Hose herumnestelt. »Ist das dein Ernst?«

Verschwörerisch lächelt Penny. »Sieh es als kleine Voraus-Belohnung, weil du sicher gleich von meiner Mutter zerlegt wirst.« Grinsend drückt sie meine Beine auseinander, die noch aus dem Bett ragen, und stellt sich dazwischen. »Allerdings haben wir nur fünfzehn Minuten.«

Wenn sie so weitermacht, komme ich in drei. »Und du?«

Will sie das wirklich durchziehen? Wow, sie ist einfach … Mir fehlen die Worte. Meine Freundin ist der Hit!

Ihr Mundwinkel kräuselt sich. »Du darfst mich dann heute Nacht verwöhnen, wenn wir bei dir sind.«

»Gebongt«, sage ich und bleibe angespannt liegen. Penny sieht so heiß aus in ihrem Kostüm, und die Hochsteckfrisur verleiht ihr eine gewisse Strenge. Dadurch wirkt sie reif und erwachsen. Verdammt, das macht mich an.

Während sie die Knöpfe meiner Jeans öffnet, leckt sie sich über die Lippen und starrt auf meine Körpermitte. Mein Schwanz reagiert sofort. Ungeduldig drängelt er bereits gegen meine Shorts. Aber sie packt ihn nicht gleich aus, sondern streichelt durch den Stoff meine beginnende Erektion. Als sie mit ihrem Fingernagel über den Kranz meiner Eichel fährt, entweicht mir ein Stöhnen. »Ich kann mir keine Sauerei in meiner Hose erlauben.«

Frech grinst sie mich an. »Du kannst gerne eins meiner Höschen tragen. Es sind genug im Schrank. Oder …«

Erwartungsvoll hebe ich die Brauen. Ihr Spiel gefällt mir, doch es macht mich auch ziemlich kribblig, daher kralle ich die Finger in die Überdecke.

Penny zerrt mir die Jeans mit einem überraschend festen Ruck ein Stück über die Hüften – denn weit kommt sie wegen meiner geöffneten Beine nicht – und zieht dann an den Shorts. Sofort bäumt sich mein Schwanz auf.

Was hat sie nun vor? Mein Herz rast so schnell, dass sich der Raum vor meinen Augen dreht. Träume ich auch nicht? Ist das meine Penny?

Anstatt ihn anzufassen, betrachtet sie ihn ausgiebig, als würde ihr gefallen, was ich ihr bieten kann. Mein bestes Stück ist größer als der Durchschnitt, worauf ich schon ein wenig stolz bin, aber es soll ja angeblich nicht auf die Länge ank… Heiliger Bimbam!

Ein bittersüßes Ziehen schießt von meiner Eichel tief in den Bauch, und ich sehe atemlos zu, wie sich Pennys geschminkte Lippen um meinen Schwanz legen. Mit der Zunge fährt sie am Kranz meiner Eichel entlang und stubst sie in den Schlitz. Danach spielt sie kurz am Piercing an meinem Bändchen und umspannt mit Daumen und Zeigefinger fest meinen Schaft, bevor sie ihn tief aufnimmt.

Shit, wenn sie so weitermacht, entlade ich mich in zehn Sekunden!

Als ich die Finger in ihr Haar wühlen möchte, sieht sie sofort streng zu mir auf. »Augen zu! Und lass die Hände bei dir. Wir müssen gleich zum Lunch, schon vergessen?«

Ja, total vergessen! Ich nehme nur noch ihre Zunge an meinem Schwanz wahr, den engen Ring ihrer Finger und das lustvolle Pochen meiner Eichel. »Ich bin ganz artig«, sage ich schwach, schließe die Augen und versuche mit aller Kraft, die Hände wirklich bei mir zu lassen. Penny hätte keine Zeit mehr, ihre Frisur zu richten.

Die Gedanken an ihr Haar verblassen sofort wieder, als sie erneut zu lutschen beginnt. Nachdem sie auch noch zu saugen anfängt und meinen Schwanz so tief aufnimmt, dass ich längst in ihrem Rachen stecken muss, hält mich nichts mehr. »Penny, ich …«, bringe ich gerade noch heraus, als mein Sperma hervorschießt. Mein Becken zuckt und ich unterdrücke einen Schrei, als lustvolle Impulse von meinem Schwanz in meinen Körper strömen. Mein Unterleib steht in Flammen, und Penny saugt, schluckt und lutscht, als hätte sie in ihrem Leben nie etwas anderes gemacht. Fuck! Ich will nie mehr eine andere.

»Und? Hat dich das entspannt?«, fragt sie mit geröteten Wangen, als sie sich aufrichtet, ihren Rock glatt streicht und sich erneut über die Lippen leckt. Offenbar hat sie sich das getraut, weil sie noch angezogen ist.

»Hmm«, brumme ich, während ich einfach so liegen bleibe. Ich könnte auf der Stelle einschlafen.

Träge beobachte ich Penny. Sie schlendert zu einer weißen Kommode, über der ein Spiegel hängt, zieht eine Schublade auf und holt einen Lippenstift heraus. Sie trägt ihn auf und blickt auf ihre Armbanduhr. »Ich glaube, wir sollten langsam gehen.«

»Gib mir drei Minuten«, sage ich, noch immer völlig außer Atem. »Vorher bekomme ich meine Hose nicht zu.«

Langsam dreht sie sich zu mir um und hebt spöttisch die Mundwinkel. »Soll ich dir helfen?«

»Nein danke.« Sonst kommen wir heute nicht mehr zum Lunch.

Ich kann nicht glauben, was ich mit Logan gemacht habe! Da kam wohl die Rebellin in mir durch. Ich hatte Lust, im Haus meiner Eltern etwas völlig Verrücktes zu tun, auch wenn sie nie erfahren werden, was das gewesen ist. Außerdem wollte ich mich auch ein bisschen bei Logan einschleimen, falls meine Mutter ihn so fertig macht, dass er vielleicht nichts mehr mit mir zu tun haben möchte. Ich traue Mum alles zu.

Nun sitzen wir uns am großen Tisch im Grünen Salon gegenüber und grinsen uns verschämt an. Wenn er nicht endlich aufhört, mich derart intensiv anzustarren, wird jeder wissen, was wir getan haben. Oder ich …

Daher konzentriere ich mich auf die Auswahl. Mathilde hat wie immer göttliche Sandwiches zubereitet: zart mit Butter bestrichenes Weißbrot, belegt mit Käse, Fisch, Braten und Schinken, verfeinert mit Remoulade, Meerrettich, Ketchup, Mayonnaise oder Senf. Ich nehme ein Sandwich mit Tomate und Salat, während Logan sich für Lachs und Gurke entscheidet. Dazu gibt es eine dicke Gemüsesuppe. Die habe ich als Kind schon so gerne gegessen.

Der Grüne Salon ist für kleine, familiäre Essen gedacht, denn der Tisch ist nur für wenige Personen ausgelegt. Da Logan mir gegenüber sitzt, bin ich versucht, meine Füße auszustrecken, weil ich ihn berühren will. Seine Hände zittern leicht, als er den Suppenlöffel zum Mund führt.

»Woher kommen Sie, Logan?«, möchte meine Mutter von ihm wissen. »Leben Ihre Eltern in London?« Natürlich fällt sie sofort mit der Tür ins Haus und will gleich erfahren, woran ich bei ihm bin.

»Ich wurde in Barnet geboren«, antwortet er. »Meinen

Vater habe ich leider nie kennengelernt, und meine Mum starb an Krebs, als ich sechs war. Danach habe ich in London in einem Heim gelebt.«

»Das tut mir sehr leid.« Mum sieht ehrlich mitfühlend aus. So kenne ich sie gar nicht. Ich habe eher erwartet, dass sie die Wahrheit schockiert.

Unangenehmes Schweigen breitet sich aus, während Mum ihn betrachtet, und Logan isst schnell weiter. Mir bleibt der Bissen meines Sandwiches beinahe im Hals stecken. Überhaupt habe ich keinen Hunger, seit ich hier bin. In meiner Wohnung oder an der Uni könnte ich hingegen ständig essen. Kein Wunder, dass ich früher dünner war. Vielleicht sollte ich öfter nach Hause kommen. Meiner Figur würde es zumindest guttun.

»Wie finanzieren Sie dann Ihr Studium?«, will sie als nächstes von Logan wissen.

Damit er nicht lügen muss und weil er gerade etwas im Mund hat, antworte ich schnell: »Jemand aus der Familie unterstützt ihn. Ein entfernter Verwandter.« Niemand darf schließlich wissen, dass er das Geld von seiner Mutter geerbt hat.

»Sehr großzügig von ihm.«

»Ihr«, setzt Logan hinzu. »Und ich bin ihr wirklich sehr dankbar.« Er lächelt mich an, und ich bin froh, dass er mir nicht übel nimmt, dass ich für ihn gesprochen habe.

Nun mischt sich auch mein Dad ein und fragt: »Was wollen Sie nach dem Studium machen?«

»Videos produzieren.«

So geht das eine halbe Stunde lang weiter. Wir kommen kaum zum Essen, weil vor allem Mum ständig Fragen stellt. Doch wir schaffen es beide, immer wieder aufs Studium als Hauptthema zum Sprechen zu kommen, damit meine Eltern nicht denken, Logan sei wie Marc. Dass er in einer Band ist, erwähnen wir nicht, nur dass er singt und wir über die Proben zum Musical zusammengefunden haben.

»Ich hätte euch beide sehr gerne singen gehört«, sagt Dad.

»Vielleicht haben Sie dazu noch Gelegenheit.« Logan lächelt ihn an. »Gegen Ende des Sommersemesters wollen wir das Musical noch einmal aufführen, und alle Eltern und Verwandten sind dazu eingeladen.«

Oh Gott, ich will mir nicht ausmalen, dass Mum im Publikum sitzt. Ich weiß nicht, ob ich dann überhaupt noch einen Ton herausbringen kann. Sie hat mich früher ständig kritisiert; nie war ich ihr in etwas gut genug. Da werde ich wohl mit Logan noch ein paar Mal auf der Bühne stehen müssen, um mein Selbstbewusstsein zu trainieren. Ansonsten überlebe ich das nicht.

***

Wenigstens hat Logan die erste Befragungsrunde überstanden. Bevor es Tee gibt und wir danach wieder ins Wohnheim fahren, schlendern wir hinter dem Haus Hand in Hand über den Rasen. Heute ist ein zu schöner Tag, um ihn drinnen zu verbringen. Außerdem brauche ich Luft. Daher nehme ich einen tiefen Atemzug der milden Frühlingsbrise, rieche das frische Gras und den Duft von frisch gebackenen Scones und Plätzchen, der von der Küche zu uns weht. Mathilde hat uns gesagt, dass sie draußen decken wird. Wir haben eine hübsche, geflieste Terrasse, auf der Chip und Chap hinter einem großen Blumenkübel Mathilde auflauern. Sie wissen, dass sie von ihr immer eine kleine Leckerei erwarten können. Und wenn sie nicht aufpasst, schnappen sie sich auch das Gebäck vom Tisch.

Für die Hunde habe ich jedoch kaum einen Blick übrig, denn ich muss ständig zu Logan schielen. Er sieht so gut aus in seinem Hemd, fast wie jemand aus meiner Welt — oder besser gesagt: aus der Welt meiner Eltern. Ich habe bemerkt, dass er Probleme mit der Etikette hat: Begrüßung, Kleiderordnung, Umgangsformen. Natürlich weiß er sich zu benehmen und er will nichts verkehrt machen, aber in meinem Universum ist eben alles ein bisschen anders.

»Als mein Dad meine Mum geheiratet hat und er zu ihr in dieses Haus gezogen ist …«, beginne ich zu erzählen und erinnere mich daran, dass es Dad nicht gepasst hat, mit Mums Eltern unter einem Dach zu wohnen. »… konnte er sich am Anfang überhaupt nicht einleben. Das hat er mir einmal gestanden. Als Mum für ein paar Wochen nicht zu Hause war, weil sie wegen ihrer Depressionen behandelt wurde, ging es bei uns viel lockerer zu. Das tat richtig gut.«

Logan führt meine Hand an seine Lippen, um mir einen Kuss auf die Finger zu hauchen.

Mein Herz springt fast aus der Brust. Ich komme mir vor, als würde ich mit einem Prinzen zusammen sein.

»Warum hatte sie Depressionen?«, will er wissen.

Ich zucke mit den Schultern. »Das weiß ich gar nicht. Mum schweigt das Thema tot.«

»Vielleicht will sie das ja alles selbst nicht?«

»Glaube mir, das ist ihre Welt.« Womöglich hielt sie dem Druck nach außen hin nicht stand. Sich immer von seiner besten Seite präsentieren zu müssen, ist anstrengend. Ich bin froh, dass Mum meine verrückte Auszeit mit Marc nicht zurückgeworfen hat.

Wir setzen uns auf eine Bank in der Nähe der Grundstücksmauer, lassen uns die Sonne ins Gesicht scheinen und sehen zu, wie Mathilde in etwa vierzig Meter Entfernung den Tisch deckt. Früher hatten wir noch ein Extramädchen, das ihr auch in der Küche zur Hand ging, aber seit meine Eltern sehr zurückgezogen leben – seit Mums Klinikaufenthalt – und keine Empfänge oder Wohltätigkeitsveranstaltungen mehr ausrichten, haben sie das Personal auf ein Minimum beschränkt.

Logan schaut mir tief in die Augen. »Was machst du, wenn du an der Reihe bist, das Haus und das Erbe deiner Eltern zu übernehmen?«

»Diese ganzen Verhaltensregeln werden erst einmal aufgelockert. Gegessen wird, wenn alle Zeit und Hunger haben, Angestellte werden genauso freundlich begrüßt wie die feine Gesellschaft und eine Lady darf auch einmal in Jeans herumlaufen.«

Zähneknirschend betrachtet er seine langen Beine. »Vielleicht hätte ich mir eine andere Hose zulegen sollen.«

Ich drücke ihm einen Kuss auf die Wange. »Mach dir keine Gedanken; bisher läuft es doch prima.«

Tief atmet er durch und blickt gedankenverloren zur Terrasse. Dad sitzt bereits draußen und starrt auf sein Tablet. Wahrscheinlich studiert er wieder Aktienkurse.

»Ich habe aber nichts, womit ich bei deinen Eltern punkten könnte.«

»Du musst bei ihnen nicht punkten, nur bei mir, und da hast du bereits einen Volltreffer gelandet.«

»Ja, du bist wirklich ein Volltreffer.«

Ich lache so laut, dass Dad kurz zu uns hersieht. »Ich hatte das anders gemeint.«

»Ich weiß, wie du das gemeint hast«, raunt Logan und raubt sich einen schnellen Kuss.

Es ist so schön mit ihm, und ich bin sehr froh, dass bisher alles halbwegs glimpflich abläuft. Schmunzelnd sage ich: »Möchtest du wissen, wie du meiner Mum imponieren könntest?«

»Lass hören.«

»Ich kann dir ein paar Tipps geben, was das Teetrinken betrifft.«

Er grinst. »Oh je, gibt es da auch etwas zu beachten?«

»Sogar eine Menge.« Auch wenn ich glaube, dass Dad uns nicht hören kann, denn er ist schon ein bisschen taub, senke ich die Stimme. »Wichtigste Regel: Ein Gast schenkt sich nie selbst ein.«

»Warum nicht?«

»Keine Ahnung.« Darüber habe ich noch nie nachgedacht. »Auch ganz wichtig: Mach keine klirrenden Geräusche, wenn du deinen Tee umrührst. Das. Geht. Gar. Nicht.«

Nun muss er laut lachen. »Echt jetzt?«

»Total echt.« Mum ist allergisch dagegen.

»Hilfe, was noch?«

»Auf keinen Fall schlürfen.«

»Na hör mal, das hätte ich auch nicht getan.« Übertrieben rollt er mit den Augen. »War das nun alles?«

Ich schüttle den Kopf. »Wenn du Mum wirklich und wahrhaftig imponieren möchtest, hältst du den Henkel der Tasse nur mit Daumen und Zeigefinger.«

»Das bekomme ich hin«, sagt er.

»Und …« Ich mache eine bedeutungsvolle Pause. »… in der anderen Hand hältst du die Untertasse. Zusammen mit der Tasse ungefähr in Kinnhöhe, und achte darauf, dass die Tasse beim Trinken immer möglichst dicht bei der Untertasse bleibt.«

Eine Weile schweigt er und starrt mich ungläubig an, bevor er mit ernster Miene fragt: »Sonst noch was?«

»Ja. Falls du Scones isst, halbiere sie nicht mit dem Messer, sondern brich sie durch.«

Seufzend sinkt er auf der Bank zusammen. »Wenn man sich beim Teetrinken schon so viel merken muss, wie sieht es erst beim Dinner aus?«

»Aus diesem Grund fahren wir nach dem Tee heim, denn das möchte ich dir nicht antun«, sage ich lächelnd. Allein das ganze Besteck würde ihn überfordern. »Dinner heben wir uns für ein anderes Mal auf, falls du dich noch einmal hierher traust.«

»Dann musst du mich vorher in den Benimm-Unterricht schicken.«

»Den übernehme ich.« Streng blicke ich ihn an. »Denn wenn du dich nicht bemühst, kann ich mir gleich die passende Strafe für dich ausdenken.«

Ich sehe an seinem sexy Kehlkopf, wie er schluckt. »Was käme dir für eine Strafe in den Sinn?«

»Hm …« Unschuldig kaue ich auf meiner Unterlippe, dann beuge ich mich zu ihm und raune ihm ins Ohr: »Ich würde dich nackt in der Küche festbinden, mit Sirup beschmieren und von oben bis unten ablecken.«

Seine Augen werden groß und blitzen vergnügt auf. »Ich glaube, ich werde ein sehr unartiger Schüler sein.«

»Das hoffe ich doch.« Ich will schließlich auch mein Vergnügen haben.

***

»Mit deiner Tee-Show hast du meine Mutter wirklich umgehauen!« Strahlend lasse ich mich auf sein Bett fallen und gehe die letzte Stunde im Geiste noch einmal durch. Meine Mutter war völlig fasziniert von seinem Verhalten. Sie hat sogar vergessen, ihm unangenehme Fragen zu stellen. Sie wollte lediglich wissen, wie das Heim hieß, in dem er gelebt hat. Ich glaube, sie hat ihn akzeptiert.

Dad hat mir beim Abschied zugeflüstert, dass er Logan auch ganz toll findet. Ich bin so glücklich!

Lächelnd setzt sich Logan neben mich. »Hm, wenn es dir so gut geht, müssen wir den Entspannungs-Sex wohl ausfallen lassen.«

»Bist du verrückt?« Ich umarme ihn, um ihn auf mich zu ziehen. »Ich will jetzt Wohlfühl-Freuden-Jubel-Sex.«

»Alles zusammen?« Logan grinst verwegen, während ich eifrig dabei bin, sein Hemd aufzuknöpfen. »Madame wird gierig.«

»Ich kann eben nicht genug von dir bekommen«, raune ich an seinen Lippen. »Ich will es jetzt schnell und hart.«

»Du machst mich fertig, Süße«, knurrt er und reißt mir fast die Knöpfe der Bluse ab. »Dann muss ich dich vorher aber knebeln, sonst schreist du das halbe Wohnheim zusammen.«

Hitze pulsiert zwischen meinen Beinen, als ich mir vorstelle, wie er mich ruhigstellt. »Wollen wir das mal ausprobieren?«

»Ich will alles mit dir ausprobieren.« Er zieht mir die Bluse von den Schultern, hakt den BH auf und legt seine großen Hände auf meine Brüste. Meine Nippel richten sich auf, und ein süßes Brennen schießt tief in meinen Bauch, als er sie sanft zwickt.

»Ich wusste nicht, dass du auch wild sein kannst«, wispere ich atemlos und streichle über seinen nackten Oberkörper. Mit gierigen Blicken verschlinge ich jeden Muskel, der sich unter seiner weichen Haut wölbt. Ich stehe total auf die Form seines Oberkörpers: die breiten Schultern, die ausgeprägte Brust, den flachen Bauch und die schmalen Hüften.

Er stellt sich hin, um sich die Jeans auszuziehen, während ich mich hastig meines Rockes entledige, sodass ich nur noch die halterlosen Strümpfe und einen schwarzen Stringtanga trage.

Logan starrt nicht weniger lüstern auf meinen Körper. Als er sich seine Shorts runterreißt, stürzt er sich gleich wieder auf mich, packt einen meiner Oberschenkel und spreizt meine Beine. Mit einer Hand fährt er zwischen unseren Körpern direkt in meinen Slip.

Seine Augen werden groß, als er in meine feuchte Spalte gleitet und sofort einen Finger darin versenkt. Er atmet schwer und seine Lippen sind leicht geöffnet.

»Können wir schon … ohne?«, will er wissen.

Ich habe mir vor Kurzem wieder die Pille verschreiben lassen, weil ich Logan pur erleben möchte, ihn so innig spüren wie möglich, und damit wir uns keine Sorgen machen müssen, falls einmal ein Malheur passiert oder wir unvorsichtig sind.

»Ja«, hauche ich.

Da zieht er meinen Slip zur Seite und dringt ohne Umschweife in mich ein, dehnt mich, füllt mich aus.

Stöhnend drücke ich mich ihm entgegen und grabe die Finger in seine Schultern. Das Gefühl, Logan endlich ganz und gar zu spüren, ist vollkommen. Ich will ihn nie wieder gehen lassen.

Während er mit feurigem Blick auf mich schaut und ich es diesmal von Anfang bis Ende zulassen möchte, dass er mich ansieht, packt er meine Handgelenke und drückt sie neben meinem Kopf in die Matratze. Ich habe keine Angst, wenn er mich nimmt und ich wie wehrlos unter ihm liege. Weil ich Logan vertraue. Bei ihm kann ich endlich wieder loslassen und fühle mich nicht mehr entwertet, sondern vollständig. Und ich glaube sogar, dass ich ihn liebe. Aus den Schmetterlingen in meinem Bauch sind Kolibris geworden, die flattern und singen und wild herumtoben. Ich brauche bloß an Logan zu denken, schon tobt ein heftiger Gefühlssturm in mir und ich will nur noch bei ihm sein, mit ihm zusammen lernen, lachen, schmusen und ihn küssen. Unentwegt.

Während er mich verlangend küsst und unsere Unterleiber aneinander klatschen, spreize ich die Beine weiter, damit er noch tiefer in mich eindringen kann. Er nimmt mich vollständig in Besitz und trifft einen Punkt in mir, der heiße Lustwellen durch meinen Körper schickt. Keine drei Minuten später erreiche ich den Höhepunkt und reiße Logan mit. Gemeinsam erleben wir das schönste aller Gefühle und bleiben anschließend atemlos nebeneinander liegen, um uns zu streicheln und anzulächeln.

Das war ein guter Tag und ein verdammt guter Abschluss, denke ich, während ich langsam in Logans Armen einschlafe.

Ich stelle den Kragen meiner Lederjacke auf, während ich neben Malte über den Campus gehe. An diesem neblig-feuchten Nachmittag kriecht die Kälte förmlich in meine Knochen, und ich kann es kaum erwarten, im warmen Pub anzukommen.

Vor uns laufen Penny und Amy. Wir haben bei Professor Perkins gerade eine Prüfung über Tonbearbeitung geschrieben, und weil Penny und ich viel gelernt haben, habe ich ein gutes Gefühl. Nun wollen wir uns bei einem Bier entspannen und den Tag gemütlich ausklingen lassen. Dabei muss ich ständig auf Pennys Hintern starren, der in den Stretch-Jeans zu verführerisch aussieht. Dazu trägt sie eine Kapuzenjacke, die ihr nur bis zur Taille reicht, und darunter einen engen Pullover. Noch lieber als im Pub wäre ich jetzt in ihr, um mich in ihrer feuchten Hitze zu vergraben.

Kann man so süchtig nach jemandem werden, dass man jede Sekunde mit ihm zusammen sein möchte?

Es ist nicht bloß der Sex, der mich zu Penny hinzieht. Bei ihr fühle ich mich zum ersten Mal vollkommen. Verstanden. Geliebt. Und zwar wirklich geliebt – was das Dilemma lediglich größer macht. Wie soll ich ihr jetzt noch sagen können, was ich früher für ein Mensch war? Soll ich es überhaupt zur Sprache bringen? Wen interessiert schon, was früher war? Schließlich zählt nur das Hier und Jetzt. Und in diesem Moment will ich jede Sekunde mit Penny genießen.

Leider bin ich heute Abend verplant, denn ich muss mit meinen Jungs proben. Am Wochenende findet das alljährliche »Raffle Battle« in der Arena statt, an dem wir teilnehmen wollen, und ich bin ziemlich aufgeregt deswegen. Nur noch vier Tage bis Samstag! Der Gewinnerband winken 60.000 Pfund in bar. Das Geld können wir natürlich alle gut gebrauchen, aber hauptsächlich machen wir bei dem Battle mit, weil Musik unsere Leidenschaft ist.

»Ich bin echt froh, dass ihr jetzt alle Bescheid wisst«, sagt Malte. Seine engsten Freunde, darunter Amy, Jason, Penny, Sue und ich wurden von ihm am letzten Wochenende offiziell aufgeklärt, wobei wir es ohnehin schon alle gewusst haben. »Um mein Outing zu feiern, will Amy mich demnächst zu einer Men-Strip-Show mitnehmen.«

Penny hat mir davon erzählt. Sie wird auch mitgehen.

»Mir ist schon ganz schlecht deswegen«, sagt er schief grinsend.

»Ach, das wird bestimmt lustig.«

Seufzend schüttelt er den Kopf und vergräbt die Hände tief in seiner Hose. »Ja, ich unter lauter Frauen, wie unauffällig.«

»Sind bestimmt auch andere Kerle dort. Vielleicht lernst du deinen Traummann kennen.«

»Den Gedanken hab ich bereits abgehakt.«

»Dann angelst du dir einen Stripper.«

Malte lacht. »Du hast gut reden, schließlich hast du ein Mädchen.«

»Nur, weil ich nicht aufgegeben habe«, erkläre ich ihm. »Schließlich war meine Prinzessin ganz schön widerspenstig.«

Als plötzlich ihr Handy klingelt, zieht sie es aus der Hosentasche und bleibt stehen, um das Gespräch anzunehmen. »Hi Dad, was gibt es?«, fragt sie und dreht sich zu mir um. »Treffen? Jetzt? Du bist hier?«

Ihr Vater ist in der Nähe?

Ich blicke mich auf dem Uni-Gelände um, sehe aber nur Studenten, die bei diesem unguten Wetter über die Kieswege eilen, um schnell ins Warme zu kommen.

»Geh doch schon mal mit Amy vor«, sage ich zu Malte und bleibe bei Penny stehen.

Die beiden verabschieden sich von uns, und ich wundere mich, was nun wieder bei Penny los ist. Sie sieht wütend aus.

»Das behauptet Mum nur, weil sie nicht will, dass wir ...« Ihre Augen werden groß und sie starrt mich entsetzt an. »Das glaube ich dir nicht. *Was* hat sie getan?«

Mein Magen verkrampft sich. Es betrifft uns, oder besser gesagt: mich. Das spüre ich. Dabei dachte ich, dass ihre Mutter mich akzeptiert hätte. Das Zusammentreffen vor knapp zwei Wochen lief schließlich besser als erwartet. Habe ich vielleicht beim Teetrinken doch etwas falsch gemacht?

»Was ist denn los?«, frage ich flüsternd, aber sie bedeutet mir, still zu sein.

»Okay, ich bin in fünf Minuten da«, sagt sie. »Ja, ich komme allein. Bis gleich.«

Nachdem sie das Gespräch beendet hat, verdreht sie die Augen. »Meine Mutter hat jetzt völlig den Verstand verloren.«

»Was ist denn passiert?«

Sie schiebt das Handy zurück in ihre Hosentasche und küsst mich auf die Wange. »Erzähle ich dir später, ich muss mich schnell mit meinem Vater treffen. Tony parkt in der Nähe der Uni.« Zittrig lächelt sie. »Meine Mutter ist eben meine Mutter. Ich ... Dad sagt, ich soll allein kommen.« Sie zieht den Reißverschluss ihrer Jacke bis nach ganz oben und drückt mir ihre Tasche in die Hand. »Wir treffen uns gleich im Pub, okay? Dort erzähle ich dir alles und dann werden wir darüber lachen.«

»Ich habe zwar keine Ahnung, wovon du redest, aber so machen wir es.« Ich streife den Riemen ihrer Tasche über meine Schulter und blicke ihr nach, wie sie zum Ausgang des Geländes joggt. Sie sah verstört aus. Was hat ihre Mum getan? Und darf ihr Vater nun die schlechten Nachrichten übermitteln oder ist sie auch hier?

Ich bin so neugierig, dass ich bestimmt nicht zu den anderen gehen werde. Ich will sofort wissen, was passiert ist, daher folge ich Penny. Weil mehrere Studenten durch das gusseiserne Tor strömen und Penny keinen Blick zurückwirft, ist es für mich einfach, ihr unauffällig zu folgen.

Sie läuft ein paar Meter an der Mauer entlang, überquert die Fahrbahn und verschwindet in einer Nebenstraße.

Ich überquere ebenfalls die Fahrbahn, bleibe jedoch an der Hausecke stehen und spähe vorsichtig in die Nebenstraße. Dort fällt mir gleich der Mercedes auf, der in einer Parkbucht steht. Tony steigt aus, hält Penny die hintere Tür auf und zieht sich dann ein paar Meter vom Wagen zurück.

Ob ihr Dad in dem Fahrzeug ist? Leider kann ich wegen der verdunkelten Scheiben nichts erkennen.

***

Während ich am Hauseck warte, kriecht die Kälte unter meine Kleidung. Penny ist bereits eine Viertelstunde in dem Wagen, und ich habe Malte vor fünf Minuten eine Nachricht geschrieben, dass wir uns verspäten werden. Ich will schon fast zu ihr gehen, als sie endlich aussteigt. Sie hält einen braunen Umschlag in der Hand und läuft davon, ohne sich von Tony zu verabschieden. Als sie näher kommt, erkenne ich, dass sie geweint hat.

Oh Gott, was ist nur los?

»Penny, warte!« Sie hat mich nicht einmal wahrgenommen, als sie an mir vorbeigelaufen ist.

Sie wirbelt herum und reißt die Augen auf. »Logan!«

»Ich habe hier auf dich gewartet, weil du so durcheinander ausgesehen hast. Was ist denn passiert?«

Einige Sekunden starrt sie mich atemlos an, bevor sie leise sagt: »Meine Mutter hat einen Privatdetektiv beauftragt, um dir hinterherzuschnüffeln.«

»Was?«, krächze ich und schlucke trocken. Dabei schiele ich auf den Umschlag. Steht dort drin alles über mich?

Ich bekomme kaum noch Luft. Verdammt, wie ist ihre Mutter denn drauf? Sie hat ernsthaft einen Detektiv engagiert? Ich glaube, ich bin im falschen Film!

»Bist du wirklich vorbestraft?« Ihre Unterlippe bebt und neue Tränen füllen ihre Augen.

Fuck! »I-ich war … ist verjährt«, stammle ich. Was weiß sie alles? Und was bedeutet das nun für uns? Ich will sie nicht verlieren! »Lass uns reden, Penny. Gehen wir zu mir.« Bitte sag ja! Das Wohnheim ist nur wenige Minuten entfernt. »Ich wollte dir längst alles sagen, aber …«

»Also stimmt es?« Ihre Stimme klingt schrill.

Sie marschiert voran, ohne mich anzusehen. Heißt das, sie kommt mit zu mir? Ich hoffe so sehr, dass sie mich anhört.

Verflucht, warum habe ich ihr nicht gleich die Wahrheit gesagt?

Meine Beine wollen mich kaum tragen, doch ich schaffe es, ihr zu folgen. Mir ist schlecht und noch viel kälter als zuvor. Außerdem scheinen unsere Taschen Tonnen zu wiegen.

Nachdem ich endlich zu Penny aufgeschlossen habe, fragt sie: »Du warst also in einem Heim für schwer erziehbare Kinder und sogar in einem für jugendliche Straftäter?«

»Ja«, erwidere ich monoton. »Man hat mich ständig hin und her geschoben. Heim, Pflegefamilie, Heim …« Ich bin heilfroh, dass diese Zeiten hinter mir liegen.

Sie schenkt mir einen kurzen, nachdenklichen Blick. »Ich kann nachvollziehen, dass du ein schwieriges Kind warst und es deine Pflegeeltern deshalb nicht leicht mit dir hatten. Du hast deine Familie verloren. Du warst wütend und enttäuscht von der Welt und ganz allein.« Erneut blickt sie mich kurz an. »Aber … ein Straftäter?«

»Vorbestraft … gewesen!«, werfe ich vehement ein.

Sie fährt sich mit dem Jackenärmel über die Augen. »Du hast deine Pflegeeltern bestohlen, und deshalb kann ich dich nicht einmal verurteilen, weil ich selbst meine Eltern bestohlen habe.«

Fühlt sie sich meinetwegen schlecht? Und hat dieser verdammte Detektiv wirklich *alles* herausgefunden?

»Das kann ich sogar noch verstehen und du hattest ja angedeutet, dass du dich ziemlich aufgeführt hast, sodass es keine Pflegefamilie lange mit dir aushielt, aber … Du sollst auch gewalttätig gewesen sein.«

»War ich nicht!«, sage ich eine Spur zu laut und lenke die Aufmerksamkeit eines vorbeilaufenden Mannes auf mich.

»In der Akte steht, du bist auf deinen Heimleiter losgegangen und der hat dich angezeigt.«

»Ja, hat er. Mr Thomas hat mich gehasst, weil ich nie lange bei einer Familie geblieben bin, nur Scheiße gebaut habe und als schwer vermittelbar galt. Egal, was im Heim passiert ist, immer hat er mich für alles verantwortlich gemacht.« Ich rede wie ein Wasserfall, weil ich will, dass sie es versteht. »Als er mich wieder einmal zu Unrecht beschuldigt hatte, weil ich angeblich Geld aus der Gruppenkasse gestohlen haben soll, bin ich auf ihn losgegangen und habe ihm die Nase gebrochen. Dabei hätte er mehr verdient als das.«

Als Penny die Brauen hochzieht, setze ich leise hinzu: »Er hat mich mehrmals geschlagen, als ich kleiner war. Immer, wenn ich von einer Familie zurückkam, hat er mir eine runtergehauen.«

Penny sieht mich mit einer Mischung aus Wut, Unglauben und Mitgefühl an. Denkt sie, ich erfinde diese Storys, um ihr Mitleid zu erregen? »Das hat der Detektiv wohl nicht herausgefunden, was?«, sage ich trocken. »War sicher in keiner Akte verzeichnet.«

Nach der Auseinandersetzung musste ich das *Eastwick Child Care Center* verlassen, habe aber Kontakt zu Puppy und den anderen Bandmitgliedern gehalten. Wir kennen uns schon, seit wir zwölf sind, und ihnen ging es so wie mir. Uns wollte keiner haben, und zusammen haben wir eine Menge Mist angestellt. Wir waren wie Brüder.

»Und was ist mit den Drogen?«, will sie wissen.

Mittlerweile sind wir beim Wohnheim angekommen und ich sperre die Tür auf. Im Treppenhaus laufen uns zwei Jungs entgegen, daher antworte ich erst, als sie weit genug von uns weg sind. »Ich war kein Junkie und nie abhängig, aber ja, ich habe mir ab und zu was eingeschmissen, um mein Leben irgendwie zu ertragen. Nachdem ich den Heimleiter geschlagen hatte, wurde mein Zimmer durchsucht und sie haben ein bisschen Gras und Pillen gefunden. Natürlich wurde wieder alles aufgebauscht.« Ich bekomme heute noch Magenschmerzen vor Wut, wenn ich an Mr Thomas denke. Gott sei Dank habe ich nichts mehr mit ihm zu schaffen.

Ich öffne meine Zimmertür und lasse Penny hinein. Sie setzt sich aufs Bett und starrt auf den Umschlag in ihrer Hand, während ich unsere Taschen auf dem Boden neben dem Schreibtisch stelle und mich in den Stuhl plumpsen lasse.

»Darf ich mal sehen?«, frage ich und sie reicht mir tatsächlich den Umschlag.

Meine Hände zittern, als ich die Kopien, die sich darin befinden, herausziehe. Es sind Aktennotizen der diversen Heime. Erneut ballt sich vor Wut mein Magen zusammen. Natürlich muss sie denken, ich sei ein vorbestrafter, gewalttätiger Junkie. In den Akten wurde wirklich jedes Vergehen vermerkt. Sogar der Einbruch in einen Supermarkt, weil Puppy, Joey und ich uns hochprozentigen Alkohol besorgen wollten. Da waren wir gerade vierzehn und dumme Kinder. Wir hatten eine Hintertür aufgebrochen und der Alarm ging los. Eine Überwachungskamera hat alles aufgezeichnet. Zum Glück kamen wir mit ein paar Sozialstunden davon.

Ich erschaudere, als ich mir die Seiten durchblättere. »Ich war ein Idiot, Penny, dumm und rebellisch. Aber ich habe mein Leben längst in den Griff bekommen und will nie wieder dieses draufgängerische Arschloch von früher sein.«

»Mum will nicht mehr mit mir reden, bis wir uns getrennt haben«, sagt sie leise und senkt den Blick. »Sie fordert sogar, dass ich die Uni wechsle.«

»Weil das so einfach geht«, murmle ich.

»Mit Geld geht eben alles, Logan. Meine Mum hat den Heimen eine großzügige Spende vermacht, damit der Detektiv in den Akten schnüffeln darf.«

Hart presse ich die Kiefer aufeinander und bebe vor Zorn. Dabei beschleunigt sich mein Puls ein weiteres Mal; Hitze schießt durch meinen Körper. Wenn Mr Thomas jetzt vor mir stehen würde, könnte er morgen nicht mehr laufen.

»Und …« Penny stockt. »Der Detektiv hat erzählt … Dieser Mr Thomas dachte, du seist längst tot. Dass du an einer Überdosis gestorben bist oder so. Er war ganz erstaunt, dass du studierst.«

Meine alte Wut lodert höher und höher. Nur Penny zuliebe beherrsche ich mich. »Ich war nie voll auf Drogen, wirklich!« Wie kommt dieser Mistkerl da drauf?

»Das glaube ich dir.« Ein Lächeln huscht über ihr Gesicht. »Dafür bist du viel zu schlau.«

Erleichtert atme ich auf.

»Aber …« Sie räuspert sich leise. »Ich hab dir so sehr vertraut und dir mein schwärzestes Geheimnis offenbart, während du mir deine Vergangenheit verheimlicht hast. Nun fühle ich mich verraten.«

»Ich wollte es dir ständig sagen, doch zuerst hatte ich Angst, dass du tatsächlich Marc in mir sehen könntest, und …« Tief atme ich ein und fahre mir durchs Haar. »Und als du gesagt hast, wie reich du bist und aus welcher Welt du stammst, dachte ich, dass ich dir niemals genügen kann. Ich kam mir schäbig vor. Nicht gut genug für dich. Ich wollte dich nicht verlieren, weil wir gerade erst zusammengekommen waren. Ich schäme mich unendlich für das, was ich früher getan habe.«

Am liebsten möchte ich Penny in den Arm nehmen, weil sie so unglücklich aussieht, aber ich glaube nicht, dass sie das jetzt zulassen würde.

Zitternd atmet sie ein. »Ja, ich wollte keinen Kerl mehr, der wie Marc ist. Deshalb war ich völlig überrumpelt und habe gedacht, meine Welt würde erneut untergehen, als Dad mir im Wagen alles erzählt hat.«

Ich bin nicht wie Marc. Das möchte ich ihr immer und immer wieder sagen.

»Logan …« Eindringlich blickt sie mich an. »Sei ehrlich. Warum wolltest du ausgerechnet mit mir zusammen sein?«

Diese Frage überrascht mich.

»Du warst so hartnäckig, obwohl ich dir ständig die kalte Schulter gezeigt habe. Wieso?«

»Will man nicht immer das, was man nicht haben kann?«, antworte ich matt, aber das scheint sie nicht zufriedenzustellen.

Mit leicht geneigtem Kopf mustert sie mich weiterhin. »Weil ich deiner Mutter ähnlich sehe?«

»Nein!« Himmel, ich habe doch keinen Ödipuskomplex. »Warum ich?«

»Ich wusste auf den ersten Blick, du bist die Richtige.« So war es!

Dass sich Seelenverwandte in jedem neuen Leben wiederfinden, traue ich mich nicht zu sagen. Das ist zu kitschig für einen Mann. Aber nachdem ich darüber einmal eine Dokumentation gesehen habe, könnte diese Theorie sogar stimmen. Ich habe einfach gespürt, dass Penny die Eine ist. »Du bist die Richtige, auch wenn sich alle gegen uns verschworen haben.«

»Nicht alle. Nur Mum.«

Und ihre Vergangenheit mit Marc.

Betreten blickt sie auf ihre Finger, die sie in ihrem Schoß knetet. »Ich weiß nicht, ob ich dir wieder vertrauen kann, Logan. Du hast mich angelogen. Hast gesagt, du warst nur in einem Heim und hast mir so vieles verschwiegen.«

»Ich hatte Angst, dich zu verlieren.« Verdammt, wir drehen uns im Kreis.

»Woher weiß ich, dass du mich nicht auch angelogen hast, was das Geld deiner Mutter betrifft? Vielleicht hast du damals Drogen verkauft und damit ein Vermögen verdient?«

Aha, deshalb wollte sie wissen, warum ich mit ihr zusammen sein will. Denkt sie immer noch, ich habe es auf ihr Geld abgesehen? Das macht mich zusätzlich wütend, auch wenn ich sie verstehen kann.

Ich bin nicht wie Marc!, möchte ich brüllen, doch ich kann mich gerade noch beherrschen und gehe zu meinem Schrank. Daraus hole ich einen Ordner mit dem Brief meiner Mum und den Unterlagen von der Bank. Den lege ich neben ihr auf die Matratze. »Da steht alles drin. Schwarz auf weiß. Das Geld ist von meiner Mutter.«

Sie starrt auf den Ordner, ohne ihn zu öffnen. Ihre Augen füllen sich mit neuen Tränen. »Tut mir leid. Ich weiß einfach nicht mehr, was wahr ist.«

Vorsichtig setze ich mich neben sie und bin froh, dass sie mich lässt. Danach schlucke ich hart. »Der Detektiv hat nicht alles herausgefunden.«

Sofort dreht sie mir den Kopf zu und reißt die Augen auf. »Was?«

»Keine Geheimnisse mehr, Penny«, flüstere ich und hoffe, dass das nicht alles zwischen uns zerstört. Mein wild schlagendes Herz sprengt fast meine Brust. »Ich bin froh, dass deine Eltern nichts davon wissen, aber dir will ich es sagen, damit du weißt, wie ernst ich es mit dir meine.«

Ihr Gesicht verliert sämtliche Farbe. »Jetzt machst du mir Angst.«

Schnell ziehe ich mein Handy aus der Hose und gebe

die Adresse der Internetseite von Skyler ein. »Es ist nichts Kriminelles! Und ich wollte es, sie hat mich nicht gezwungen.«

»Sie?« Penny beugt sich zu mir und bekommt große Augen, als sie sieht, dass ich mich auf einer Sado-Maso-Seite befinde. Skyler ist Bondage-Künstlerin und Fotografin.

»Das ist das einzige Bild dieser Art von mir, das man im Internet finden kann. Das war kurz nach meinem achtzehnten Geburtstag.« Ich halte Penny das Smartphone vor die Augen, doch sie nimmt es mir aus der Hand. Den ganzen Bildschirm füllt ein Foto: mein etwas jüngeres Ich, nackt auf einem Stuhl, die Arme hinter der Lehne gefesselt und die Augen mit einem Seidentuch verbunden. Dünne Ketten führen von dem Piercing in meiner Brustwarze zu dem Ring unterhalb meiner Eichel. Außerdem ist meine Erektion mit einem dünnen weißen Seil kunstvoll verschnürt worden. Ich war vollkommen bewegungsunfähig.

Als Penny keinen Ton von sich gibt, sage ich: »Du bist die Erste, die das erfährt. Außer Skyler und mir weiß niemand davon.«

»Skyler?«, wispert sie.

»Sie ist dreißig und hat ein Piercing-Studio in London. Ich kam mit sechzehn zu ihr, weil ich mir einen Nasenring stechen lassen wollte – als Ausdruck meiner rebellischen Ader. Eine Woche später kam ich dann wieder und verließ den Laden mit einem Nippelring. Beim dritten Besuch ...« Ich blicke zwischen meine Beine. »Sie nimmt ihren Job und die Gesetze sehr ernst und hätte mir die Intimpiercings niemals gestochen, wenn ich jünger gewesen wäre.«

»Und dann?«, fragt Penny mit zitternder Stimme.

»Mir gefiel es in Skylers Studio; und weil sie gerade eine Aushilfe suchte, kam ich nach der Schule bei ihr vorbei, habe geputzt, aufgeräumt, Schmuck desinfiziert. Sie wurde eine Freundin für mich und gab mir Halt, holte mich von der Straße runter. Als ich achtzehn wurde, hat sie mich gefragt, ob ich mir ein bisschen mehr dazuverdienen möchte. Ob ich ihr Model stehen würde für ästhetische Fotos, die sie an betuchte Männer und Frauen verkauft, die bei ihr Bilder in Auftrag geben.« So, jetzt ist es raus.

»Du meinst, irgend so ein reicher Spinner geilt sich an deinen Bildern auf?« Penny wirkt ehrlich entsetzt.

»Es war mir egal, wer die Fotos sieht. Man erkennt auf keinem mein Gesicht, dafür hat Skyler gesorgt.«

»Hast du mit ihr …« Sie schüttelt den Kopf und senkt den Blick. »Ich weiß nicht, ob ich überhaupt wissen will, was ihr noch alles getan habt.«

»Wir hatten während der Shootings ein kurzes Verhältnis. Ich war froh, im letzten Schuljahr schnelles Geld verdienen zu können. Auf ehrliche Art. Und während der Sessions habe ich den ganzen, vergangenen Scheiß vergessen und mich fallen lassen können. Skyler hat mich abgelenkt, mir eine andere Welt gezeigt und ich habe pro Bild hundert Pfund bekommen. Ich habe sie nicht geliebt, also zumindest nicht auf diese Art, die zu einer echten Beziehung gehört. Aber die Experimente haben Spaß gemacht, auch wenn ich eigentlich lieber der dominante Part bin. Bei ihr fand ich innere Ruhe und Ausgeglichenheit.«

»Obwohl du gefesselt warst?«

»Ja, das klingt unlogisch, aber für mich war es wie eine Art Meditation oder Yoga. Ich war nur noch ich, nur ich mit meinem Körper und meinem Atem. Skyler hat mich gelehrt, gelassener zu werden. Dank ihr hab ich die Kurve bekommen. Ich habe für die Schule gelernt und nicht mehr geschwänzt. Sie hat einen Bruder an Drogen verloren und wollte nicht, dass mir dasselbe Schicksal blüht. Vielleicht wäre ich wirklich eines Tages auf der Straße gelandet, wenn sich unsere Wege nicht gekreuzt hätten.«

Lange Zeit schweigt sie, bevor sie fragt: »Hast du noch Kontakt zu ihr?«

»Sie schreibt mich alle paar Wochen an, ob ich noch mal Lust auf einen Job hätte, doch ich lehne immer ab. Seit ich mit Fran zusammen war, war ich nicht mehr bei ihr.«

»Und Fran hat auch nichts von ihr und den Aufnahmen gewusst?«

Ich schüttle den Kopf und nehme mein Handy zurück. »Wirklich niemand.«

Penny steht auf und geht zu ihrer Tasche. Dabei dreht sie mir den Rücken zu. »Ich habe dir so sehr vertraut wie noch niemandem zuvor, Logan.« Sie senkt den Kopf und ihre Stimme wird leiser. »Ich habe mir deinetwegen sogar die Pille verschreiben lassen. Ich dachte, du warst vor mir nur mit Fran zusammen.«

»Skyler hat … Sie war wie eine Lehrerin. Es war … anders. Und wir haben jedes Mal ein Kondom benutzt.«

Ein Zittern läuft durch ihren Körper und sie blickt mich immer noch nicht an. Weint sie?

Schwerfällig stehe ich auf und stelle mich hinter sie. »Skyler gehört dem Teil meines Lebens an, den ich versuche, zu verdrängen. Sie hat mir in der schweren Zeit geholfen, aber sie ist auch ein Bestandteil aus meinen düsteren Tagen. Ich will damit abschließen.«

Als Penny weiterhin schweigt, fahre ich fort: »Ist es denn für dich oder deine Eltern tatsächlich so wichtig, wer ich früher war? Ich habe mein Leben in den Griff bekommen, genau wie du! Ich habe mich geändert.«

»Ich fühle mich auch ganz furchtbar, ein Urteil fällen zu

müssen«, sagt sie leise. »Das steht mir nicht zu. Deine Vergangenheit ist kein Problem für mich, nur dass du sie mir verschwiegen hast. Und … meine Eltern haben mir das Messer auf die Brust gesetzt.« Langsam dreht sie sich um und blickt zu mir auf. Eine dicke Träne perlt über ihre Wange. »Sie haben gesagt: entweder sie oder du, ich müsse mich entscheiden. Noch einmal wollen sie das alles nicht mitmachen. Wenn ich bei dir bleibe, zahlen sie mein Studium nicht mehr und werden mich enterben. Da hat es auch nicht geholfen, dass ich meinem Dad gesagt habe, dass du sogar bessere Noten hast als ich und du mir beim Lernen geholfen hast.«

Mein Hals ist wie zugeschnürt. Wie können ihre Eltern sie erpressen? Liebe ist kein Druckmittel!

Ich möchte Penny so gerne umarmen, stattdessen stehe ich wie erstarrt vor ihr und schlucke meine aufsteigenden Tränen hinunter. Ich weiß nicht, ob ich erschüttert, wütend oder traurig sein soll. Ich weiß gar nichts mehr und fühle eine innere Leere, die mir Angst macht. Für wen schlägt ihr Herz fester? Für mich oder ihre Eltern? Entscheidet sie sich für mich, wird sie alles verlieren. Alles, bis auf mich.

»War deine Mum auch im Wagen?«, ist das Einzige, das mir einfällt. Ich weiß sonst nicht, was ich noch sagen soll.

Sie schüttelt den Kopf. »Die ganze Sache war zu viel für sie. Mum will nicht mit mir sprechen, aber das kenne ich schon.«

»Und was wirst du jetzt tun?«, frage ich leise. Es wundert mich, dass sie die ganze Zeit so ruhig geblieben ist. Hat sie bereits mit mir abgeschlossen oder hat sie nach dem Vorfall mit Marc einfach keine Kraft mehr? Hat sie sich längst für ihre Eltern entschieden?

Natürlich hat sie das, sonst wäre sie mittellos und könnte ihren Traum, beim Fernsehen zu arbeiten, nicht mehr verwirklichen. Wie können ihre Eltern so grausam sein?

Sie nimmt ihre Tasche und geht zur Tür. »Gib mir Zeit, Logan. Ich muss in Ruhe über alles nachdenken und noch einmal mit meinen Eltern sprechen.«

Ich will nicht, dass es vorbei ist. Ich habe so lange um Penny gekämpft, da kann und will ich sie nicht verlieren! Sie bedeutet die Welt für mich. »Was willst du ihnen sagen?«, frage ich mit letzter Kraft.

»Ich weiß es noch nicht«, wispert sie und wischt sich über die Augen.

Als sie vor der Tür steht, berühre ich sie kurz am Arm. »Wirst du am Samstag zum Battle kommen? Egal, wie du dich entscheidest, ich möchte nur, dass du dort bist. Bitte. Es wäre mir wichtig.«

Schwach nickt sie. »Ich werde da sein.« Dann öffnet sie die Tür und ... ist fort.

Mit geschlossenen Augen lehne ich mich an die Wand und bekomme kaum Luft. Ein übermächtiges Brennen in der Brust raubt mir den Atem.

War es das? Aus der Traum?

Ich rutsche an der Wand hinunter und bleibe auf dem Boden sitzen. Ich will Penny hinterherlaufen, sie in meine Arme ziehen und küssen. Ihr erzählen, dass wir gemeinsam durchbrennen, das Geld meiner Mutter nehmen und irgendwo neu anfangen. Vielleicht in Amerika. Wir könnten singen, im Wohnwagen durch die Gegend fahren ... Nein, das wäre kein Leben für meine Lady. Nur für mich, dem Tramp, dem Niemand, dem Nichtsnutz, den keiner will und wollte und der schon immer sehen musste, wo er bleibt.

»Fuck!« Ich schlage den Hinterkopf gegen die Wand und genieße den Schmerz, während ich zum ersten Mal seit vielen Jahren wieder weine. Penny war der fehlende Teil in meinem Leben. Mein Licht. Meine Familie. Nun fühle ich mich kalt und leer, beinahe wie damals, als Granny und Mum gestorben sind.

Bisher haben mich alle Menschen, die ich geliebt habe, verlassen. Falls es stimmt und wir wiedergeboren werden, muss ich in meinem früheren Leben verdammt böse gewesen sein. Anders kann ich mir nicht erklären, warum das Schicksal nicht will, dass ich glücklich werde.

Die Neuigkeiten über Logan haben mich völlig aus der Bahn geworfen, sodass ich mich auf nichts mehr konzentrieren kann. Ich hasse meine Mum, weil sie einen Privatdetektiv beauftragt hat, bin enttäuscht von meinem Dad, weil er diesmal ganz auf ihrer Seite steht, und bin wütend auf Logan, weil er mir sein halbes Leben verschwiegen hat.

Bin ich wieder auf den falschen Mann hereingefallen?

Während ich neben Amy in der Mittelreihe des Lesungssaales sitze und unserem Prof nur mit einem halben Ohr zuhöre, starre ich auf Logan, der mit Malte in der ersten Reihe Platz genommen hat. Sonst haben wir vier immer zusammen gesessen, aber ich kann Logans Nähe nicht ertragen. Sie hindert mich am Denken. Ich brauche einen kühlen Kopf, um mir zu überlegen, was ich tun soll. Um nichts auf der Welt will ich, dass es so endet wie mit Marc.

Wenn wir uns über den Weg laufen, begrüßen wir uns lediglich mit einem Hi. Logan öffnet jedes Mal den Mund, als wollte er mit mir reden, schließt ihn jedoch schnell wieder und geht weiter. Malte ist meistens bei ihm und ich blase mit Amy Trübsal.

Seufzend stütze ich mein Kinn auf meine Hand und betrachte Logans Nacken und seine breiten Schultern. Wenn er sich bewegt, spannt sich sein Shirt über die geschmeidigen Muskeln, und mein Herz rast. Ich möchte mich so gerne an seinen Rücken lehnen und meine Nase an seinem Hals reiben. Dort riecht er immer so gut und ich vermisse seinen Duft, seine Nähe, seine Wärme. Dann bin ich versucht, zu ihm zu gehen, ihn zu umarmen und ihm zu verzeihen – bis ich die Notizen des Detektivs vor mir sehe oder das Foto, auf dem Logan gefesselt ist.

Wenn ich daran denke, wird mir heiß. Ich habe mir dieses Bild mittlerweile hundert Mal angeschaut. Stundenlang. Seine leicht geöffneten Lippen, den ausgeprägten Kehlkopf, den flachen Bauch und seinen … harten Penis.

Es prickelt zwischen meinen Beinen, als ich mir vorstelle, wie Skyler ihn gefesselt hat. Wie sie seine Piercings mit einer Kette verbunden und sanft daran gezogen hat, um bei Logan zarte Lustschmerzen hervorzurufen. Oder wie sie ein dünnes Seil kunstvoll um seine Erektion gewickelt und dabei auf der ihr zur Verfügung stehenden Fläche richtige Muster erschaffen hat. Rauten, Rechtecke, Knoten.

Ich habe auch Bilder von ihr gefunden. Skyler ist eine schöne Frau, auf ihre Art. Eher zierlich – das habe ich nicht erwartet – und klein. Ihre langen schwarzen Haare hat sie zu feinen Zöpfen geflochten und vom Hals abwärts ist sie tätowiert. Piercings zieren ihre Augenbrauen, die Nasenflügel, ihre Lippen und Ohren. Wahrscheinlich gibt es kaum eine Stelle, an der sie keinen Schmuck trägt. Es macht mich an, Logans Foto zu betrachten, aber ich spüre auch einen eifersüchtigen Stich, wenn ich mir überlege, wie oft Skyler mit ihm geschlafen hat. Ob sie ihn genommen hat, als er wehrlos und gefesselt war?

Verdammt, warum macht mich das fertig und erregt mich gleichermaßen? Das mit Skyler ist Vergangenheit, wie alles in Logans und meinem Leben, das älter als eine Sekunde ist. Trotzdem lässt mich das Foto nicht los.

Mein Atem geht schneller, weil ich mir vorstelle, Logan würde mich auf diese Art nehmen. Meine Brüste verschnüren und das Seil zwischen meinen Beinen hindurchführen. Beinahe kann ich das raue Material auf meinem Kitzler spüren.

Als er sich kurz zu mir umdreht, trifft mich sein trauriger

Blick mitten ins Herz. Er wirkt genauso verloren wie ich – und meine Lust ist verflogen. Die Sehnsucht ist jedoch geblieben.

Ich strecke die Finger nach ihm aus, als wollte ich ihn streicheln. Ihn trösten. Uns beide trösten.

Ich habe meinen Eltern gesagt, dass ich nicht mehr mit ihm zusammen bin. Sie glauben mir, weshalb ich denke, dass der Detektiv mich beschattet. Ich fühle mich auf Schritt und Tritt beobachtet. Ich kann so nicht mehr weitermachen!

Ich weiß, dass ich nicht mit ihnen reden brauche. Sie würden kein Argument zählen lassen, das für Logan spricht.

Also gibt es nur zwei Optionen: Entweder müssen wir leiden oder ich verliere meine Familie, mein Studium, einfach alles, bis auf Logan.

Diese wenigen Tage ohne ihn, ohne seine Witze, sein Lächeln und seine SMS, sind bisher die Hölle gewesen. Am meisten vermisse ich, von ihm gehalten zu werden. Ich will ihn küssen, in seinen Armen liegen und noch einmal neu anfangen. Ich wünschte, in meinem Leben wäre nicht alles so kompliziert und ich müsste nicht dieses verflixte Erbe antreten!

Meine Eltern haben gesagt, wenn ich wieder zu Logan gehe, wird die Adelslinie unserer Familie mit mir enden. Sie werden all ihr Hab und Gut einer Stiftung vermachen und mich enterben.

Warum sind sie so grausam? Wieso ist das Leben nur so verfickt brutal?

Ich weiß, dass sie mich vor neuem Unglück bewahren wollen, aber sie kennen Logan doch gar nicht wirklich!

Kenne ich ihn denn?

Als die Stunde zu Ende ist, verlassen Logan und Malte

zuerst den Raum. Irina, die Kichererbse aus der letzten Reihe, klebt ihnen an den Fersen. Natürlich hat sie sofort mitbekommen, dass es zwischen Logan und mir aus ist. Alle haben das. Seitdem hängt sie wie eine Klette an ihm, aber er beachtet sie nicht. Er hat allein Augen für mich; bloß wie lange noch? Wann muss ich mich entscheiden?

***

Ich weiß nicht, ob mehr Bandmitglieder anwesend sind oder normale Zuschauer. In der Halle ist es brechend voll, während ich mich mit Malte durch die Menschenmassen kämpfe, um einen Stehplatz weiter vorne, in der Nähe der Bühne, zu bekommen. Logans Band wird als zehnte von dreißig Bands auftreten, das hat Malte mir verraten. Logan hat ihn eingeweiht. Normalerweise war ich immer die Erste, die alles wusste, und es schmerzt, dass ich nun kein Teil seines Lebens mehr bin. Obwohl es erst wenige Tage her ist, dass wir kein Paar mehr sind, kommt es mir vor wie eine Ewigkeit. Ich schlafe kaum noch, kann nichts essen, mich nicht aufs Lernen konzentrieren und ertrinke in meinem Kummer. Wenn ich allein bin, weine ich oft, und nichts und niemand kann mich aufmuntern.

Amy hat mich gefragt, ob ich heute nicht bei ihr und Jason übernachten möchte. Wir würden Pizza essen und DVDs gucken. Ich glaube, ich nehme das Angebot an. Ich brauche sie nur anzurufen und Jason würde mich abholen. Das mache ich gleich nach dem Konzert, denn jetzt sind sie ohnehin noch nicht zu erreichen. Die beiden haben ein wichtiges Familientreffen und können deshalb auch nicht hier sein. Jasons Vater möchte bei einem Mittagessen in einem sehr teuren Restaurant offiziell seine Verlobung bekanntgeben. Und da das Verhältnis zwischen Jason und seinem Dad lange Zeit nicht rosig war, wollen die zwei nun intensiv an ihrer Vater-Sohn-Beziehung arbeiten.

Ich recke den Kopf, um Logan, Puppy oder einen anderen der *Crazy Stallions* zu erspähen, aber es ist einfach zu voll. Daher stelle ich mich mit Malte neben eine Säule, von der aus wir einen guten Blick auf die Bühne haben.

»Ich weiß ja nicht, was zwischen euch vorgefallen ist«, sagt Malte und verschränkt die Arme vor der Brust, »aber ihr seht beide unglücklich aus. Wieder einmal.«

Logan hat ihm also nichts erzählt? »Es ist kompliziert.«

»Ist es doch immer.«

»Meine Eltern wollen nicht, dass ich mit ihm zusammen bin.«

Als Malte die Stirn runzelt und mich fragend ansieht, setze ich hinzu: »Grobe Fassung. Tatsächlich ist es viel, viel verzwickter.«

»Schade, dass er nicht auf Männer steht, sonst würde ich mich sofort an ihn ranschmeißen, nur dass du das weißt.« Malte grinst verschmitzt. »Er ist einfach ein toller Kerl.«

Ja, das ist er, denke ich seufzend.

Ich bin froh, dass Malte hier ist. Mit ihm über Logan zu sprechen, tut mir gut. »Kannst du ihn sehen?«

»Nein.«

Weil Malte im Gegensatz zu mir ein Riese ist, hat er keine Probleme, über die Köpfe der anderen blicken zu können. Dass er bisher noch keinen Freund abbekommen hat, kann ich nicht verstehen. Er ist ein interessanter Kerl. Groß, blond, mit blauen Augen … Wenn die Frauen ihn schon anhimmeln, dann bestimmt auch Männer.

»Was magst du an Logan?«, will ich von ihm wissen und muss dabei lauter reden, denn die Geräuschkulisse um uns herum nimmt zu. Im Hintergrund höre ich Musiker, die ihre Instrumente einstimmen, und alle reden durcheinander.

Malte kratzt sich an der Schläfe. »Er kann gut zuhören, ist immer hilfsbereit und verurteilt mich nicht, weil ich anders liebe.«

»Weißt du etwas aus seiner Vergangenheit?«

»Klar habe ich ihn ausgefragt, aber da reagiert er sehr zurückhaltend. Ich habe nur erfahren, dass er im Heim aufgewachsen ist, und danach wollte ich nicht mehr nachbohren.« Seine Brauen heben sich. »Hat eure Trennung etwas mit seiner Vergangenheit zu tun?«

Ich nicke. Zu gerne würde ich mit ihm jetzt darüber reden, weil ich das Gefühl habe, je öfter ich darüber spreche, desto besser geht es mir. Selbstverständlich hat mich Amy gelöchert, und weil sie meine allerbeste Freundin ist, habe ich ihr alles erzählt – bis auf die Sache mit Skyler. Amy sagt, sie kann Logan durchaus verstehen, dass er mir seine kriminelle Vergangenheit verschwiegen hat. Selbst ein Blinder würde mitbekommen, wie sehr er in mich verliebt ist. Er hat befürchtet, ich würde mich von ihm trennen.

Natürlich versteht Amy auch meine Sicht der Dinge und warum ich so enttäuscht bin, zumal sie ein paar Details aus meiner Marc-Zeit kennt. Was sie auf jeden Fall überhaupt nicht nachvollziehen kann, ist die Reaktion meiner Eltern.

Malte zuckt mit den Schultern. »Also solange er keinen umgebracht hat, würde ich ihn trotzdem nehmen.«

»Er hat keinen umgebracht«, sage ich und seufze erneut. »Und ich kann nicht aufhören, ihn zu lieben.«

»Dann hör nicht auf.«

Logan weiß noch gar nicht, dass ich ihn liebe! Weil ich Angst habe, denselben Fehler erneut zu machen. Soll ich für einen Mann alles aufgeben, sogar meine Familie?

Es heißt immer, Blut sei dicker als Wasser, aber bei meinen Eltern bin ich mir diesbezüglich nicht sicher.

Als er plötzlich völlig außer Atem vor mir steht, springe ich fast in die Luft.

»Hi, ihr beiden«, sagt er und schaut nur auf mich. »Schön, dass du gekommen bist.«

»Habe ich doch versprochen«, antworte ich krächzend, während ein Männlein in meinem Magen Purzelbäume schlägt.

Er sieht mal wieder so gut aus, dass ich auf der Stelle mit ihm verschmelzen möchte. Sein Haar hat er mit Gel in Form gebracht und eine dicke Strähne hängt ihm verwegen in die Stirn. Er trägt schwarze, abgenutzte Jeans mit Löchern, und auch sein graues Shirt hat die besten Tage bereits hinter sich. Der Look passt wohl zum Song, den sie spielen werden. Scheint etwas Härteres zu sein. Ich bin gespannt. Die Gruppen müssen etwas Eigenes vortragen.

»Alle Bands müssen jetzt in einen Bereich hinter der Bühne.« Er greift hinter sich, zieht einen zusammengefalteten Briefumschlag hervor und drückt ihn mir in die Hand. »Ich wollte dir vorher noch das geben.« Und noch bevor ich etwas sagen oder ihm viel Glück wünschen kann, ist er schon wieder weg.

Malte pfeift. »Ein Liebesbrief?«

Mein Herz rast und meine Finger zittern so sehr, dass ich den Umschlag beim Öffnen fast zerreiße. Dann ziehe ich ein hellblaues Blatt heraus und falte es auf.

Malte wirft einen angestrengten Blick zur Bühne und tut wenigstens so, als würde er nicht mitlesen wollen, während ich die handgeschriebenen Zeilen Wort für Wort inhaliere. Logan hat normalerweise eine leicht krakelige Schrift, die eher schwer zu entziffern ist, doch hier hat er sich wirklich Mühe gegeben.

Liebe Penny,

ich habe in den letzten Monaten ein Lied über dich geschrieben und was ich für dich empfinde. Eigentlich wollte ich es dir längst bei einem meiner Auftritte mit den Jungs vorspielen, aber der Text ist so kitschig, dass sie mich dafür teeren und federn würden.

Ich finde einfach nicht die passenden Worte, die dich und meine Gefühle für dich beschreiben können. Das kann ich nicht einmal in einem Song ausdrücken, denn das Gefühl sitzt so tief in meinem Herzen, dass ich es dir am liebsten telepathisch übermitteln möchte.

Ich habe es zumindest versucht, und herausgekommen ist das. Ich wollte einfach nur, dass du den Text zu sehen bekommst, damit du verstehst, wie sehr ich dich liebe. Und wenn ich einmal ganz mutig bin, hole ich meine Gitarre und singe ihn dir vor.

Egal, wie du dich entscheidest … Du sollst wissen, dass ich dich liebe.

Dein Logan.

Ich zwinkere eine Träne aus dem Auge und lese weiter, denn nun kommt der Songtext.

*Oh Penny, als ich dich erblickte, war es um mich ge-
scheh'n,
doch ein Dämon hielt dich fest und ließ dich nicht zu mir
geh'n.*

*Ich liebe dein Lächeln und das Mal an deinem Bauch,
das will ich auch … um dir noch näher zu sein.*

*Oh Penny, weil ich Sonnenstrahlen mag, mag ich dein
Haar,
das ist klar.
Du bist süß wie Schokopudding und so bezaubernd wie
'ne Fee,
bin ich auch nur eine Sekunde ohne dich, tut es hier drin
so weh.*

*Du bist das Leuchten in der Nacht, bist meine Batterie,
lädst mich auf und gibst mir Kraft,
verlass mich nie.*

*Oh Penny, du bist der Zucker in meinem Kaffee
und die Milch in meinem Tee,
du bist die süßeste Versuchung
und ich schmelze bei dir schneller als Schnee.*

*Doch wie kann ich zu dir kommen,
denn ein Drache hält dich fest,
und Dämonen haben dich in Ketten gelegt.*

*Oh Penny, ich ziehe heute meine beste Rüstung an,
und dann komme ich dich holen,
weil ich nicht ohne dich leben kann.*

*Und dann köpf ich die Dämonen und blase dem Drachen
den Marsch,
und das alles, weil ich dich will.
Ich bin im Arsch …*

*Denn ich weiß nicht, willst du mich wirklich,
oder verderbe ich dir jeden Tag,
weil ich früher mit denselben Dämonen
an einem Tisch gesessen hab.*

*Oh Penny, ich bin Mr Unvollkommen, ein Bad Boy und
Vollidiot,
war ein ganz schön schlimmer Finger,
und dafür gibt es keine Entschuldigung.*

*Doch eines weiß ich: dass ich dich brauch,
du vervollständigst mich, brauchst du mich auch?
Du bist das fehlende Stück meiner Seele,
meine Familie, und so viel besser als ich,
ich liebe dich.*

Oh Penny …

»Meine Güte, ist das kitschig.« Malte fasst sich ans Herz und grinst mich an. »Aber so was von süß. Wenn mir ein Mann das geschrieben hätte, würde mich nichts mehr halten.«

Ich wische mir eine weitere Träne weg und muss lachen. Das ist wirklich süß von Logan, und ja, es ist kitschig, und wie. Ich kann mir nicht vorstellen, dass solche Worte aus seinem Mund kommen und schon gar nicht auf der Bühne. Doch das zeigt mir, dass er wirklich kein bisschen ist wie Marc. Der hat nie so etwas Schönes für mich getan.

»Mir ist noch was eingefallen, was ich an Logan mag«, sagt Malte. »Er ist ganz schön mutig. Ich hätte mich niemals getraut, so etwas Peinliches herzuzeigen.«

»Hey.« Grinsend stoße ich ihm meinen Ellenbogen in die Seite. »Das ist kein bisschen peinlich.« Dass er überhaupt so etwas schreiben kann, obwohl er so lange Zeit keine Liebe erfahren hat. Kein Wunder, dass er ein Verhältnis mit Skyler hatte. Sie hat ihm sicher auch so etwas wie Geborgenheit geschenkt. Und danach kam Fran und hat ihn auch wieder verlassen, genau wie seine Mum und seine Granny. Für einen Mann mit einer verkorksten Kindheit und Jugend ist er erstaunlich sensibel.

Während die anderen Bands spielen, muss ich ständig seinen Brief lesen und fühle mich schäbig, weil ich ihn so lange zappeln lasse. Ich sollte zu ihm gehen, bei ihm bleiben, ihn in die Arme nehmen und ihm sagen, dass ich ihm vergebe, auch wenn er mir nicht alles erzählt hat. Ich kann verstehen, warum. Er hatte solche Angst, mich ebenfalls zu verlieren. Logan wollte mich immer noch, nachdem ich ihm jedes Detail meiner Vergangenheit erzählt habe. Er hat sich nicht vor mir geekelt und es hingenommen, wer ich einmal war und was ich getan habe.

Ich habe auch Drogen genommen und gestohlen … Wie kann ich ihn dann nur verurteilen? Er hat mir gezeigt, dass er sich geändert hat. Ich habe nie seine dunkle Seite gesehen. Er war immer gut zu mir, hat keine Situation ausgenutzt und sich stets zurückgehalten, selbst als ich sternhagelvoll war. Er hätte alles mit mir machen können, doch er war ein Gentleman.

Er ist der Einzige, der wirklich alles von mir weiß und mich trotzdem noch will, und jetzt verurteile ich ihn wegen seiner Vergangenheit?

Nein, ich verurteile ihn nicht, und es fällt mir so schwer, ihn nicht zu lieben!

Ich stelle ihn mir als kleinen Jungen vor, alleingelassen und traurig. Er sollte nie wieder der einsame Junge sein.

Als mich Malte plötzlich an seine Brust zieht, merke ich erst, dass ich weine.

»Penny, wenn du diesen Mann sausen lässt, bist du nicht gescheit. Ich kenne keinen Kerl, der seine Gefühle so zum Ausdruck bringen kann und sich auch noch traut, das aufzuschreiben. Sag ihm, was du empfindest, und dann lass dich von deinen Eltern am Arsch lecken.«

Wenn Malte nur wüsste, wie kompliziert es ist und wie sehr ich Logan will. Vielleicht könnten wir eine heimliche Beziehung führen? Niemand müsste etwas mitbekommen.

»Hey!« Malte streichelt über meinen Rücken. »Sie sind dran!«

Ich wische mir die restlichen Tränen aus dem Gesicht und blicke zur Bühne. Nicht nur Logan trägt alte, abgenutzte Kleidung oder zumindest welche, die danach aussehen soll, auch Joey, Will, Jacob und Puppy, der sich hinter das Schlagzeug setzt. Ihre Haare stehen in sämtliche Richtungen, und Joey, der große, hagere Gitarrist, hat sich sogar die Lider rötlich umrahmt. Er erinnert mich an einen Junkie.

Will, der die Bassgitarre spielt, hat einen schwarzen Ledermantel an, und Jacob hat seine Nerdbrille heute offenbar gegen milchige Kontaktlinsen eingetauscht. Er sieht aus, als wäre er blind.

Logan schaut kurz in unsere Richtung, doch ich weiß nicht, ob er uns erkennen kann, denn die Scheinwerfer werden ihn sicher blenden.

Ich bin wirklich gespannt, was sie vortragen, denn ein selbst komponiertes Lied ist Voraussetzung, um bei diesem Wettbewerb mitmachen zu dürfen. Die fünfköpfige Jury, bestehend aus Produzenten, Sängern, Musikern und anderen wichtigen Leuten der Branche, sitzt vor der Bühne, und ich drücke den *Crazy Stallions* fest die Daumen. Es gibt keine Alterskategorien, alle freien Bands, die keine Plattenverträge haben und deren Mitglieder volljährig sind, sind zugelassen.

Joey fängt an, auf der E-Gitarre ein paar tiefe Töne zu spielen, dann setzt Puppy mit dem Schlagzeug ein und gibt gemeinsam mit Joey den Takt vor. Die anderen Instrumente folgen. Klingt nach etwas Rockigem. Logan wippt kurz zum Rhythmus mit dem Kopf, bevor er sich das Mikro vors Gesicht hält und singt: »Wenn dich das Leben fickt, fick es zurück und zeig ihm den Stinkefinger ...«

Wow, so etwas Hartes habe ich von den Jungs bisher selten gehört. Ich vermute, dass der Song teilweise von ihrer Vergangenheit erzählt, denn er handelt von einem Leben auf der Straße, Bandenrivalitäten und dem harten Kampf ums Überleben, wenn man ganz unten ist. Der Rocksong klingt gut und ist ehrlich. Zusammen mit dem Brief in meiner Hand, bringt er mich erneut zum Weinen. Auch wenn Logan nicht auf der Straße leben musste, hatte er nicht viel Spaß, und wenn ich ihn auch noch fallen lasse ...

Nein, das werde ich nicht. Ich liebe ihn, und ich habe ihm das kein einziges Mal wirklich gesagt!

Als das Lied vorbei ist und nicht nur Malte und ich wie verrückt klatschen, sage ich zu ihm: »Ich muss zu Logan!«

»Wird auch Zeit!«, ruft Malte und lässt mich ziehen.

Ich bahne mich durch die Menschenmassen, während bereits die nächste Gruppe die Bühne betritt. Das Ergebnis des Wettbewerbs wird erst eine Stunde, nachdem alle ge-spielt haben, bekannt gegeben, und noch sind mehrere an der Reihe.

Ich entdecke eine Doppeltür aus Stahl in der Nähe der Bühne und vermute, dass sich dort die Jungs aufhalten. Da es keine Aufpasser gibt, ziehe ich einfach einen Flügel auf und befinde mich in einem langen, breiten Gang. Überall stehen Musiker – Frauen und Männer aller Altersgruppen – mit ihren Instrumenten und warten auf ihren Auftritt. We-gen Logans Brief habe ich kaum mitbekommen, was sich bisher getan hat.

Mehrere Flachbildfernseher an den Wänden übertragen die Auftritte, und ich vermute, dass es noch eine Art Hin-terzimmer oder Pausenraum geben muss, weil ich Logan und die anderen nirgendwo erblicke. Obwohl der eine Typ, der zwei Meter vor mir steht, von hinten fast wie Lo-gan aussieht. Bloß hat er eine Gitarre umgehängt und trägt andere Kleidung: eine glänzende Lederhose und eine Wes-te. Seine nackten Arme sind fast vollständig tätowiert, und mein Herz bleibt beinahe stehen, weil mir die bunten To-tenköpfe bekannt vorkommen.

Als ich an ihm vorbeigehe, dreht sich der Mann um und grinst mich an. »Penny!«

Oh Gott … Augenblicklich wird mir schlecht und ich schwanke. Marc hat sich nicht verändert; er sieht immer noch so gut aus wie an dem Tag, als ich ihn verlassen habe. Nur seine Haare sind ein wenig länger.

»Bist du gekommen, um mir zuzusehen?«, fragt er und macht einen Schritt auf mich zu. »Hast du mich vermisst?«

Wie gelähmt stehe ich mitten im Gang und werde stän-dig angerempelt, aber ich kann mich nicht bewegen. Hin-ter Marc erkenne ich die anderen Bandmitglieder: Norman,

Alfie, Scott, Dylan …

Sie alle liegen neben mir auf dem kalten Boden, ich bin nackt, Marc auch, und Norman ebenfalls. Die anderen waren noch teilweise bekleidet. Der Albtraum spult sich zum unendlichsten Mal vor meinem inneren Auge ab. Haben sie alle mit mir geschlafen, während ich so high war, dass ich mich an nichts mehr erinnern kann?

»Wer ist das, Marc?« Eine große Blondine taucht in meinem Blickfeld auf. Sie trägt Hotpants, High Heels und ein knappes, bauchfreies Top.

»Nur eine alte Bekannte, Babe. Holst du uns was zu trinken?«

»Ist gut«, säuselt sie mit ihrer hohen, nasalen Stimme und wackelt davon.

Marc gibt Norman seine Gitarre und wendet sich wieder mir zu. »Hey, Babe, hast du geweint?« Sein Lächeln erlischt und er drängt mich mit dem Rücken gegen die Wand. »Bist du unglücklich? Ich kann dich glücklich machen, Babe. Ich habe alles, was du brauchst. Mich und verdammt guten Stoff.«

»Ich bin nicht mehr dein Babe«, zische ich und bekomme kaum noch Luft. Marcs Atem streift mein Gesicht; er riecht nach Bier und Zigarettenrauch. »Und ich bin nicht deinetwegen hier«, setze ich matt hinzu und drücke die Hände gegen seine nackte Brust. Leider fühle ich mich so schwach, dass ich mich nicht von ihm lösen kann. Der Gang verschwimmt, die Geräusche um uns herum werden zu einem Rauschen, danach verstummen sie völlig, als hätte ich Stöpsel in den Ohren. Marcs Lippen bewegen sich, ich vernehme jedoch keinen Ton, höre lediglich mein wild schlagendes Herz und spüre seine heiße, leicht feuchte Haut unter meinen Fingern.

Weitere Bilder entstehen in meinem Kopf. Marc auf mir, sein nackter Körper, der sich an mir reibt. Dann liege ich erneut nackt auf dem Boden und er steht lachend über mir und filmt mich.

Meine Knie zittern und wollen mich nicht mehr tragen; meine Arme werden so schwer, dass ich sie fallen lasse. »Marc«, flüstere ich. »Geh einfach …«

In diesem Moment wird er von mir weggerissen und ich blicke in Logans zornentbranntes Gesicht. Niemals zuvor habe ich ihn so wütend erlebt. Er hat die Augen zusammengekniffen, und zwei tiefe Furchen haben sich zwischen seinen Brauen gebildet.

»Nimm deine dreckigen Pfoten von ihr!«, ruft er, sodass sich alle Umstehenden zu uns drehen und das Stimmengewirr um uns herum abnimmt.

»Logan«, wispere ich und bin unendlich froh, dass er hier ist.

»Ist das dein neuer Stecher, Penny?« Marc stolpert zurück, und seine Jungs bauen sich sofort neben ihm auf, wobei sie uns grimmig anstarren.

Puppy, Joey, Will und Jacob stehen auf unserer Seite. Logan legt einen Arm um mich und ich lehne mich an ihn und schiebe eine Hand unter seine Lederjacke. Er muss sie hinter der Bühne angezogen haben. Niemals war ich glücklicher, ihn zu sehen.

»Wenn du sie noch einmal berührst, bringe ich dich um«, knurrt Logan und seine Finger ballen sich zur Faust.

Marc lächelt überheblich und wirft einen siegessicheren Blick auf mich. »Ich habe Penny nicht zum Heulen gebracht, sondern zum Schreien.«

»Du Wichser!« Als Logan nach vorne stürmen will, klammere ich mich an seinen Arm. »Er ist den Ärger nicht wert.«

Ich will nicht, dass er meinetwegen Probleme bekommt. Er war schon einmal vorbestraft.

»Gibt's ein Problem?« Als plötzlich zwei hünenhafte Security-Männer zwischen Marc und Logan treten, weichen wir zurück.

»Alles okay, Leute«, sagt Marc schief grinsend. »Nur ein stürmisches Wiedersehen unter Freunden.«

»Nichts ist okay«, murmelt Logan, doch die Wachleute haben es offenbar nicht verstanden.

Sie werfen noch einmal finstere Blicke auf uns, sagen: »Wenn ihr euch weiter so aufführt, fliegt ihr raus«, und gehen an uns vorbei.

Ein Beben läuft durch Logans Körper. »Du hast Glück, dass du mir nicht woanders begegnet bist. Sonst würdest du jetzt nicht mehr stehen.«

»Was hast du für ein Problem, Alter?« Marc tut überrascht. »Du hast das Mädchen, alles ist gut.«

»Ich weiß, was du ihr angetan hast«, sagt Logan düster, und mir wird wieder schlecht. Ich will nicht, dass jemand erfährt, was zwischen mir, Marc und seinen Jungs passiert ist.

Mein Griff um Logans Arm wird fester. »Nicht ...«

Doch er schaut sich schnell um, ob die Security außer Sichtweite ist, dann packt er Marc am Kragen. »Du schuldest Penny eine Erklärung und eine fette Entschuldigung.«

»Weswegen?«

»Spiel nicht den Dummen!«

Als Marcs Band-Kumpel dicht an uns herankommen, hebt Marc die Hand und sie bleiben stehen.

»Hey, wovon spricht der Typ?«, will Norman wissen.

»Alte Geschichte zwischen Penny und mir«, antwortet Marc schief grinsend.

»Und die werden wir jetzt klären.« Logan schubst ihn zwischen seinen Jungs hindurch in einen abzweigenden Nebengang, der zu einem Notausgang führt.

»Sachte, Alter«, sagt Marc giftig, während uns seine und Logans Freunde folgen. Sie sprechen durcheinander und haben keine Ahnung, was los ist.

Logan reißt die Tür auf, und ich bin froh, dass kein Alarm losgeht. Draußen ist es düster, obwohl es erst Nachmittag ist, und es weht ein kühler Wind. Typisches Aprilwetter, dabei haben wir schon Mai. Die Kälte kriecht sofort unter meinen Pullover.

»Hey, wir sind in zehn Minuten dran! Also sag, was Sache ist.« Marc reißt sich von ihm los und bleibt draußen neben der Tür stehen. Wir sind uns offenbar hinter dem Gebäude. Ich erkenne nur eine weitere Betonwand vor uns, vor der sich ein hoher Maschendrahtzaun befindet. Schilder kennzeichnen den Fluchtweg.

»Willst du das vor allen diskutieren?«, fragt Logan unwirsch.

Marc streicht sich über die nackten Arme und wendet sich an seine Jungs, die mit Logans Bandmitgliedern an der Tür warten. »Ihr könnt wieder reingehen, bin gleich bei euch.«

Logan nickt seinen Leuten zu, die Tür schließt sich und wir drei sind allein. Schon packt Logan Marc erneut am Kragen und drückt ihn mit dem Rücken gegen die Wand.

»Logan …« Ich lege meine Hand auf seinen Arm, aber er weicht nicht zurück. »Lass es gut sein.«

»Der Mistkerl wird dir jetzt sagen, was passiert ist.«

»Erst nimmst du deine schmierigen Hände von mir weg«, knurrt Marc, und ich stoße einen Schrei aus. Er hält eine kurze Klinge seitlich an Logans Bauch. Offenbar hatte er das Messer am Gürtel oder in der Hosentasche. Logan trägt zwar seine Lederjacke über dem T-Shirt, aber wenn Marc kraftvoll zustößt …

Logan lässt ihn los, weicht jedoch nur einen halben Schritt zurück. Er zeigt keinerlei Furcht. »Hättest du Penny auch mit dem Messer bedroht, wenn deine Freunde sie nicht hätten ficken dürfen?«

Ich zucke bei seinen Worten zusammen und mein Gesicht erhitzt sich. Ansonsten ist mir eiskalt. Ich bleibe hinter Logan stehen und ringe um Atem.

»Was hat sie dir denn erzählt?«, fragt Marc wütend. »Ich dachte, sie hätte immer ihren Spaß gehabt.«

»Nicht, als du ihr Roofies verabreicht hast. Und danach hast du sie mit dem Video eurer Orgie erpressen wollen, damit sie dir noch mehr Geld für Drogen besorgt!«

»Ach, darum geht es.« Marc hört sich tatsächlich so an, als hätte er keine Ahnung gehabt – was ich ihm nicht abnehme! »Es gab nie eine Orgie, oder glaubst du ernsthaft, ich würde jeden über mein Mädchen kriechen lassen? Ich allein hab sie gefickt, als sie nackt neben meinen Kumpels lag. Ich war high und geil und dann kam ich auf die verrückte Idee mit dem Video. Und es war ein irrer Kick, sie zwischen meinen betrunkenen Freunden zu ficken. Die haben doch nichts mitbekommen!«

»Penny aber auch nicht! Du hast ihr die Würde genommen und ihr diese verdammte Vergewaltigungsdroge gegeben, damit du sie erpressen kannst!«

Langsam trete ich hinter Logan zur Seite, sodass ich Marc wieder sehen kann. Er hält das Messer noch in der Hand, lässt den Arm zum Glück hängen.

»D-du allein warst es?« Ich kann kaum sprechen und weiß nicht, ob ich noch wütender auf ihn sein soll oder erleichtert, weil mich seine Freunde nie angefasst haben. Aber die Wut siegt, schließlich hat er diese widerliche Situation bewusst herbeigeführt und mich benutzt wie eine Gummipuppe. »Du hast mich glauben lassen, dass ...« Mein Magen verkrampft sich und ich schmecke bittere Galle. »Ich war deswegen in Therapie, du Arschloch! Wegen deiner Lügen und den Drogen. Du hast mein Leben zerstört!«

»Jetzt tu nicht so, als hätte es dir nicht bei mir gefallen!« Er schiebt die Weste zur Seite und steckt das Messer in ein Holster an seinem Gürtel. »Du warst doch die immergeile Schlampe, die nach mehr gefleht hat!«

Ich schüttle den Kopf. »Das ist nicht wahr.« Ja, es hat mir am Anfang sehr gefallen bei ihm und in dieser völlig anderen Welt ohne Verpflichtungen und Konventionen, aber als es immer extremer wurde ...

»Außerdem schuldest du mir noch ein neues Handy!«

Da holt Logan aus und rammt ihm die Faust in den Unterleib, sodass er stöhnend in die Knie geht.

»Logan!« Ich klammere mich erneut an ihn, aus Angst, dass er Marc verprügeln wird, doch er nimmt meine Hand und zieht mich zur Tür. Zu Marc sagt er grollend: »Penny schuldet dir nichts, du Wichser. Du hast wirklich Glück, dass ich heute einen guten Tag habe und nicht zur Polizei gehe.« Er klopft an, und Puppy öffnet von innen die Tür. »Und jetzt spiel schön.«

Marc schiebt sich an uns vorbei und macht dabei ein solch böses Gesicht, dass ich hoffe, Logans Aktion wird kein Nachspiel haben. Marc hält jedoch den Mund und wird – hoffentlich – auch seinen Freunden nicht erzählen, worum es gerade ging. Schließlich hat er sie auch nackt gefilmt und in gewisser Weise für seine Zwecke missbraucht.

»Was ist denn los, Baby?«, höre ich im Hintergrund die schrille Stimme von Blondie.

»Alles bestens, Babe. Lasst uns auf die Bühne gehen …«

Nachdem Marc weg ist, fragt Puppy uns: »Alles okay?«

Ich bejahe schwach und Logan antwortet: »Wir brauchen noch ein paar Minuten.«

Puppy nickt, schließt die Tür und ich stehe mit Logan allein draußen. Er legt mir seine Lederjacke um und zieht mich an seinen warmen Körper.

Ich kralle die Finger in sein T-Shirt, nehme einen tiefen Atemzug von seinem unwiderstehlichen Duft und fange an zu schluchzen. Ich kann die Tränen nicht aufhalten und fühle mich, als sei eine große Last von mir gefallen. Endlich habe ich Gewissheit, was an diesem grauenvollen Tag wirklich geschehen ist.

»Hey … scht …«, macht Logan und küsst mich aufs Haar.

»I-ich werde das Marc nie verzeihen«, sage ich abgehackt. »Er ist und bleibt ein Schwein!«

»Du kannst ihn immer noch anzeigen.«

»Nein, ich will nur vergessen. Ich habe mich so schmutzig gefühlt deswegen und mich unendlich geschämt.«

»Aber du warst stark und hast es allein aus dieser Hölle geschafft. Ich bin stolz auf dich.«

»Vielleicht auch nur wegen Marcs ekelhafter Aktion«, gestehe ich Logan. »Dieses schreckliche Ereignis hat mich aufgerüttelt. Ansonsten wäre ich vielleicht immer noch bei ihm oder längst an einer Überdosis gestorben.« Und ich hätte Logan niemals kennengelernt.

»So hat auch alles Schlechte etwas Gutes«, murmelt er.

Spricht er von sich?

Ich hebe den Kopf, um ihm ins Gesicht zu blicken. »Ich

bin so froh, dass du in mein Leben getreten bist. Und ich liebe dich dafür, dass du mich nicht aufgegeben hast, selbst als du gedacht hast, dass Marcs ganze Band mit mir …« Meine Stimme bricht, aber ich muss ihn weiterhin ansehen.

Ungläubig starrt er mich an, bevor sich ein Lächeln über sein Gesicht zieht. »Du liebst mich?«

»Natürlich liebe ich dich. Und das sage ich jetzt nicht nur, weil du Marc zur Rede gestellt hast. Ich wollte zu dir kommen, nachdem ihr gespielt habt, weil ich es dir längst sagen wollte, doch Marc hat mich aufgehalten.«

»*Natürlich* liebt sie mich!«, ruft er und lacht. Dann umfasst er meine Wangen mit seinen warmen Händen und küsst mich so zärtlich, dass er den Schwarm Kolibris in meinem Bauch aufwirbelt.

»Ich liebe dich auch, Penny.«

»Ja, das tust du«, sage ich, und neue Tränen perlen über mein Gesicht. Logan ist ein wunderbarer Mensch. »Und ich bin glücklich mit dir. Ohne dich kann ich mir keinen guten Tag mehr vorstellen.«

Er umarmt mich und wirbelt mit mir herum. Als er mich absetzt, dreht sich in meinem Kopf immer noch alles, und wir grinsen uns an. Ich könnte nicht nur ihn umarmen, sondern die ganze Welt.

»Warum wolltest du zu mir kommen?«, fragt er. »Um mir zu sagen, wie schrecklich mein Penny-Song geworden ist?«

»Er ist total süß!«

»Süß«, wiederholt er schief grinsend. »Das hat dieselbe Bedeutung wie nett. Und was das bedeutet, wissen wir beide.«

»Nein, wirklich nicht!« Schmunzelnd hole ich Luft. »Ich wollte dir sagen, dass ich mich für dich entschieden habe. Ich frage mich, was es da so lange zu überlegen gab, aber …«

»Stopp.« Er drückt mich an den Schultern zurück und mustert mich ernst. »Das heißt, du hast dich gegen deine Eltern und das Erbe entschieden?«

»Du bist mir wichtiger, Logan, wichtiger als alles Geld der Welt.«

»Auch wichtiger als deine Eltern?«

Mein Herz ballt sich zusammen und ich senke den Blick. »Ich werde noch mal mit ihnen reden; irgendwann, wenn sich die Wogen geglättet haben. Können wir solange unsere Beziehung geheim halten?«

»Auch vor unseren Freunden?«

Seufzend lehne ich mich gegen ihn. »Du hast recht. Ich will ihnen nichts vormachen. Wir haben so tolle Freunde, die sich um uns sorgen. Ich werde morgen zu meinen Eltern fahren und ihnen alles erklären.«

»Und ich komme mit. Sie sollen es mir ins Gesicht sagen, dass ich nicht gut genug für dich bin. Und dann werde ich ihnen erzählen, was sie für eine wunderbare Tochter verlieren. Falls sie wirklich so dumm sind und sich von dir abwenden.«

Ich hoffe so sehr, dass es für uns noch ein Happy End gibt. Ich will endlich mein Leben wieder auf die Reihe bekommen – mit Logan und meinen Eltern.

Lang atme ich aus, während ich mich von hinten an Penny kuschle. Im Wohnheim ist es sonntagmorgens ruhig, aber ich kann trotzdem nicht mehr schlafen. Gestern war ein viel zu verrückter Tag, der mir nicht aus dem Kopf geht.

Das Universum scheint endlich auf meiner Seite zu stehen: Penny und ich sind wieder ein Paar, sie hat Gewissheit, was wirklich geschehen ist und außerdem haben meine Jungs und ich einen Volltreffer gelandet! Zwar haben wir beim Battle nicht den ersten Platz gemacht und das Geld gewonnen – das ging an eine Jazz-Band –, trotzdem hat unser Song einem Produzenten, der in der Jury saß, so gut gefallen, dass wir kostenlos ein Profi-Aufnahmestudio nutzen dürfen. Das ist Gold wert!

Marc und seine Band waren auch nicht schlecht und haben den fünften Platz belegt, was mich irgendwie wurmt. Aber wir haben einen Tick besser abgeschnitten und bis spät in die Nacht gefeiert. Penny ist nicht mehr zu Amy gefahren, wie sie erst vorhatte, sondern Amy und Jason sind zu uns ins *Blues* gekommen. Es war ein toller Abend, der mich von dem bevorstehenden Gespräch mit ihren Eltern abgelenkt hat.

Penny hatte gestern nach dem Battle noch Kleidung aus ihrer Wohnung geholt und zu Hause Bescheid gegeben, dass sie heute vorbeisehen wird. Dabei hat sie mit keinem Wort erwähnt, dass ich auch anwesend sein werde; schließlich sollen ihre Eltern nicht gleich abblocken. Tony wird uns in zwei Stunden in der Nähe des Wohnheims abholen. Penny hat ihn gestern ebenfalls angerufen, damit er nicht in ihrer Straße wartet.

»Bist du auch wach?«, fragt sie und dreht sich in meinen

Armen um.

»Ich habe die halbe Nacht kein Auge zugetan.«

»Gestern war auch echt viel los.«

»Hm«, brumme ich. »Und jetzt habe ich richtig Bammel vor dem Gespräch.«

»Musst du nicht, letztendlich bin ich diejenige, deren Leben meine Eltern ruinieren wollen.«

»Und wenn deine Mum die Hunde auf mich hetzt?« Ich erinnere mich gut daran, dass sie das bei Marc machen wollte.

Grinsend hebt Penny die Brauen. »Chip und Chap? Keine Sorge, die hören mehr auf mich als auf Mum.«

»Das beruhigt mich ein wenig.«

»Tatsächlich mögen sie Mum nicht, doch Dad folgen sie aufs Wort.«

Ich schlucke. »Aber nur, wenn er sie Chip und Chap nennt?«

»Gut aufgemerkt«, sagt sie lächelnd.

Da ich lediglich eine Shorts trage und sie eins meiner Shirts anhat, umschlingen sich unsere nackten Beine unter der Decke. Penny schmiegt sich an meine Brust und streichelt meinen Arm. »Hoffentlich kann ich wenigstens meinen Vater überzeugen, dass du deine Vergangenheit ebenso hinter dir gelassen hast wie ich meine.«

Das hoffe ich auch.

»Ich weiß nicht, wie ich die Zeit bis Tony uns abholt überstehen soll, ohne verrückt zu werden.« Flehentlich blickt sie mich an. »Bist du aktuell in der Lage, mich mit wildem Sex abzulenken?«

Ich strecke mich grinsend. »Bist du sicher, dass du das willst?«

»Ich weiß nur, dass ich dich will.« Sie rollt sich auf mich, legt erneut den Kopf an meine Brust und gähnt. »Gegen ein paar Stufen sanfter hätte ich nichts einzuwenden.«

»Sanft klingt sehr gut.« Ich umarme sie, genieße ihr Gewicht und ihre Wärme auf mir, und streichle ihren Rücken. Zögerlich sage ich: »Mir ist egal, wie heftig wir Sex haben; ich möchte dich nur noch einmal von Anfang bis Ende dabei ansehen.« Sie hat das bisher ein einziges Mal zugelassen, nach dem ersten Besuch bei ihren Eltern. Penny war regelrecht high, weil alles so gut abgelaufen war. »Aber das hat Zeit.« Ich werde warten, bis sie so weit ist.

»Okay«, sagt sie zu meiner Überraschung. »Ich bin so nervös wegen später, dass ich jetzt zu allen Schandtaten bereit bin. Hauptsache, du lenkst mich ab.«

»Echt?« Sofort strömt sämtliches Blut eine Etage tiefer und Penny kichert.

»Du scheinst auf jeden Fall ziemlich heiß darauf zu sein.«

»Dieser verdammte Verräter«, murmele ich.

Sie hebt den Kopf, rutscht höher und küsst mich. »Dein Stimmungsbarometer kann wirklich praktisch sein.«

»Oder unpraktisch in unmöglichen Augenblicken. Schließlich möchte *Mann* nicht immer zeigen, wie es um ihn bestellt ist.«

»Ich freue mich, dass *er* mich mag.« Schmunzelnd küsst sie meine Nasenspitze und ich grinse breit zurück.

»Mögen ist gar kein Ausdruck.«

Ich streife ihr das Shirt über den Kopf und streichele sie weiter, während wir uns langsam und tief küssen. Meine Lippen prickeln bei jeder Berührung, und die Angst vor ihren Eltern wird in den Hintergrund gedrängt.

Ich lasse meine Hände nach unten wandern und knete sanft ihre Pobacken, über die sich ein knapper Slip spannt. »Da stört noch was«, raune ich.

Penny rollt sich von mir herunter und ich mache ihr Platz, damit sie sich neben mir ausstrecken und ausziehen kann. Als sie nackt neben mir liegt und ich einfach nicht genug davon bekommen kann, sie anzusehen, schließt sie die Lider.

»Was dagegen, wenn ich die Augen zulasse?«, fragt sie, wobei sich ihre Wangen röten.

»Natürlich nicht.« Ich knie mich neben sie und lasse meine Hände von ihrem Hals abwärts über ihren wunderschönen Körper gleiten. Ich weiß gar nicht, wo ich zuerst anfangen soll, um ihr etwas Gutes zu tun. Deshalb beuge ich mich über ihre Brüste und lecke über ihre Nippel, die sich mir sofort frech entgegenrecken.

Als Penny ihre Hand ausstreckt und meinen Schwanz streift, drücke ich ihren Arm zurück. »Lass dich verwöhnen und genieße.«

»Okay.« Lächelnd bleibt sie liegen und hält die Augen weiterhin geschlossen. Also streichle ich sie und streife immer wieder ihre erogenen Zonen. Tatsächlich dauert es nicht lange und ihre Atmung beschleunigt sich. Allerdings blinzelt sie ständig und ich merke, dass sie sich nicht ganz fallen lassen kann. Das Gespräch mit ihren Eltern lässt auch sie nicht los.

Ich weiß nicht, ob ihr dasselbe helfen würde wie damals mir, als Skyler mich gefesselt hatte. Erst dann konnte ich alles vergessen. Bei Penny sieht es wohl leider etwas anders aus, aber vielleicht können wir etwas Ähnliches versuchen. »Darf ich etwas ausprobieren?«, frage ich.

»Was?«

»Ich möchte dir die Augen verbinden, weil du ständig schummelst.«

»Na gut.«

»Nur womit?« Ich blicke mich im Zimmer um. In Filmen benutzen sie oft Krawatten, doch ich fürchte, damit kann ich nicht dienen.

Penny schielt zu dem Schal, der mit ihrem Mantel neben der Tür hängt, und ich hole ihn grinsend. Dabei starrt sie auf meine Erektion, die bei jedem Schritt wippt. »Wir Frauen haben es wirklich einfacher.«

Dafür kann ich deine Lust riechen und werde gleich von dir kosten, möchte ich sagen, aber ich halte mich lieber zurück.

Ich lasse den weichen Seidenschal über meine Finger gleiten, bevor ich ihn falte und über ihre Augen lege. Danach verknote ich den Stoff an der Seite ihres Kopfes, damit nichts stört.

Wahnsinn, ist das ein heißer Anblick.

»Und die Hände lässt du genau hier«, befehle ich sanft und winkle sie neben ihrem Kopf an.

Sie atmet schneller und bewegt unruhig die Beine. Deshalb drücke ich ihre Schenkel auseinander und hocke mich dazwischen. Dann küsse ich vorsichtig ihren Venushügel.

Penny hat sich rasiert und nur einen schmalen Streifen stehen gelassen. Ihre Schamlippen sind geschwollen und dunkler, und als ich sie auseinanderziehe, glitzert Feuchtigkeit dazwischen. Ich rieche ihr Aroma und kann nicht widerstehen, meine Zunge in ihre sämige Nässe zu dippen.

Penny holt scharf Luft, drückt sich mir jedoch entgegen. Deshalb lecke ich fest durch ihr feuchtes Tal und sauge behutsam an ihrer Klit. Penny windet sich und atmet schwerer.

Sie ist hingebungsvoll und unglaublich sexy.

Während ich mit beiden Händen ihre Brüste massiere, lecke ich sie härter und schneller. Sie wird feuchter und stöhnt meinen Namen. Und als sie zum Höhepunkt kommt, presst sie ihr Geschlecht an mein Gesicht. Daher lecke ich, bis sie sich entspannt, und küsse danach zart ihre Schamlippen. Anschließend lege ich mich auf sie, stütze mich auf den Ellbogen ab und lasse sie von ihrem Geschmack kosten.

Grinsend verzieht sie den Mund. »Ich mag mich nicht schmecken.«

»Du schmeckst gut.«

»Du leidest an Geschmacksverirrungen«, sagt sie süffisant, und ich antworte: »Das denke ich nicht.« Dann gleite ich in ihre enge Hitze und entlocke Penny einen neuen Seufzer. Sie streichelt über meinen Kopf, während ich mich sanft in ihr bewege und weiß: Hier bin ich zu Hause. Ich will sie ganz langsam und mit Gefühl nehmen, weil ich schon kurz vor dem Orgasmus stehe, es jedoch so lange wie möglich auskosten möchte.

Und als es so weit ist, muss ich sie unentwegt ansehen. Auch wenn sie die Augen verbunden hat und ich dadurch schwerer erkenne, ob sie es auch wirklich genießt, weiß ich, dass sie es tut. Denn sie erreicht ein weiteres Mal den Höhepunkt, gemeinsam mit mir.

Ich liebe dich so sehr, meine tapfere Penny, denke ich, als ich mich seitlich an sie schmiege und ihr den Schal abnehme.

Sie lächelt entspannt zurück und ich wünsche mir, noch viele solcher wunderschönen Momente mit ihr erleben zu dürfen.

***

Pennys Eltern haben erwartet, dass sie zum Lunch kommt, daher stehen wir vor der Tür des Grünen Salons, halten uns an den Händen und atmen tief durch.

»Bereit?«, fragt Penny flüsternd. Sie trägt heute kein Kostüm, sondern eine dunkelbraune Stoffhose und eine cremeweiße Bluse. Ihren dünnen Mantel hat sie bei Tony im Wagen gelassen und ihn gebeten, sich bereit zu halten, falls wir gleich wieder zurückfahren müssen. Offiziell weiß er nicht, was zwischen Penny und ihren Eltern vorgefallen ist. Aber ich wette, er hat zumindest eine Ahnung, denn er hat uns mitfühlend angeblickt. Angestellte haben ihre Augen und Ohren schließlich überall.

Ich habe mich gekleidet wie beim letzten Mal und erneut meinen Ring aus der Nase genommen, in der Hoffnung, wenigstens einen Bonuspunkt sammeln zu können. »Bereit«, antworte ich. Bringen wir es hinter uns.

Sie klopft, dann treten wir ein. Ihre Eltern sitzen bereits am Tisch und essen Roast Beef, während von draußen der Regen gegen die Scheibe prasselt.

»Du bist ein wenig zu spät, Penelo…« Ihrer Mutter bleibt der Mund offen stehen, als sie mich sieht. Sie lässt das Besteck fallen, springt auf und fragt hysterisch: »Was macht der hier?«

»Bitte beruhige dich, Mum.« Penny zieht mich tiefer in den Raum und schließt die Tür. »Wir wollen mit euch reden.«

Das entsetzte Gesicht ihrer Mutter spricht Bände: Sie hasst mich und hält mich für einen Verbrecher.

Pennys Dad ist sitzen geblieben, starrt jedoch fast genauso finster zu uns. »Du hättest uns sagen können, dass du Logan mitbringst.«

Na toll … Mein Magen ist ein einziger Klumpen. Ich zerquetsche bestimmt fast Pennys Hand, aber sie lässt sich nichts anmerken.

»I-ich hatte Angst, dass ihr …« Sie nimmt einen hektischen Atemzug und sagt: »Ich möchte, dass ihr euch noch mal alles überlegt und Logan besser kennenlernt. Er ist nicht mehr der Junge von früher. Er ist fleißig und klug, nimmt keine Drogen, hat sich alles im Leben hart erkämpft und würde mir niemals wehtun.«

Ihre Worte legen sich wärmend um mein verkrampftes Herz. Vehement versuche ich, den Kopf nicht zu senken, doch es fällt mir sehr schwer, abwechselnd ihre Eltern anzuschauen.

»Ich habe Logan wochenlang die kalte Schulter gezeigt, weil ich dieselben Vorurteile hatte wie ihr. Aber dann habe ich ziemlich schnell herausgefunden, was für ein wunderbarer Mensch er ist. Ja, er hat Mist gebaut, doch das habe ich auch und ihr habt mir noch eine Chance gegeben. Gebt ihm auch eine.«

Ihre Mutter lässt sich in den Stuhl zurücksinken und sagt in einem gefassteren Ton: »Raus. Alle beide!«

»Brigitte«, wirft Pennys Vater ein. »Lass sie erst einmal fertig sprechen.«

»Ich will sie nie wieder sehen!«

Penny neben mir zuckt zusammen und ringt um Beherrschung. Ihre Augen füllen sich mit Tränen.

Plötzlich werde ich so wütend, dass ich dieser Rabenmutter am liebsten alles Mögliche an den Kopf werfen möchte. »Ihr Leben lang haben Sie Penny vorgeschrieben, was sie tun oder lassen soll. Haben Sie schon mal daran gedacht, dass *Sie* Ihre Tochter vertrieben haben? Dass Penny sich deshalb von Ihnen abgewendet und Drogen genommen hat, weil sie das alles nicht mehr aushalten konnte? Und jetzt, nachdem sie ihr Leben neu geordnet hat, wollen Sie Ihre Tochter verstoßen? Weil Penny jemanden liebt, der

Ihnen nicht gefällt? Was sind Sie bloß für ein Mensch?«

Ihre Mum reißt die Augen auf. »Was erlauben Sie sich!«

»Das ist nur die Wahrheit«, sage ich möglichst fest, um das Zittern in meiner Stimme zu unterbinden. »Penny ist erwachsen, und sie hat selbst entschieden. Ich werde sie nicht fallen lassen. Wir werden gemeinsam unseren Weg gehen, ohne Ihr blödes Geld. Decken Sie sich damit zu und werden Sie glücklich!«

Mr Aubigny beobachtet still und mit gerunzelter Stirn unser hitziges Gespräch. Kann er sich nicht durchsetzen, verdammt? Er scheint nicht so unvernünftig zu sein wie seine Frau.

Mrs Aubignys Kinn zittert, und sie starrt mich so fuchsteufelswild an, dass sie vermutlich jede Sekunde explodieren wird.

»Gehen wir«, sagt Penny leise und zieht an meiner Hand. Tränen laufen über ihre Wangen. Sie wirft einen letzten Blick auf ihren Dad, wispert »Bye« und eilt nach draußen in den Flur. Sie läuft die Treppen nach unten und stolpert beinahe. Erst unten im Foyer hole ich sie ein und halte sie fest.

»Hey ...« Ich will sie umarmen, doch sie drängt zur Tür. »Willst du noch was aus deinem Zimmer holen?«, frage ich, aber sie schüttelt schluchzend den Kopf.

»Ich will nur noch weg.«

Ja, ich auch. »Wir schaffen das schon. Gemeinsam sind wir stark.«

»Du bist für uns zwei stark, Logan«, murmelt sie, als wir in den Regen hinaustreten und auf den Mercedes zugehen. »Ich weiß nicht, ob ich es bin.«

Ich schleudere meine Handtasche auf Logans Bett und hole meine Kreditkarte aus dem Geldbeutel.

»Hast du eine Schere?«, frage ich ihn.

Er zieht eine Schublade an seinem Schreibtisch auf und reicht sie mir wortlos, bevor er sich in seinen Drehstuhl setzt.

»Sie wollen einen Schnitt? Den können sie haben!« Resolut teile ich die Plastikkarte in zwei Hälften und werfe sie in den Mülleimer neben Logans Tisch.

Auf der Fahrt nach Hause hatte ich mir noch überlegt, die restlichen 900 Pfund, die auf meinem Konto sind, abzuheben, bevor meine Eltern es sperren. Dann habe ich mich aber dagegen entschieden. Mum und Dad wollen nichts mehr von mir wissen und ich nicht von ihnen! Ich habe zwar nur noch 50 Pfund in meinem Portemonnaie, aber das ist mir egal. Irgendwie wird es schon weitergehen.

Mein Magen verkrampft sich. Ich habe bisher noch nie gearbeitet. Werde ich das neben dem Studium schaffen? Und was soll ich machen – die Klassiker? Kellnern oder im Kino jobben?

Letzteres würde zumindest zu meiner Ausbildung passen.

»Also die Studiengebühr ist noch für den Rest des Jahres bezahlt«, sage ich, während ich im Raum hin und her gehe. »Ich brauche Geld für mein Zimmer, Essen, Arbeitsmaterialien ...«

»Jetzt hör doch mal auf, dir über Kohle Sorgen zu machen. Die bekommst du erst mal von mir.« Logan dreht sich zur Tischplatte und klappt seinen Laptop auf. »Wir sollten uns zuerst nach einer kleinen Wohnung umsehen.

Ich schau mal nach, was der Markt hergibt.«

Er hat recht. Dieses Zimmer ist für uns beide viel zu klein; außerdem dürfen Studenten ohnehin nur im ersten Jahr im Wohnheim bleiben – daher können wir uns gleich etwas anderes suchen. Bei Susan und mir kann er aber auch nicht einziehen, das würde Sue nicht zulassen. Außerdem würde ich das ebenfalls nicht wollen. Wir drei in dem winzigen Badezimmer mit dem maroden Boiler? Ich schüttle mich.

Ich stelle mich hinter Logan und lege ihm die Hände auf die Schultern. »Willst du wirklich mit mir zusammenwohnen?« Schließlich sind wir noch keine drei Monate ein Paar, und das ist ein großer Schritt.

Lächelnd dreht er sich zu mir um, öffnet seine langen Beine und zieht mich an sich. »Ich freu mich schon total drauf. Jeden Morgen neben dir aufwachen, gemeinsam zur Uni gehen und jeden Abend neben dir einschlafen.«

»Du bist voll der Romantiker.« Ich gebe ihm breit grinsend einen Kuss auf die Nasenspitze. »Ich werde gleich morgen einen Zettel ans Schwarze Brett hängen und einen Nachmieter für mein Zimmer suchen. Hoffentlich bekommt Sue davon nichts mit.«

Logan sieht stirnrunzelnd zu mir auf. »Du willst ihr noch nichts sagen?«

Seufzend streiche ich ihm eine Strähne aus der Stirn. »Sie ist gerade so unglücklich. Erst ist Amy ausgezogen, dann hat Sue Stress mit ihrer besten Freundin Clara, ihre andere Freundin will nach Frankreich und nun verlasse ich sie auch noch.«

»Ihr seid aber nicht die total besten Freundinnen?«

»Nicht total beste, aber Sue ist wie eine Freundin für mich geworden in den wenigen Monaten, in denen wir uns eine Wohnung teilen.«

»Zimmer werden immer gesucht. Sie wird sich vor Anfragen nicht retten können. Und du bist ja nicht aus der Welt. Vielleicht finden wir ja was in ihrer Nähe?« Er dreht sich wieder zum Monitor und tippt auf der Tastatur herum.

Was für eine beschissene Situation!

Ich bin so wütend auf meine Eltern, besonders auf meinen Vater, der sich mit keinem Wort zu der Situation geäußert hat, dass ich mein Smartphone aus der Tasche hole und zu Logan zurückgehe. »Kannst du bitte die Handy-Nummer meines Dads und die Festnetznummer meiner Eltern sperren?« Leider weiß ich nicht, wie das geht.

»Willst du das wirklich?«, fragt er. »Vielleicht wollen sie sich früher oder später bei dir entschuldigen?«

»Sie können ihr Verhalten nie wiedergutmachen!« Ich bin so wütend, dass ich das Telefon jede Sekunde gegen die Wand schleudere, doch Logan nimmt es mir rechtzeitig aus der Hand.

»Schau, hier geht das«, sagt er und zeigt mir das Menü. »Anrufliste – Anrufer sperren. Jetzt bekommst du aber auch keine Nachrichten mehr von ihnen.«

»Mir recht«, murmele ich. Wenn ich meine Eltern völlig aus meinem Leben verdränge, fällt mir die Situation womöglich leichter. Ich weiß, dass ich heute Nacht sicher weinen werde, doch gerade bin ich einfach nur wütend und maßlos enttäuscht. Sie haben mich nicht einmal anhören wollen!

Logan gibt mir das Telefon zurück. »Falls du es dir anders überlegst, kannst du die Nummern jederzeit wieder freigeben.«

***

Drei Tage später fühle ich mich immer noch schlecht, bin jedoch nicht mehr ganz so niedergeschlagen. Auf meiner Liste am Schwarzen Brett haben sich mittlerweile über vierzig Kandidaten eingetragen und ihre Telefonnummern hinterlassen, sodass ich den Zettel abnehmen kann. So unschlagbar günstig bekommt man in London selten ein Zimmer.

Susan wird unter den ganzen Leuten bestimmt einen geeigneten Nachmieter finden, wobei auch einige männliche Bewerber dabei sind. Die wird sie garantiert als Erstes streichen. Mal abwarten, was der Rest sagt, wenn er die Wohnung zu sehen bekommt. Dann werden sicher einige zurückrudern.

Sue und ich trinken einen Tee in unserer kleinen Küche, weil ich kurz vorbeigekommen bin, um ein paar meiner Sachen zu holen – und ihr die Liste zu geben. In den letzten Tagen habe ich bei Logan übernachtet, und Sue ist mürrisch, weil sie so oft allein ist. Allerdings kann sie verstehen, dass ich bei Logan sein möchte. Sie weiß, dass es mit meinen Eltern Streit gab, aber nicht, dass ich mir bald das Zimmer nicht mehr leisten kann. Heute muss ich es ihr schonend beibringen.

Logan hat bereits eine kleine Unterkunft in der Nähe für uns rausgesucht, die wir morgen besichtigen wollen. Eine ältere Dame hätte eine Einliegerwohnung unter dem Dach zu vermieten und zwar zu einem erschwinglichen Preis. Einzige Bedingung ist, dass die Nachmieter ihr täglich ein wenig zur Hand gehen, Einkäufe erledigen oder ihr mit dem Garten helfen. Das klingt perfekt!

»Ähm ...« Ich räuspere mich und denke an den zusammengefalteten Zettel in meiner Hosentasche. »Ich muss dir da noch was sagen.«

Ihre Augen werden groß und sie blickt mich schuldbewusst an. »War dein Dad bei dir?«

»Was?« Ich verstehe nicht, was sie meint.

»Na, er war gestern Nachmittag hier, weil er sich Sorgen um dich macht und er dich telefonisch nicht erreichen kann. Ich habe ihm die Adresse von Logan gegeben.« Sie schenkt mir einen mitleidserregenden Hundeblick. »Sorry, aber er sah wirklich zerknirscht aus.«

Ein stechender Schmerz rast durch meinen Magen. »Er war hier?«

Sue nickt und nimmt einen Schluck von ihrem Tee.

»War meine Mum auch dabei?«

»Nein.«

»Was hat er alles gesagt?«

»Nichts.«

»Wollte er, dass ich mich bei ihm melde?«

Sie schüttelt den Kopf. »Nachdem ich ihm mitgeteilt habe, dass du bei Logan bist und er die Adresse hatte, ist er wieder gegangen.«

Neue Wut kocht in mir hoch. Er spioniert mir also immer noch hinterher, will aber nicht mit mir reden! Dann kann er bleiben, wo der Pfeffer wächst.

»Was ist denn eigentlich vorgefallen?«

»Wir hatten einen großen Streit. Ihnen gefällt nicht, dass ich mit Logan zusammen bin und … sie haben mir den Geldhahn zugedreht.«

»Was?«, ruft sie. »Das können sie doch nicht machen! Wie willst du jetzt die Miete bezahlen?« Panisch blickt sie mich an.

»Ja, das ist ein Problem.« Tief atme ich durch und ziehe die Liste aus der Hosentasche. »Ähm, also ich kann leider nicht mehr hier wohnen. Ich habe schon herumgefragt, und diese Leute haben sich als Ersatz für mich gemeldet.«

»Du weißt es schon länger und hast mir nichts gesagt?«, ruft sie empört.

»Du warst so traurig wegen deiner Freundinnen und …«

Sue reißt mir den Zettel aus der Hand. Zwei tiefe Falten haben sich zwischen ihren Brauen gebildet und ihre grünen Augen funkeln grimmig. Zusammen mit ihrem roten Haar sieht sie aus wie eine Dämonin.

Während sie die Namen überfliegt, bekommt sie große Augen und grinst schließlich breit. »Wann ziehst du aus?«

Überrascht hole ich Luft. »Was ist denn jetzt kaputt?« Ich habe erwartet, dass sie mir an die Gurgel geht.

»Da steht Tylers Name!«

»Ach, das ist *der* Tyler? Der mit dir in einem Kurs ist, den du schon ewig anhimmelst und der dich wie Luft behandelt?«

Ihr Lächeln flackert. »Genau der.«

»Den solltest du gleich von der Liste streichen. Ich dachte, du nimmst nur Frauen?«

»Ich werde wohl mal eine Ausnahme machen dürfen.«

Ich will ihr sagen, dass sie nicht einmal daran denken soll, ihn hier wohnen zu lassen, denn das würde sie unglücklich machen. Er würde fremde Frauen anschleppen und vor ihren Augen verführen. Doch ich weiß, dass ich bei ihr gegen eine Wand rede, wenn es um diesen Typen geht.

»Du bist ein großes Mädchen«, sage ich deshalb, »aber behaupte später nicht, ich hätte dich nicht gewarnt.«

»Hm«, brummt sie selig grinsend, während sie auf die Liste starrt. »Jetzt hab ich endlich seine Telefonnummer.«

Oh Mann, hoffentlich geht das gut …

***

Die Dachgeschosswohnung ist klein, spärlich möbliert und gerade frei geworden. Mrs Dickinson, eine grauhaarige, rüstige Dame, vermietet die zwei Zimmer seit Jahren an Studenten, die ihr zur Hand gehen können. Denn wegen ihrer kaputten Hüfte ist sie nicht mehr so mobil, wie sie gerne sein würde.

Wenn wir wollen, dürfen wir weitere Möbelstücke anschaffen. Neben einem Wohnraum gibt es ein separates Schlafzimmer, in dem ein Kleiderschrank und ein breites Bett stehen, ein Badezimmer mit Dachfenster, durch das ich den blauen Himmel sehe, und eine winzige Küche. Hier und da würden kleinere Reparaturen anfallen, aber Logan hat sich bereiterklärt, das zu übernehmen.

Es ist keine Traumwohnung, doch ein Glücksgriff, das wissen wir beide, deshalb schlagen wir sofort zu und unterschreiben den Mietvertrag. Wir können schon nächste Woche einziehen. Viele Sachen haben wir ja nicht.

Wir helfen Mrs Dickinson noch nach unten in ihre Wohnung, denn sie kann wegen ihrer kaputten Hüfte schwer Treppen steigen. Danach treten Logan und ich auf die Straße und blicken auf die Fassade des Reihenhauses. Das zweistöckige, grau gestrichene Gebäude im viktorianischen Stil besitzt zwei separate Eingänge nebeneinander, einen Erker im Untergeschoss, und auf der Rückseite gibt es einen Garten, den wir mitbenutzen dürfen und in Schuss halten sollen. Darauf habe ich sogar Lust. Als Kind habe ich unseren Gärtnern immer zugesehen und ihnen geholfen, wenn Mum nichts mitbekommen hat.

Logan nimmt meine Hand und seufzt. »Wir haben es wirklich getan.«

»Ich kann es auch noch nicht glauben.«

Bevor wir zum Wohnheim zurückgehen, starren wir noch eine Weile auf das idyllische kleine Reihenhaus, auf das die wärmende Sonne scheint und über dem weiße Wolken hinwegziehen. Alles wirkt friedlich, perfekt, und ich frage mich, was die Zukunft bringt. Ich werde mit Logan zusammenwohnen, und ich freue mich drauf. Doch meine Familiensituation lastet jeden Tag ein Stück mehr auf mir. Nun bin ich genauso allein wie er; es gibt nur noch uns beide und unsere Freunde.

Zitternd atme ich ein und halte krampfhaft meine Tränen zurück. Ich will nicht mehr weinen. Das Leben geht weiter.

»Das Semester ist ja bald zu Ende«, sagt Logan, während wir losmarschieren und die wenig befahrene Seitenstraße überqueren. »Wir könnten vorher unsere Sachen herschaffen und in den Ferien renovieren.«

»Das klingt gut. Das Wohnzimmer könnte neue Tapeten vertragen.«

»Welche Farbe willst du?«

»Egal, nur nicht grün«, antworte ich und versuche mich an einem Lächeln.

Logan legt einen Arm um mich und lächelt aufmunternd zurück. Doch er sagt nichts, als ob er wüsste, dass ich sonst gleich losheulen würde. Er hat wirklich feine Antennen.

Ich hoffe, dass es mir bald besser geht und ich tatsächlich abschließen kann. Ich möchte unsere Beziehung nicht belasten.

Fünf Minuten später habe ich mich gefasst und wir steigen in einen Bus, der uns zum Wohnheim bringen wird. Nachdem wir uns in die vorletzte Reihe gesetzt haben, fragt Logan: »Was werden deine Eltern wohl ihren Freunden erzählen? Irgendwann wird es sich herumsprechen, dass du nicht mehr nach Hause kommst.«

»Wahrscheinlich etwas Ähnliches wie beim letzten Mal, als ich bei Marc war«, antworte ich. »Mutter hat damals all ihren betuchten Freundinnen erzählt, ich sei ein halbes Jahr in Amerika gewesen. Und sie hat mir eingebläut, bei dieser Version zu bleiben und mir eine Geschichte auszudenken, falls mich jemand nach meinem Auslandsaufenthalt fragt. Schließlich sei ich ja gut im Lügen.«

»Wieso ist sie so böse zu dir? Du bist doch ihr einziges Kind.«

Ich zucke mit den Schultern. »Keine Ahnung. Ich schiebe es auf ihre Depressionen.« Tief atme ich durch und wechsle das Thema. »Okay, also die Wohnung hätten wir, aber dein Vermögen wird schneller aufgebraucht sein, jetzt wo du die doppelte Miete aufbringen musst. Wie können wir uns etwas dazuverdienen?« Ich habe mir noch nie Gedanken darüber machen müssen.

Logan kratzt sich am Nacken. »Ich habe lange darüber nachgedacht und mir ist etwas eingefallen, was nur wenig Zeit beansprucht und einen verdammt guten Stundenlohn gibt. Bloß wirst du das nicht mögen.«

»Skyler«, sage ich matt, und mein Magen verkrampft sich.

»Ja, blöde Idee. Ich hätte gar nicht erst drüber nachdenken sollen.«

»Sie ist mir auch schon in den Sinn gekommen, aber das würde ich nicht überleben«, gestehe ich ihm.

»Ich würde mich damit auch nicht wohlfühlen.«

Doch welche Alternativen gibt es? Uns bleibt kaum Zeit für einen lukrativen Nebenjob und Logan noch weniger, weil er zwischendurch mit seinen Freunden auftritt.

»Du könntest bei uns in der Band anfangen«, schlägt er

vor. »Du weißt, wie sehr mir das gefallen würde.«

»Den Jungs auch?«, will ich wissen. »Wenn sie die Gage mit noch jemandem teilen müssen?«

Wir sitzen eine Weile schweigend nebeneinander und starren hinaus. Mir muss bald eine Idee kommen.

Erst als der Bus hält und wir aussteigen, fragt Logan: »Willst du nicht doch mal deinen Vater anrufen? Ihm wenigstens die neue Adresse mitteilen? Ich sehe, wie du seinetwegen leidest.«

»Wieso fängst du jetzt wieder mit meinem Dad an?« Wie soll ich da jemals einen Schlussstrich ziehen?

»Er wollte vielleicht mit dir reden?«

»Sue hat ihm ja gesagt, wo du wohnst und er mich finden kann. Und … ist er gekommen?«

»Du hast noch Eltern. Gib sie nicht so schnell auf.« Logan blickt mich eine Weile nachdenklich an und zieht dann sein Handy aus der Hosentasche, um auf die Uhr zu sehen. »Wir müssen uns beeilen, die Probe beginnt in einer halben Stunde.«

Endlich ein anderes Thema! Wir Sänger wollen in wenigen Tagen noch einmal das Musical aufführen und ein weiteres Mal üben. Ich habe überhaupt keine Lust darauf, aber das wird mich wenigstens von meinen trüben Gedanken ablenken.

***

Viele Eltern sind zu unserer Aufführung gekommen, auch die von Amy. Jason sitzt neben ihrem Bruder Rick, seinem Dad und dessen Verlobter Rose in der dritten Reihe des großen Saals. Erneut ernten wir donnernden Applaus, und ich hatte das Gefühl, diesmal viel weniger aufgeregt gewesen zu sein. Logan hält wieder meine Hand und wir verbeugen uns mehrmals.

Ich bin noch immer berauscht, als wir die Bühne verlassen, um uns umzuziehen. Doch Logan führt mich in eine andere Richtung, zurück zum Publikum.

»Was ist los?«, will ich wissen.

»Ich habe eine Überraschung für dich.«

»Echt?« Mein Pulsschlag beschleunigt sich.

Logan lässt sich immer etwas Neues einfallen. Gestern hat er für mich gekocht, Nudeln in Herzform. Und am Tag zuvor hat er mir seinen kitschig-zuckrig-süßen Penny-Song auf der Gitarre vorgespielt. Danach lagen wir vor Lachen auf dem Boden.

Ich liebe ihn so sehr.

Als wir den Rand der Bühne erreichen und vor der ersten Sitzreihe stehen, wartet dort ein grauhaariger Mann im Anzug. Ich erkenne ihn sofort und möchte zurück zu den Umkleiden, aber Logan lässt mich nicht los.

»Dad!« Mein Herz springt heftig gegen meine Rippen.

Um uns herum herrscht reger Betrieb, weil alle Zuschauer den Saal verlassen, und wir stellen uns neben die Bühne, um nicht ständig angerempelt zu werden.

»Ihr habt fantastisch gesungen«, sagt er lächelnd, nickt Logan zu und nimmt mich in den Arm, als wäre nie etwas zwischen uns vorgefallen.

Sein Auftauchen hat mich in eine Schockstarre versetzt, sodass ich kaum Luft bekomme. »I-ich hab dich im Publikum nicht gesehen.«

»Ich saß weiter hinten, denn ich wollte dich durch mein Erscheinen nicht durcheinander bringen.«

Der vertraute Duft seines rauchigen Aftershaves treibt Tränen in meine Augen. Ich habe ihn so vermisst, und es tut gut, von ihm gehalten zu werden. Trotzdem züngelt ein Fünkchen Wut in meinem Magen. Wieso taucht er plötzlich in der Uni auf? Damit ich ihm keine Szene machen kann? Und warum wusste Logan, dass er hier ist?

»Ist Mum auch da?«, frage ich an seiner Schulter, während ich versuche, mich zu sammeln.

Er schüttelt den Kopf. »Sie denkt, ich besuche Christopher.«

Das ist ein alter Freund meines Vaters, der in einem noblen Pflegeheim in London wohnt. Mum würde niemals freiwillig mitgehen, denn solche Einrichtungen machen sie zusätzlich depressiv. Und mich stimmt es traurig, dass Dad heimlich hier ist.

»Wieso kommst du erst jetzt? Susan hat mir erzählt, dass sie dir Logans Adresse gegeben hat.«

Er lässt mich los und schaut mich betreten an. »Zu deiner Wohnung bin ich gekommen, weil ich mir Sorgen gemacht habe. Ich konnte dich telefonisch nicht erreichen, und als es auf deinem Konto keine Bewegungen mehr gab, habe ich gedacht …« Ich sehe, wie er schluckt.

»Ich hab meine Kreditkarte zerstört, weil ich so sauer war«, werfe ich schnell ein, weil mir das Gespräch unangenehm ist. Dad hat sich um mich gesorgt und ich hatte solch böse Gedanken.

»Ich hätte dir niemals den Geldhahn zugedreht, Penelope. Das wollte ich dir sagen und dich nach dem Rauswurf gleich anrufen. Ich musste nur warten, bis deine Mutter nichts mitbekommt.

Als ich wusste, dass du bei Logan bist, war ich beruhigt und habe mir gedacht, dass wir uns alle erst einmal ein bisschen sammeln. Ich finde es gut, dass du versuchen willst, auf eigenen Beinen zu stehen.«

Wollen und können sind leider zwei Paar Stiefel.

»Dein Freund hat mich gestern angerufen und lange mit mir geredet«, gesteht mir Dad und ich schaue Logan überrascht an. Wahrscheinlich hat er die Gunst der Stunde genutzt, als ich mit Amy beim Einkaufen war, weil ich mir noch ein neues Oberteil für das Musical besorgen wollte.

Logan schaut mich zerknirscht an und grinst dann schief. Ich kann ihm nicht einmal böse sein.

Als er mir zögerlich die Hand hinstreckt, ergreife ich sie und sage schmunzelnd: »Tu nicht so unschuldig und arm.«

Dad streichelt kurz über meine Schulter. »Logan hat mir erzählt, wie sehr du unter der Situation leidest und dass du dich bestimmt freuen würdest, wenn ich zum Musical käme und wir uns endlich aussprechen.«

»Du willst also, dass wir uns hinter Mums Rücken versöhnen?«

»Ich weiß, dass ich sie umstimmen kann, aber das braucht Zeit. Glaube mir, sie leidet genauso unter der Situation. Sie bereut ihre Worte mittlerweile.«

»Glaube ich nicht«, murmele ich und stelle mir vor, wie Dad versucht hat, mit ihr zu reden, sie jedoch immer abblockt.

»Du kennst doch deine Mutter. Sie ist stur wie ein Esel, und diese Eigenschaft hast du von ihr geerbt.«

Als ich protestieren möchte, nickt Logan zustimmend.

Typisch Männer. Sich immer gegen die Frauen verschwören.

»In Wahrheit kann deine Mutter dich nicht loslassen, Penelope. Sie hat dich stets überbehütet und wollte nur das Beste, vor allem die perfekte Nachfolgerin erziehen. Damit hat sie es übertrieben, keine Frage, aber es geschah aus Liebe.«

Ich schnaube. »Mum liebt mich nicht.«

»Das tut sie, Penelope. Sie kann es bloß nicht zeigen. Glaube mir, ich weiß, wie sie tickt, ansonsten wäre ich nicht mehr mit ihr zusammen.«

Tief atme ich durch. Ob es auch an ihren Depressionen liegt, dass sie stets so verschlossen ist? Ich verstehe, dass sie krank ist, aber ihre Krankheit durchblicke ich nicht. Deshalb weiß ich nie, wie ich mit Mum dran bin.

»Und wie geht es jetzt weiter?«, möchte ich wissen.

Mittlerweile haben fast sämtliche Zuschauer den Saal verlassen, hier und da hat sich ein Grüppchen aus Eltern und Studenten gebildet, die sich unterhalten.

Dad kratzt sich am Kopf. »Wie gesagt, ich werde dich natürlich weiterhin unterstützen. Du sollst dich ganz auf dein Studium konzentrieren können. Logan hat mir erzählt, dass er alles, was er von seiner Mutter geerbt hat, mit dir teilen wird. Doch das möchte ich nicht. Auch er soll seine Chance erhalten, um etwas aus seinem Leben zu machen. Er ist schon so weit gekommen; es wäre schrecklich, wenn unser Streit ihm nun Steine in den Weg legt.« Er seufzt leise. »Und natürlich will ich mich nicht mit meinem einzigen Kind zerstreiten. Ich hab nur dich.«

»Daddy«, murmele ich und drücke mich erneut an ihn. Ich kann meine Tränen nicht zurückhalten und es ist mir egal, wer mich weinen sieht. Ich bin einfach happy, dass ich meinen Dad zurück habe.

»Ich will nicht, dass du unglücklich bist«, sagt er und streichelt über meinen Rücken. »Und du sollst den Jungen bekommen, den du liebst. Logan ist wirklich okay.«

»Danke, Mr Aubigny«, sagt er hinter mir.

»Für dich ab jetzt Louis, mein Junge.« Dad streckt ihm die Hand hin. »Danke, dass du mir meine Penelope zurückgegeben hast.«

»Danke, dass Sie mir noch eine Chance gewährt haben. Äh … du.«

Am liebsten möchte ich meine beiden Lieblingsmänner umarmen, aber weil ich mich beobachtet fühle, lasse ich es bleiben und begnüge mich damit, auf Wolken zu schweben. Bei Logan werde ich mich später ausgiebig revanchieren.

»Wollen wir noch irgendwo etwas essen?«, fragt Dad. »Ich würde euch einladen.«

Ich sehe zu Logan, und er nickt. Plötzlich habe ich einen Bärenhunger und Hoffnung, dass jetzt doch alles irgendwie gut wird.

Logan und ich stehen in unserem kleinen Schlafzimmer und streichen Kleister auf die kahle Wand. Wir haben alle Möbelstücke bis auf das Bett ins Wohnzimmer geschafft, das bereits fertig renoviert ist, und den Boden mit Malerplane abgedeckt. Weil Tapezieren gar nicht so schwer ist, haben wir beschlossen, das Schlafzimmer ebenfalls aufzuhübschen. Mrs Dickinson hat uns die Tapeten, die wir ausgesucht haben, bezahlt, ohne dass wir sie darum gebeten haben. Sie ist froh, dass jemand die Zimmer renoviert, und sie mag unseren Geschmack. Für diesen Raum haben wir uns für florale Rankenmuster auf bordeaux- und beigefarbenen Streifen entschieden; im Wohnzimmer haben wir eine einfache cremefarbene Tapete angebracht. Allerdings haben wir dort noch Wandtattoos aufgeklebt: einen riesengroßen Violinschlüssel und viele kleinere Noten. Und Logans Gitarre hängt auch da.

Ich reiche Logan die nächste Bahn. Er steht auf einer Trittleiter und hat wegen der Wärme unter dem Dach sein Shirt ausgezogen. Er trägt nur eine knielange Sporthose, und ich kann das Spiel seiner Rückenmuskeln bewundern, während er sich streckt, um den Rand der Tapete ganz oben anzulegen.

Wir haben vorher noch nie tapeziert und uns deshalb im Internet gründlich informiert. Dabei sind wir auf Vliestapeten gestoßen. Der Kleister wird mit einem Roller direkt auf die Wand gegeben, die Tapete angesetzt, abgerollt, unten mit dem Cuttermesser abgeschnitten und geglättet. Wir müssen nur aufpassen, dass das Muster richtig liegt.

»Der Abend gestern war wirklich klasse«, sage ich und bringe mit dem Roller weiteren Kleber auf.

Wir haben mit den Jungs aus der Band und unseren Freunden ihren Erfolg in einem Club gefeiert. Vor einem Monat haben die *Crazy Stallions* ihren Song in dem Profistudio aufgenommen; sie vertreiben ihn nun selbst über diverse Online-Shops als Download. Das Lied hat so heftig eingeschlagen, dass Logan das Erbe seiner Mutter im Moment sparen und von den Einnahmen leben kann. Ich freue mich so für die Jungs! Sie planen, auch andere Songs in einem richtigen Tonstudio aufzunehmen. Jetzt können sie sich die Gebühr leisten.

»In dem Studio kam ich mir vor wie ein richtiger Rockstar.« Logan nimmt eine neue Tapetenrolle, schneidet weitere Bahnen vor und steigt wieder auf die Trittleiter. »Das Gefühl war noch berauschender, als wenn ich auf der Bühne singe.«

»Kann ich mir vorstellen«, antworte ich ihm und rücke meinen Hut aus Zeitungspapier zurecht, den Logan mir gebastelt hat, damit meine Haare keinen Kleber abbekommen. Logan legt so viel Leidenschaft ins Singen. Doch nicht nur dabei ist er leidenschaftlich.

Ich werfe einen kurzen Blick auf das mit Folie abgedeckte Bett hinter mir. Darin würde ich jetzt gerne eine Runde mit ihm kuscheln, aber uns fehlen noch drei Bahnen. Bald haben wir es geschafft.

»Was machen denn die anderen mit dem Geld?«, will ich wissen und streiche die nächste Fläche ein.

»Puppy wollte schon seinen Job beim Bau kündigen, doch ich habe ihm davon abgeraten. Schließlich wissen wir nicht, wie lange die Glückssträhne hält.«

»Das ist kein Glück, sondern Können.«

»Trotzdem …« Er lächelt zu mir herunter. »Der Markt ist hart umkämpft. Heute ist man ganz oben und morgen kennt dich keiner mehr.«

»Ja, da hast du leider recht.« Seufzend ziehe ich den Papierhut vom Kopf, unter dem sich die Hitze staut, und werfe ihn auf den Boden. Es geht auf Mittag zu, und die Sonne scheint durchs Dachfenster, weshalb die Temperatur ständig ansteigt. Im Sommer ist es affenheiß in der Wohnung. Dann müssen Logan und ich nackt herumlaufen. Jetzt trage ich ein altes T-Shirt und Shorts.

»Also, Joey will sich ein neues Auto kaufen«, erzählt er weiter. »Er weiß bloß noch nicht, welches. Will plant eine Amerika-Rundreise: mit dem Motorrad die Ostküste entlang. Jacob hat sich die neuste Spielekonsole zugelegt und wird sicher noch viel Geld für Spiele verpulvern ...« Während er redet, höre ich ihm zu, muss aber gleichzeitig wieder an den gestrigen Abend denken. Dad war auch da. Er trug keinen Anzug, sondern ein einfarbiges Hemd und eine Stoffhose. Tony hat ihn gefahren und in den Club begleitet. Auch er hatte auf sein Sakko verzichtet; und die beiden boten für mich einen ungewöhnlichen Anblick.

Als Logan fertig erzählt hat und ich ihm die Rolle für die letzte Bahn reiche, sage ich: »Dad wird noch richtig cool in seinem Alter.«

»Dein Vater ist echt okay.«

Ich habe mit Logan und seinen Jungs letzte Woche zwei Lieder gesungen – langsam werde ich mutiger –, und da hat uns Dad auch zugehört. Ich habe mich sehr gefreut. Nur mit Mum mag es noch nicht so recht klappen, aber das hat es ja noch nie. Wir waren zwei Mal bei meinen Eltern zum Essen eingeladen, einmal davon zum Dinner, und Logan hat sich tapfer geschlagen – mit meiner Mutter und dem Besteck. Mum hat nur wenig mit uns gesprochen und eine Entschuldigung gab es auch nicht. Sie hat so getan, als wäre nichts vorgefallen. Dad muss ihr allerdings den Kopf gewaschen haben, denn sie hat kein einziges Mal abfällig über Logan gesprochen und ist ihm mit kühler Höflichkeit begegnet.

»So, fertig!« Logan steigt von der Trittleiter und stellt sich neben mich. Gemeinsam begutachten wir das Ergebnis unserer Renovierungsarbeiten. »Sieht gar nicht übel aus, oder?«

Die Bahnen sind noch voller Blasen und Falten, trotz des Glattstreichens, aber die verschwinden zum Glück beim Trocknen. »Du bist eben ein Profi.«

Während ich die gestreifte Tapete bewundere und wie gut sie sich im Raum macht, male ich mir aus, dass weiße Möbelstücke hervorragend ins Zimmer passen würden. Vielleicht können wir uns demnächst einen neuen Kleiderschrank kaufen. Ich hab auch ordentlich ausgemistet, damit Logan mit seinen wenigen Sachen Platz findet. Nur an meinem Schuh-Tick muss ich noch arbeiten. Vorerst habe ich die meisten Kartons unter das Bett geschoben.

Wie sich alles geändert hat … Ich gehe für andere zum Einkaufen, anstatt bedient zu werden, und finde es schön, helfen zu können. Außerdem gibt es mir ein gutes Gefühl, unsere Wohnung zu renovieren, etwas mit eigenen Händen zu schaffen. Doch das beste Gefühl schenkt mir Logan. Er zeigt mir jeden Tag, wie sehr er mich liebt. Heute gab es Frühstück im Bett.

Ich muss ihn umarmen und meine Nase an seinen Hals drücken. Dort schwitzt er leicht und riecht nach Mann. »Ich bin froh, dass ich dich habe«, murmle ich an seine warme Haut. Ohne ihn wäre ich immer noch die traumatisierte Frau, die keinen Kerl an sich heranlassen würde. »Danke, dass du so hartnäckig warst.«

»Keine Ursache«, antwortet er, und ich höre das Grinsen in seiner Stimme. Er umarmt mich nur mit den Unterarmen und raunt an meine Schläfe: »Meine Finger sind voller Kleister.«

»Hm«, summe ich an seinen Lippen. »Meine auch.« Mir egal, wenn wir zusammenkleben. Ich will mich sowieso nie wieder von ihm trennen.

Ich lege den Kopf in den Nacken, um Logan zu küssen. Seine herrlich weichen Lippen nehmen sofort von mir Besitz und er zieht mich fester an sich. Irgendwie schaffen wir es zwischen vielen Küssen ins Badezimmer und waschen uns die Hände. Danach dauert es nicht lange, Kleidungsstücke fliegen und wir stehen uns nackt gegenüber. Logan führt mich zurück ins Schlafzimmer, reißt die Malerplane vom Bett und wir werfen uns drauf.

»Wir müssen das neue Zimmer schließlich gleich einweihen, oder?«, fragt er.

»Unbedingt.« Beim Wohnzimmer war es dasselbe; wir können nicht genug voneinander bekommen. Mich stört es auch nicht, dass es im Zimmer nach Kleister riecht und um uns herum das Chaos herrscht.

Wir liegen nebeneinander, und ich sauge jedes Detail seines Körpers auf, streiche über die tätowierte schwarze Rosenblüte an seinem Oberarm, kreise mit dem Finger um seine gepiercte Brustwarze und fahre wieder nach oben. Mit dem Daumen gleite ich über die feine Narbe an seiner Unterlippe. »Ich habe dich nie gefragt, wo du diese Verletzung her hast.«

»Messerstecherei mit vierzehn«, murmelt er. »Noch aus meiner Bad-Boy-Zeit.«

Ich frage nicht weiter nach, weil ich weiß, dass er mit diesem Teil seines Lebens abgeschlossen hat. »Ich bin echt froh, dass du jetzt einer von den guten Jungs bist.«

»Und ich erst. War ganz schön anstrengend damals.« Logan rollt sich auf mich, schaut mir tief in die Augen und raunt: »Ich liebe dich«, bevor er mein Gesicht mit weiteren Küssen bedeckt.

»Und wie ich dich erst liebe.« Mein Retter, mein Ein und Alles.

Liebe Leserinnen und Leser, über ein Jahr habt ihr auf
»Penny und Logan« warten müssen, mehrere Monate habe
ich daran geschrieben, und in dieser Zeit haben sich
weitere Geschichten über andere Figuren in meinem Kopf
manifestiert, zum Beispiel über Susan und Tyler sowie
Malte und einem sexy Stripper (den ihr noch nicht kennt).
Falls ihr auch diese Geschichten hören wollt, lasst es mich
wissen, schreibt es mir in einer Rezension (für uns Autoren
die schönste Art, uns zu danken) oder kontaktiert mich auf
Facebook (monika.dennerlein1), Twitter (inkaloreen) oder
über meine Homepage. Ich habe immer ein Ohr für euch
und freue mich auf euer Feedback.
Ansonsten …
Haltet die Öhrchen steif und MAKE LOVE NOT WAR.

Eure Inka

Über die Autorin

Inka Loreen Minden, die auch unter den Pseudonymen Bailey Minx, Lucy Palmer, Mona Hanke (Erotik), Loreen Ravenscroft (Romantasy) und Monica Davis (Jugendbuch) schreibt, ist eine bekannte deutsche Autorin (homo-) erotischer Literatur. Von ihr sind bereits 50 Bücher, 9 Hörbücher und zahlreiche E-Books erschienen.

Neben einer spannenden Rahmenhandlung legt sie viel Wert auf eine niveauvolle Sprache und lebendige Figuren. Explizite Erotik, gepaart mit Liebe, Leidenschaft und Romantik, ist in all ihren Storys zu finden, die an den unterschiedlichsten Schauplätzen spielen.

Sie schreibt ua für Bastei Lübbe, Rowohlt und Blanvalet.

Regelmäßig sind ihre Bücher unter den Online-Jahresbestsellern zu finden; einige Übersetzungen ins Englische und Tschechische sind ebenfalls von ihr erhältlich.

Mehr über die Autorin auf ihrer Homepage:

www.inka-loreen-minden.de

www.monica-davis.de

Wen »Penny und Logan« gut unterhalten hat, könnte von der Autorin auch gefallen:

Forbidden Dreams (Bailey Minx)
Shadows of Love – Dunkle Leidenschaft (Inka Loreen Minden)
LoveTrip – Eine heiße Reise (Inka Loreen Minden)
Nick aus der Flasche / Outcasts (Monica Davis)
alle Titel von Lucy Palmer

Ihr findet die Autorin auch auf Twitter (InkaLoreen) oder Facebook (monika.dennerlein1)

OUTCASTS

Für die Liebe riskieren sie alles … Die brandneue, spannende New Adult Dystopie von Inka Loreen Minden alias Monica Davis!

Vier Teile, drei prickelnde Lovestorys, Abenteuer, Herzklopfen und am Schluss das große Happy End.

»Eine faszinierende Dystopie und eine spannende Romanze, nicht nur für junge Leser.« (Ulla liebt Bücher)

Eine Insel, 300 Ausgestoßene, unzählige Gefahren …

Die Polkappen sind geschmolzen, der Meeresspiegel angestiegen. Landfläche ist knapp, daher gibt es in den neuen Verwaltungszonen strenge Regeln, um das Überleben zu sichern.
Die siebzehnjährige Kate wohnt in der kleinen Stadt Welltown, errichtet auf einem Berg im ehemaligen England, umgeben von Wasser. Sie fühlt sich sicher in dem diktatorischen System und alles könnte perfekt sein, wäre da nicht ihr Mitschüler Liam, in den sie sich verliebt hat. Doch der junge Mann schlägt sich auf die falsche Seite, und Kate ist gezwungen, ihn auszuliefern.

Lost Island

Welltown

Secret City

Newtown

Leseprobe aus »Lost Island«:

Die Familia würde sie hier niemals unbehelligt zurücklassen. Kate war die Tochter zweier Senatoren; die Familia würde an ihr ein Exempel statuieren, um allen im Senat zu zeigen, was passierte, wenn man sich als oberstes Mitglied gegen das System stellte.

»Danke für die Sachen«, sagte sie mit erstickter Stimme und unterdrückte den Impuls, loszuweinen. Die Tränen schienen sie wie Säure von Innen heraus zu verätzen und ihre Schuldgefühle eine Tonne zu wiegen.

Liam blickte sie stirnrunzelnd an. »Hey, freust du dich gar nicht?«

»Und wie!« Ungestüm legte sie die Arme um seinen Hals und schmiegte ihr Gesicht an ihn. »Ich weiß nur nicht, womit ich das verdient habe. Ich bin doch sicher eine Last für dich.«

Er umarmte sie fest und drückte sie an sich. »Du bist niemals eine Last. Nie, hörst du?«

Plötzlich schienen ihre Körper zu glühen; Liams Rücken fühlte sich so heiß an. Die frühe Nachmittagssonne spitzte hoch über den Baumwipfeln zu ihnen herunter und setzte ihre Körper zusätzlich in Flammen.

»Kate«, wisperte er, bevor er ihre Wangen in seine Hände nahm. Sein Blick wirkte entrückt, aber sie konnte bloß auf seine leicht geöffneten Lippen starren. Liams Gesicht kam näher und näher, wie in Zeitlupe.

Sie wich nicht zurück, während ihr Puls laut in den Ohren klopfte und ihr Herz hart gegen den Brustkorb hüpfte. Gebannt schloss sie die Augen; ihr Körper bebte.

Und als Liam sie zärtlich und beinahe scheu küsste, hörte ihr Herz für einen Schlag auf zu pumpen, nur um sofort noch kräftiger weiterzudonnern. Kate schwebte wie auf Wolken und ihre Hände schienen wie von selbst über seinen Rücken zu streicheln. Sie hatte kaum noch Macht über sich, wollte einfach genießen, mit Liam verschmelzen, sich geborgen fühlen. Sie wünschte, dieser Kuss würde niemals enden, doch sie sollten sich nicht noch näher kommen, sonst würde sie Liam nie verlassen können. Nie!